王建珂 1958年毕业于复旦大学新闻系，在新疆日报工作30年，曾任记者、编辑、主任、副总编辑，采写和编辑过大量新闻、通讯，写过不少新闻评论。1988年正式调入山东师范大学新闻系任教。除完成教学工作，还兼任全国知名的《消费者文摘报》及《经济促进报》（后改为《财富时报》）顾问；受山东省委组织部邀请，担任过省里选拔副厅级干部的考官；长期为山东省和济南市报纸、山东广播电视台做专家听评员和评报员。在省级以上刊物发表过100多篇关于新闻传播方面的理论和实务文章，曾出版《实用新闻学新编》。

本著作获山东省立项建设一流学科山东师范大学文学院中国语言文学学科建设经费资助

媒体评说

王建珂◎著

人民日报学术文库

人民日报出版社

图书在版编目（CIP）数据

媒体评说／王建珂著．—北京：人民日报出版社，
2017.12
ISBN 978－7－5115－5135－1

Ⅰ．①媒… Ⅱ．①王… Ⅲ．①评论性新闻—作品集—
中国—当代 Ⅳ．①I253

中国版本图书馆 CIP 数据核字（2017）第 298246 号

书　　名：媒体评说
著　　者：王建珂

出 版 人：董　伟
责任编辑：周海燕
装帧设计：中联学林

出版发行：人民日报出版社
社　　址：北京金台西路 2 号
邮政编码：100733
发行热线：（010）65369509　65369846　65363528　65369512
邮购热线：（010）65369530　65363527
编辑热线：（010）65369518
网　　址：www.peopledailypress.com
经　　销：新华书店
印　　刷：三河市华东印刷有限公司

开　　本：710mm×1000mm　1/16
字　　数：288 千字
印　　张：16
印　　次：2018 年 1 月第 1 版　　2018 年 1 月第 1 次印刷

书　　号：ISBN 978－7－5115－5135－1
定　　价：68.00 元

媒介批评:媒体的一面镜子

(代序)

这些年来,笔者写了几百篇博文,还给新闻专业刊物和媒体的内部刊物写了近二百篇文章,大都是评说媒体的。这基于我对媒介批评的一点肤浅理解,以及期望人们以更大的热情关注和参与媒介批评的愿望。

媒介批评,简单地说,就是对新闻媒介、媒介产品及媒介从业者进行的批评。这里的"批评",不同于我国一般政治生活中的批评,指的是评论、评判,对事物加以分析比较,评定其是非优劣。美国传播学者指出,批评是"运用价值进行判断"。媒介批评也不同于新闻批评。新闻批评是指新闻媒介通过批评性的报道来实现对社会生活的舆论监督,是通过新闻媒介实施的对社会各方面事物的批评。

媒介批评像媒介一样,是舶来品,发端于20世纪20年代。(有研究者认为更早)20世纪六七十年代后,国外的媒介批评已经专业化并非常繁荣。有专业媒介批评人,有专门的批评组织——"新闻评议会",大学里有媒介批评课程,一些媒体设立专栏,对媒介及其产品进行评头论足。

20世纪80年代,我国就有学者提出构建"新闻评论学",评论媒体及其产品,作为新闻学的一个分支。但"新闻评论"这个名称易与新闻媒体发表的社论、短评等混淆,后来逐渐形成共识,叫媒介批评。到90年代,媒介批评成为日受关注的话题。目前一些新闻院系已开设专门课程,许多新闻传媒刊物都有这方面的文章,还出现了专门的媒介批评刊物和网站,有的著名网站如人民网曾设立媒介批评栏目,关于媒介批评学的专著也已面世。近十几年来,许多媒体约请专家做的评报、评广播电视节目，以及广大的受众评论网的评论等，都可以列入媒介批评。

媒介批评的作用不容小视。

首先是对媒介的监督作用。它可以成为新闻媒介的“矫正器”、监督机构。媒介的社会功能之一是舆论监督，但是监督者也要受监督。谁来监督媒介？有好多渠道。公开的媒介批评是其中一个重要渠道。所以，可以说，媒介批评是媒介的一面镜子，它可以起到提醒和警示作用，促进媒介牢记社会责任，遵守职业道德，严守纪律，遵从新闻规律，推动新闻改革和发展。近年来，对诸如低俗报道、虚假新闻、有偿新闻、新闻炒作、欺诈广告、舆论监督不力及滥用新闻自由、媒介间不正当竞争等问题的批评，就产生了积极的效果。在新媒体迅猛发展，媒体融合的大背景下，这种监督作用显得更加重要。

媒介批评具有普及媒介教育的作用。媒介批评多是运用媒介理论，以个案为切入口，对带普遍性的问题进行评论，这对新闻传媒院系学生、媒体从业者、媒体爱好者，用理论联系实际的方法学习新闻传播理论和业务，有较好的效果。知名新闻学者、复旦大学新闻学院教授李良荣，在回顾大学时代的学习生活时，曾说当时收益最大的课程就是“读报与评报”。这门课虽与现在的媒介批评不完全相同，但也有相似之处。一位现在的新闻专业学生也说，媒介批评是他最喜欢的一门课，也是最让他费脑筋的一门课，可以帮助学生对知识灵活运用，调动学习积极性，让你不断地思考，是体现、提高能力的一门课。而那些靠死记硬背的东西实在用处不多。

我们早已进入一个媒介无处不在、媒介影响无所不及的时代。一些发达国家已把媒介教育列入中学课程。我国也应把普及媒介教育提上议程。而媒介批评是普及媒介知识的有效途径。媒介管理者通过媒介批评了解更多媒介知识，也有利于他们提高媒介素质，更好地运用媒介、善待媒介。

媒介批评与媒介的关系，类似文学批评和文学的关系，是批评者与作者编者的对话。这应当是一种良性的互动关系。媒介批评对推动媒介实践的进步有重要的作用。反过来，它也要从媒介实践中汲取营养。

做好媒介批评,需要持实事求是、坚持真理的态度,大胆、负责任地提出自己的看法(虽然不能保证这些看法都是正确的)。无聊吹捧要不得,强词夺理、无限上纲的指责也要不得,语言暴力更应摒弃。大家利用这个平台,对媒体及其产品的优劣是非做出自己的判断,平等交流、互相切磋,甚至展开争论,不仅有利于媒介改进,也有利于自己素质的提升。

我虽然写了一些评说媒体的文章,但由于水平和视野所限,有许多还算不上够格的媒介批评。我国的媒介批评也还有待进一步完善和成熟。期望媒介批评得到进一步发育和健康发展,真正成为新闻传播学的一个分支,以推动新闻传播理论和业务建设。

(原载《青年记者》2017 年 9 月下期)

目 录
CONTENTS

应对纸媒下滑,“策划新闻”不是灵丹妙药

笔者10多年前曾写过一篇博文《策划新闻多了,真正的新闻少了》,评论当时一些报纸的问题。如今,一些都市报上的“策划新闻”看上去更多了。有的还有文章宣扬搞“策划新闻”的做法。这可能是某些报纸应对在激烈竞争中效益下滑的一种手段。但是,“策划新闻”这一招顶用吗?

20世纪90年代,随着“策划新闻”越来越多,曾在新闻界引起一场关于“新闻策划”和“策划新闻”的争论,其中有的观点把策划新闻和新闻策划混为一谈。其实,这两者是有根本区别的。

据说策划一词最早出现在《后汉书》,意思为“计划”。现在指决策、设计、筹划、谋划、安排等意,多用于商业公关。具体到新闻工作,策划,是在新闻事实的基础上,设置报道议题,制订报道计划,做好采访准备,等等,这叫新闻策划。这里,新闻事实是客观存在的,事实作为新闻的本源保持了其本身的真实,策划的运作遵循了新闻报道的规律,且是做好新闻报道工作不可或缺的。正如著名记者艾丰指出的:新闻策划的主体是新闻编采人员,客体是新闻业务活动,特点是“创意性”,目的是为了更好地配置、运用新闻资源,以取得最佳社会效益。① “策划新闻”是先有策划活动后有新闻事实,“策划新闻”建立在策划的“新闻事实”的基础上,事实是人为制造的,事实作为新闻本源可能被歪曲或造假,丧失了其客观真实性,从而违背了新闻报道的规律。

“策划新闻”可以说是一个老话题了。早在1999年的春节期间,上海某报策划并组织了为时四天的“好心人,请您抱一抱孤儿”的活动,市民们纷纷到孤儿院抱领孤儿回家共度春节,报纸对此作了详尽报道,引起了强烈的社会反响。后来,《齐鲁晚报》首次发起的农民工专场招聘活动,《华西都市报》为了送被拐卖的孩子回家发起的“孩子回家活动”及其报道,都取得了良好效果,让人至今难忘。这些实践,使学界对“策划新闻”有所宽容,特别是对于少量公益性的“策划新闻”,

① 转引自王勇:《新闻策划与新闻的真实性》,《青年记者》2009年8月中期。

大家还是认可的,但是主张应该有个度。

正如前面提到的,近年来,有些都市报"策划新闻"大行其道,甚至每周有几组"策划新闻"。这些"策划新闻"占用了大量版面,使自然状态、真正有价值的鲜活新闻少了。按照美国社会学家约翰·奈斯比特提出的"新闻洞"理论,报纸"新闻洞"是一个有一定规范的封闭系统,当报道一件新事情时,就必须略去一件或数件其他的事情。奈斯比特说的是众多报纸汇成的总体版面,不是一张报纸。但一张报纸同样有这样的问题:要想加上一些东西,就要减去一些东西。"策划新闻"多了,自然真正的新闻就少了。报纸信息量少了,影响力不会如编者想象的能够扩大,反而会损伤其影响力和公信力。

特别值得注意的是,不仅"策划新闻"数量多,而且出现了更多"报商联姻"的"策划新闻",以扩大报纸影响,并为商家做宣传。当然,在市场条件下,适当公关,扩大报纸影响,无可厚非,但不能过分。有一年中秋节前后,某报联合平安人寿保险和稻香园食品公司共同发起"时光邮局——定制团圆　送爱到家"活动,千份定制月饼和个性化明信片免费替读者寄回家。活动启动后,六百多名读者踊跃报名到稻香园公司月饼生产车间亲手制作月饼,20 人被选中、部分月饼送到家中。就这样一件事情,有多少人关注?报纸却一共报道了四次。有一天竟用头版一个整版进行了报道。这样的"策划新闻"与早期的"策划新闻"相比,已经变味了,实际上有新闻广告之嫌。

一些都市报早已经看到了"策划新闻"过多过滥的危害。如《钱江晚报》十分重视新闻策划,而且有一些成功的范例,为专家称道。但是,他们早就拒绝"策划新闻"。他们指明:"现在很多新闻是想出来的,不是真正的社会实践中体现出来的",如果把主要精力放在"策划新闻"上,会走向反面。因此,《钱江晚报》提出一个理念:"抓真新闻,真抓新闻"。

读者阅读报纸是为了获取真实、新鲜的新闻信息。报纸不要为了一时的利益,用过多精力去搞"策划新闻",而要深入实际,抓真新闻,真抓新闻。"策划新闻",绝不是挽救正在走下坡路报纸的灵丹妙药。

(原载《青年记者》2017 年 8 月下)

过度报道高考，何以经久不衰

大约十年前，笔者曾发表两篇博文，呼吁让高考学生平静地去参加考试，社会和媒体不要干扰。这么多年过去了，有的媒体已经意识到这样做的负面效应，减少了相关报道，如广东某报只报道一些新的政策、相关日程，上海某报只介绍高考期间的天气情况，而主要面对科教文卫的中央报纸光明日报6月7日只在科教版上发了两篇二三百字的小评论，祝愿考生考好，等等。可是，还有不少媒体仍然沿袭过去的做法，把报道高考当作一场重大战斗，搞得可谓轰轰烈烈，就如作家何建明在《中国高考报告》中形容的，简直是“硝烟四起”，达到了“疯狂”的程度。

过度报道高考，有三个高潮。

第一个高潮，是考试的两(三)天，这是最火爆的。有的媒体报道高考期间对部分路段限速行驶并禁鸣喇叭，离考场近的地方一律停止施工，有关部门重点加大对夜间施工的巡查，及时制止夜间违法施工，甚至在一些地段戒严；有的媒体报道送考的大军更加庞大，甚至有的“三代同堂”送考，包括坐着轮椅的78岁的老奶奶和一两岁的小孩。宁夏中卫市通知，中考、高考期间，考生家长可申请调休5天；一些考生纷纷到酒店住宿，据城市信报记者调查，离考点最近的旅馆、普通商务酒店提前半个月甚至一个月就订满了。更奇葩的，还有祈福文具、烧香拜佛、高考冲刺宣誓大会、高考发钱减压，等等。

第二个高潮，是考试后一些报纸点评当地考卷。对当地作文考卷，往往都是一片赞扬。某报报道当地名教师评论作文题，立意如何好，如何体现多元。但是，有媒体披露这个题目早已被考生押中。被押中的题目能是好题吗？而奇怪的是对全国试卷的作文题各地媒体则少有赞赏的评论。有些地方兴师动众让记者、作家按考题写作文。有一年曾请老作家王蒙试答作文题，结果只能评60分，勉强及格。原因恐怕就在于高考作文如何写，是有一定方法的，作家写的不一定得高分。

第三个高潮，是炒作高考“状元”。不过，由于此事备受诟病，2017年穿了一件“马甲”，把“状元”改称“学霸”。换汤不换药，实际上仍然是炒作高考“状元”，有的报纸还刊登了“学霸”的大照片，文字内容也都很老套，不过是兴趣广泛、喜欢运动、不死读书，等等。这到底是真实的还是杜撰的，令人生疑。

如此过度报道高考，可能出发点是好的。但是客观效果不外有二：

一是无端增加考生的思想压力。记得我儿子 1981 年参加高考，录取率只有 5%，竞争比现在激烈多了，但当时既没有交通管制、工地停工，也没有如今这样规模的送考大军，结果一切顺利，并没有发生什么闪失。在各种压力中，家长“望儿成龙”“望女成凤”给孩子带来的压力是最大的。有媒体联合手机腾讯网推出高考压力问卷调查，在参与调查的人群中，51.7% 的受访者认为，父母的期望给自己造成很大压力，希望家长能注意给孩子减压，让孩子保持平常心，以淡定的心态迎接高考。

二是宣扬了“一考定终身”和应试教育，似乎考上大学才算成功，考不上就是人生的失败。这与教育改革的方向背道而驰，不利于学生健康心理的形成，不利于学生整体素质的提升。

高考仍然是国家选拔人才的重要平台，而且是相对公平的平台；从某种意义上说，还是决定个人命运的转折点，考生紧张，家长焦虑，在所难免。特别是近年又出现了一些新情况，如大城市交通拥堵，增加了考生应考的困难，有关部门采取一些措施，也可以理解。但是，媒体既要考虑实际情况、体谅考生和家长的心情，又要有所引导。新闻是事实的报道，但新闻并不是事实本身，不能“有闻必录”。媒体要多报道有利于减轻考生压力、推进教育改革的事实，引领社会正确对待高考。也可以发表适当的评论进行直接引导。2017 年江苏的高考成绩只提供给考生本人，不再向考生所在学校及其他单位和个人提供。这一“放榜新政”甫一推出就受到广泛好评。就此，齐鲁晚报发表评论指出，这一做法让相关学校或机构难以在第一时间获得关键“数据”，对以高考成绩为核心“资本”的各种炒作而言，不失为一次釜底抽薪。江苏的做法和报纸的评论，对杜绝炒作“状元”、宣扬素质教育，颇有意义，值得举一反三，加以借鉴。

（原载《青年记者》2017 年 7 月下）

纸媒遭遇寒冬，更需讲求“易读”

笔者认为，所谓“易读”，就是要让受众以最少的时间、最小的精力获得最丰富的新闻信息，以利于信息的传播。做到这一点，在当前特别重要。前几年一些国外报纸倒闭，这几年我国先是《新闻晚报》《竞报》等休刊，《京华时报》纸刊又停办，进一步引发报人的焦虑。纸媒如何有效应对寒冬？重要的一条是更加重视“易读性”。

加强“易读性”，要做的方面很多。格雷和利里两位外国学者曾列出公式，要求在100个单词的一个段落的文章中不同的难字不能太多，句子不能太长，等等①。这些对我们也是适用的。比如说：

避免用生僻字词。谡，在“挥泪斩马谡”中，人们比较熟悉。但是，单独用，“谡”的意思是“起来”或“肃静”，有的报纸在新闻中这样用，就是一个生僻字，读者多数看不懂。

避免滥用方言。济南出版的报纸上多次出现“杠赛来”这个济南方言。时下，人口流动多，在济南的读者也有许多外地人，他们就未必能读懂“杠赛来”。方言一般不宜用在新闻中。

慎用网络语言。时下报纸上网络语言用得越来越多，这从某种意义上是一种进步。但是，要选择流行比较广的网络语言。某报有一条新闻中用了“剁手党”（意即购物意愿特别强的人们）。“剁手党”是《咬文嚼字》2016年选中的流行语之一，但目前主要在网络上流行。

不随意夹杂外语。在新闻中用“GDP”“CPI”“WTO”等英语缩写，读者已经熟悉，是可以的。但文中不能随意夹杂外语。某报关于摩拜单车在当地圈地稿中说“画着摩拜单车的Logo”，“Logo”这个英语词恐怕一些读者特别是老年读者感到陌生，不如直接用汉语“标识”。再说，这种做法违反有关文字规范。

---

① 格雷（Gray）和利里（Leary）《哪些因素使书好读》，出版于1935年。转引自郑金雄《易读性传播》，刊登在《政法论坛》2011年第6期。

避免用长句子。特别是那些欧化的长句子，定语、状语多，让人读起来费神。

做到“易读”并不简单，需要采编等各个环节共同努力。至少需做好以下几个方面，才能真正“易读”。

善用背景，做好解释。背景是用来解释新闻的事实材料。为了读者易于理解新闻，常常是必须有的。在科技、经济等方面迅猛发展的今天，新概念快速增多，背景尤其重要。例如，5 月 19 日各报报道一则重大好消息，中国首次海域天然气水合物(也叫“可燃冰”)试采宣告成功。这是第一次报道，更需要解释。新华社在稿件的第二段有一个背景作了解释，还有的报纸单独刊出一篇背景新闻，解释可燃冰是什么以及试采成功的意义。新闻要有背景，这本来是新闻学的 ABC，可有时被忽略了。

标题明确，避免误读。时下，那种动辄几路“纵队”的复合性标题已经少见了，复合性标题以双行的居多。复合性标题的主题和辅题要关系明确、逻辑严谨，组成一个有机体，才能让读者易于理解，避免误读。

编排恰当，善用导读。美国报纸设计界认为，好报纸应该像一幅地图，读者能顺利地找到所需到达的位置。把版面按照内容分成“叠”，每叠、每个版安排合理恰当，才能达到上述目的。

强化导读版(一般指头版)的导读作用，使它成为展示报纸内容的橱窗，尤其重要。导读要简明、重点突出，要求新求美，但不能故弄玄虚、搞文字游戏。最近某报头版头条导读：课堂里老师与同学拥抱的通栏照片，上面压标题《前方捷报》；而内页刊登的这条新闻的内容，是一所高中毕业班最后一课，班主任给学生发 7.5 元红包，希望他们高考向 750 分满分努力。笔者看了几遍，仍然一头雾水，弄不清这个“导读”到底是什么意思。类似的情况可以说相当多见。此外，导读版也不宜仅仅是个简单的目录。有一张四开版的都市报头版常常有 20 个左右的导读标题，密密麻麻，显然也不能很好地起到导读应有的作用。

要做到“易读”，最根本的是要树立以读者为本位的理念。唐代诗人白居易写诗以老奶奶能听懂为标准，人民日报在相当长的时间里给生僻字注音、释义，这都体现了以读者为本。有的报人，读者意识不够强，有的还总以为自己懂的事情，读者也都懂得，自己记得的事情，读者也忘不了，这往往就为读者阅读设置了“拦路虎”，也是需要避免的。

(原载《青年记者》2017 年 6 月下)

曲昌荣:年轻记者中好样的

清明节,是祭奠故人的日子,我不禁想起了 2016 年 12 月 16 日因公殉职的学生——曾是人民日报名记者、中央网信办移动网络管理局副局长的曲昌荣。他是个身上一团火,心中有大爱,怀中揣着一块“磁铁”的人。他用短短 39 岁的生命,诠释了新闻人的职业精神,是年轻记者中好样的。

曲昌荣是山东东营人。1996 年考入山东师范大学新闻系,从此同我和老伴建立了亲密关系,甚至可以说把我们家当成了他在济南的家。他报考人民日报就是让我们给他出的主意。我们也把他当成知音。

曲昌荣毕业后,进入大众报业集团《农村大众》工作。2001 年到郑州大学新闻系攻读硕士学位,苦读三年,2004 年 8 月跨进我国第一大报人民日报大门,同年 10 月被派驻河南记者站。2009 年 4 月,担任人民日报河南分社采编部主任。殉职时为中央网信办移动网络管理局副局长。

曲昌荣对待新闻工作有火一样的热情。正如他的同事说的:“他天生就是干新闻的。”其实,这一点在学校已经表现出来。他不仅学习成绩优秀,担任班长,还一直是山东师范大学记者团团长,在校报发表了不少文章,崭露头角。

2004 年进入人民日报以后的 10 年里,他更是做得风生水起,先后推出了“感动中国”十大新闻人物等先进典型;参与报道了河南发生的几乎所有突发事件和舆论热点事件等。他的座右铭是“在天安门城楼上想问题,在田埂地头找感觉”(人民日报一位老报人的话)。2006 年他参加中宣部组织的建设社会主义新农村采访活动,陕西、甘肃、宁夏、青海、新疆等西部偏远地区都有他的身影;2008 年“5 · 12”汶川大地震发生后,他第一时间抵达地震灾区,在抗震救灾一线坚守 20 天,被评为“全国抗震救灾宣传报道先进个人”;2008 年被评为第六届“人民日报社青年岗位能手”;2010 年被评为“中央直属机关青年岗位能手”;先后有 10 多篇内参被中央领导批示;进入人民日报第一年,即获得全国各地记者考核第一名,第三年获得优秀稿件考核第一名。

2014 年他调到中央网信办后,凭着做记者的底蕴和“拼命三郎”的工作精神,进一步展现出自己的才华，做出了骄人的成绩。曲昌荣所在的网信办移动网络管理局成立不到半年时，获得的第一个中央领导批示，便是曲昌荣起草的报告。2015年“9·3”大阅兵结束后的第一个周末，曲昌荣带着年轻同事赶写一份很急的报告，从晚上10点开始干，直到凌晨4点才靠在办公室的椅子上休息一会儿，不到5点又起来继续干……早晨8点不到，一份完整、清晰的报告已经报到了领导的案头……逝世后，他被追授为中直机关优秀共产党员。

曲昌荣对同志怀着一片大爱。每当教师节等节日，他总忘不了给我们打电话问候；来我们家看望，可以说不计其数。他始终牵挂着山东师范大学新闻系，多次来母校给学弟学妹做讲座，传授实践经验。大众日报记者、他的同学袁春秋因车祸不幸去世后，他和同学们发起捐款，并亲自送到这位经济特别困难的同学家中，向袁春秋的父母表示慰问。调到网信办后，更是无私、律己，有很好的人缘：他把妻子的北京户口指标让给同事；劝工作太累有怨气的同事休息几天，却把同事的工作揽到自己身上；对别人的优点甚至微小细节记得清清楚楚，不忘表彰；而对下属的缺点，却只在私下里“敲打”……

“长江后浪推前浪，世上新人赶旧人。”像曲昌荣这个年龄段的年轻记者，大多已经是单位的骨干，并决定着媒体的未来。他们思想敏锐、知识面宽、视野开阔、勇于创新。但是，也有一些年轻记者存在浮躁、敬业精神比较差，甚至政治意识、大局意识不强的问题，个别人平时连中央电视台的《新闻联播》及自己参与工作的报纸都不看。这就极大地影响了所在媒体的核心竞争力，削弱了媒体在传播新闻、引导舆论方面的重要作用。

曲昌荣给我们树立了一个好榜样。当前受众对媒体的要求更高了，而媒体又面临着激烈的竞争。我们的媒体人特别是年轻记者，可以从曲昌荣身上得到教益，像他那样胸怀大局、爱岗敬业、爱心满满，为新闻事业添砖加瓦。

（原载《青年记者》2017年5月下）

儿童频现电视屏幕令人忧

2017年3月27日,小学开学已经4周多,可央视综艺频道《非常6+1》儿童特别节目仍在播出。虽然有的孩子有让人称赞的表演,但不少节目让人看了不舒服,而且为孩子们的未来担忧。比如,3月6日那一期,首先出场的一个6岁女孩,完全是“小大人”模样,她带来的弟弟才3岁,在舞台上连最简单的问话都听不懂。

《非常6+1》本来是一个成人综艺节目,颇有影响。但是,几乎每到寒暑假都变为儿童特别节目,由3到12岁的孩子参与选秀。央视的另一档节目《黄金100秒》,也在寒假推出特别节目,让儿童参与,经过比拼,选出“黄金宝宝”。至于地方电视台,儿童选秀节目更是层出不穷,《不考不知道》《看你行不行,谁比谁聪明》《智在必得》《你能毕业吗》《五年级插班生》等等,可以说热闹得很。

每家电视台都有少儿频道,专做孩子看、孩子参与的节目,央视的少儿频道影响最大。许多人是看着鞠萍姐姐、董浩叔叔的节目长大的,当下,央视少儿频道的主持人红果果、绿泡泡等也颇受孩子们的喜爱。那么,那些成人频道为什么要抢少儿频道的“饭碗”呢?真让人不解。更重要的是,这些成人频道频频找儿童参与节目,可以说贻害无穷,不能不令人担忧。

首先,抹杀了孩子的纯真天性,把小孩子变成了“小大人”,成了一些成人取笑的“道具”。老舍先生曾经说:“摩登夫妇,教三四岁小孩识字,客来则表演一番,是以儿童为玩物,不可助长也。”老舍先生这番话也适用于目前儿童参与选秀:孩子似乎成了观众的“玩物”。

其次,有些节目污染着孩子的心灵。如有的节目让孩子穿十分暴露的衣服,甚至与成人一起演激情戏,等等。山东电视台《我是大明星》一期节目让5岁男孩唱《风尘情歌》,主持人还问他是不是失恋了,被观众斥为“低俗”“媚俗”。某电视台一档节目,让一个5岁的小女孩穿上性感露背装学扭臀;接着主持人问小女孩:“幼儿园里有没有喜欢你的小男孩啊?”还问小女孩最喜欢什么,小女孩竟回答:“珠宝。”深圳电视台益智栏目《看你行不行,谁比谁聪明》,拿出那些似曾相识、看似简单的小学试题,让成年人与小学生同台竞技,展开现场的“快乐智力大比拼”。

该节目每期还送出 2 万元奖金,只要答题嘉宾全部答对了 10 道问题,2 万元奖金立即奉上。这不是明显向孩子灌输不健康的观念,在他们心灵里埋下名利熏心的种子吗?

再次,无端增加了孩子们的压力。我们熟悉的河北籍小兄妹邓鸣贺、邓鸣璐,很小就多次登上舞台,压力可想而知。后来邓鸣贺因白血病夭折,就可能和这种压力有关,接替哥哥参与节目的邓鸣璐,其紧张的表现,让人看了心痛。最近爆出曾是童星如今 17 岁的林妙可频频参加艺考受挫,受到很大的打击。这个曾经在北京奥运会上唱《歌唱祖国》的林妙可(后来披露真唱另有其人),背负着沉重的舆论评价。

不错,确实曾有脱颖而出的童星,比如美国的秀兰·邓波儿,1935 年,年仅 7 岁的她就获得了奥斯卡金像奖,轰动全球,2006 年获得美国影视演员协会终身成就奖。我国也有成功的童星,如金铭,9 岁因出演《婉君》而出名,之后又接拍了一系列琼瑶电视剧,被冠以"永远的童星"称号。再如蔡明、蔡国庆、关凌也是从童星成长起来的。但是,在千千万万努力争取上节目的孩子中,获得成功的可以说寥若晨星。许多家庭为了让孩子"成龙成凤",千方百计引导他们参加选秀,上各种培训班,不仅加重了家庭经济负担,还影响了孩子的学业,最后往往竹篮打水一场空。

习近平同志在中国文联十大、中国作协九大开幕式上的讲话中告诉我们:"不让廉价的笑声、无底线的娱乐、无节操的垃圾淹没我们的生活。"这番讲话,不仅对文艺界是深刻告诫,对许多电视节目也是极有针对性的警示!成人电视节目不能为了提高收视率或者其他任何原因,让孩子过多参与,从而对他们造成伤害。

(原载《青年记者》2017 年 4 月下)

数字报免费阅读:时下明智的选择

2016 年 12 月 21 日,我国第一大报《人民日报》刊登通知:“为了更好地传播党的主张、反映人民心声、有效引领舆论、服务广大读者,现决定从 2017 年 1 月 1 日起取消《人民日报》数字报收费。”

早在 2010 年,《人民日报》就曾通知数字报(即电子版)开始收费,但是没有坚持多久,只有新闻版块收费。后来笔者一直天天阅读《人民日报》数字报,没有一点障碍,也就是说这些年并没有真正完全收费。

全国第一大报《人民日报》数字报收费有如此多的周折,说明数字报收费还是免费,确实是一个值得讨论的问题。

2010 年时,我认为党报收费还不是时候,今天仍然坚持这一观点。如今情况有了变化,网络更为普及,特别是中央提出传统媒体和新兴媒体融合,各地正在探索融合的方案。在这种情况下,笔者又产生了一些新的看法。

笔者并不否认数字报收费是维护知识产权的一项举措,如果时机恰当,处理得好,也可增加经济收益。这样做无可厚非。但是,数字报收费,特别是没有完全进入市场的党报数字报收费,条件仍然不成熟。党报多是摆放在阅览室或张贴在报栏里的,私人订阅党报的不多。据我观察,从事大学教师职业的人当中,就很少有人自费订阅党报。即使在阅览室看党报,有些人也是浏览一下而已。党报的发行,特别是地方党报的发行,往往靠有关部门的支持。而按照《人民日报》2010 年数字报的收费标准,一年要 198 元,差不多可以订阅一份都市报了,并不像某专家说的“花很少的钱就可以阅读到优质的新闻内容”。一名网友曾经做过一个调查:“《人民日报》电子版每天是免费阅读的,您每天都上网阅读吗?”结果显示,选择“我每天都上网阅读《人民日报》电子版内容”的位居首位。而实行收费后,选择阅读的必然大大减少。所以,目前数字报收费虽然表面上似乎可以增加经济收入,但实际上会减少阅读数字报的读者数量,进而损伤报纸的影响力。因而人民日报又宣布数字报免费阅读,这是明智的做法。

再者,笔者还担心其他报纸盲目跟进。有人说,2010 年《人民日报》数字报收费,可能是第一张倒下的多米诺骨牌,这话有道理。因为,地方报纸模仿《人民日报》,是一个普遍现象。而某些地方党报,老观念深,亲和力差,勉强做数字报收费,就更不合时宜了。

其实,《人民日报》并不是我国第一个实现数字报收费的。早在几年前温州日报报业集团的几家报纸,包括党报和都市报的数字报都曾收费,开始经济效益还不错,但后来集团实施“一报一网”战略,各报直接将自己的报纸在网上免费提供阅读,收费也就持续不下去了。

在国外,过去几年就有许多报纸宣布撤销以往实行的数字报收费办法(他们也称为“付费墙”),改为免费阅读。其中包括加拿大知名报纸《多伦多星报》和英国销量最大的小报《太阳报》。而美国也一直存在免费还是收费的争论。世界传媒大亨默多克与谷歌 CEO 埃里克·施密特主张就迥异。默多克一直提倡付费阅读。而施密特认为:“小部分提供特定新闻内容的发行商,收费模式可能会成功。通常,收费模式并不适用于普通的新闻发行商,因为免费资源太多。”争论的结果,默多克处于下风。后来,默多克鼓吹的“报纸电子版读者收费计划”只好暂缓执行,他拥有的报纸中,目前只有《华尔街日报》电子版收费,其他报纸还一直犹豫。国外一家调研公司 GfK 曾做过的一项调查也显示,全球87%的网民不愿为报纸网络版内容付费。

数字报到底免费好还是收费好?这仍然是一个有待观察和讨论的问题。但是,《人民日报》恢复免费阅读,给了我们有益的启迪。我国媒体融合已经进入深水区,《人民日报》取消数字报收费的举措,可以让更多读者方便快捷地享用中国最大的报纸提供的丰富新闻大餐。

(原载《青年记者》2017 年 3 月下)

鸡年春晚与春晚报道的喜人改进

2016 年 11 月,笔者曾在《青年记者》发表过一篇文章《对鸡年春晚的期待》。文中说:"人们有理由期待,鸡年春晚能办成一台正能量满满,充盈温暖,赏心悦目的联欢会,让春晚重新赢得众多民众的青睐。"笔者除夕在电视上看过后又在网上认真看了这台晚会,有的节目还看了两三遍,觉得比去年猴年春晚有很大改进。

鸡年春晚总导演杨东升在春晚前接受采访时说,节目要争取做到好听、好看、好笑,最大的心愿就是尽量不被大家吐槽。这正说明,他要接受近年、特别是猴年春晚被大量观众吐槽的教训,针对近年春晚存在的问题,办好这届春晚。这些问题包括:年轻观众少,南方观众少,少数民族观众少,回避现实问题,节目生硬、说教味浓,等等。由于遵循"春晚是人民的春晚"的指导思想,鸡年春晚有了许多可圈可点之处。比如:

第一,演员中新面孔多,特别是年轻面孔多。正如杨东升说的:"今年的春晚要创新,首先面孔上要新。"晚会开场"欢乐颂五美"刘涛、蒋欣、王子文、杨紫、乔欣携手 TFBOYS 表演歌舞节目《美丽中国年》;胡歌、王凯、陈伟霆、鹿晗、井柏然、张艺兴等年轻演员登场,会抓回年轻的观众看春晚。李谷一、关牧村、阎维文等一批老艺术家的演出,继续受到热烈欢迎。

第二,语言类节目敢于接触社会现实,而且打破多年不能讽刺的禁区。比如姜昆、戴志诚的相声《新虎口遐想》,抨击了人们关注的腐败问题。当表演中说到"动物园园长昨晚被检察机关带走了。理由是,贪污老虎伙食费"和结尾时说到"老虎不敢出来,因为现在是老虎苍蝇一起打"的时候,观众都报以掌声。

其他不少节目也触及现实、贴近生活,如"一带一路"、"二孩"政策、"朋友圈"、电视相亲、食品安全、道路拥堵、电信诈骗,等等。

第三,空洞说教味大为减少,更讲求遵从艺术规律。无论是语言类节目还是歌舞类节目,甚至主持词(串联词)都绝少生硬的说教。当然,这不等于脱离政治。不少节目都是寓教于乐,宣扬了这些年我国一些领域的深刻变化,彰显了社会主义核心价值观;五位老红军、老战士、老英雄以及十一位航天员的出场,给了观众很大的鼓舞。

第四,四个分会场展现了万民同欢乐、全国庆新春的浓厚氛围。四个分会场各具特色,桂林、上海、四川凉山分会场,特色鲜明,会争得一些南方观众。哈尔滨分会场以冰雕为背景的冰舞精彩绝伦,也吸引了观众的眼球。

新疆虽然没设分会场,但第一次由维吾尔族演员主演的小品《天山情》受到热捧。它不仅展示了新疆人民的能歌善舞、诙谐热情,而且通过一个真实的故事,展现出深厚的民族情谊。

第五,晚会充满高技术元素,舞台更加靓丽多彩。

媒体对春晚的报道也有明显的改进。前几年关于春晚的报道和评论,几乎都是一片吐槽声,2016 年则来了个 180 度大转弯,全国媒体同声高调赞扬春晚,还报道总导演给自己打 100 分。这些报道和评论对春晚的评价都不客观。2017 年春晚报道还是普遍点赞了晚会的亮点,但总的说,比较客观和淡化了。

同时,媒体关于鸡年春晚的评论也有不足之处,很少有指出春晚瑕疵的。习近平在文艺工作座谈会上强调“文艺批评是文艺创作的一面镜子、一剂良药,是引导创作、多出精品、提高审美、引领风尚的重要力量”,“文艺批评就要褒优贬劣、激浊扬清”。鸡年春晚尽管亮点不少,但是,哪有历年春晚那样能够流传下来的经典节目?(如晚会开头出现的相声大师侯宝林以及“宇宙牌香烟”“你就像那一把火”“常回家看看”等优秀作品的经典声音)再者,除了《天山情》《新虎口遐想》有一些笑点之外,好笑的东西并不多;相声剧《信任》中演员四次激动欢呼“生了个大儿子”,明显宣扬重男轻女的陈腐观念;相声《新虎口遐想》里老虎“发情”的说辞,则有些低俗;小品《老伴》里不仅时尚靓丽的蔡明与土气猥琐的潘长江不像一对夫妻,而且蔡明扮演的角色“失忆”,违反医学常识。失忆症患者的明显症状不仅包括记忆力丧失,还有言语表达因难,而她思维敏捷,语速很快,还说出了“颜值越高责任越大”的“金句”,这哪是失忆?如此这般像秃子头上的虱子的明显问题,没有见到有哪家媒体提出了批评。

鸡年春晚过去了,人们又有了新的期待:坚持“人民的春晚”的指导思想,下届春晚有更多能够流传下来的好节目,对春晚的报道和评论更加公正客观。

(原载《青年记者》2017 年 2 月下)

水分多:某些广电节目的弊端

广播电视仍然是人们获取信息、知识,得到娱乐休闲的重要渠道。但是,一些广播电视台的节目,掺的水分多,干货少,引起公众不满,也降低了节目的影响力。

首先,受到吐槽最多的是广告泛滥。“文革”后恢复广告,是一种拨乱反正。广告既是广播电视台的经济支撑,也是推进经济发展的驱动器,同时可为公众提供实用信息,优秀广告还能够给人以美的享受。人们不满的是广告过多。原国家广播电视总局早就制定了《广播电视广告播出管理办法》。办法要求,播出机构每套节目每小时商业广告播出时长不得超过12分钟,电视剧插播广告每次时长不得超过90秒。办法还规定,广播电视广告播出应当合理编排,商业广告应当控制总量、均衡配置,广播电视广告播出不得影响广播电视节目的完整性,除节目自然段间歇外,不得随意插播广告。对中午和晚上黄金时段,要求更加严格。以后又多次下文要求规范广告,但是广告泛滥屡禁不止。

每天的早间新闻,是广播电台最重要的新闻节目,听众急切地想听到更多的新闻。中央人民广播台“中国之声”的《新闻和报纸摘要》节目就完全没有广告。但是一些地方电台的早新闻插播广告,比如一家市级电台的早新闻,中间就插播两次广告,有时一次广告就很长,几乎把一天的广告都播了,影响节目的完整性。

电视剧广告多,是观众最烦的。2016年国家新闻出版广电总局办公厅又发出通知,提出不得在每集(以45分钟计)电视剧中以任何形式插播广告。可实际情况是一些台仍然在电视剧中插播广告。有的观众甚至调侃:“现在是广告里插播电视剧。”其他广告也有增无减。有网友曾揭露某省台一个购物栏目广告的时间有20-30分钟,还有网友批评某市电视台广告占到总播出量的50%。央视综艺频道多次在21点的节目前预告“离节目开始还有59秒”,但59秒后新节目并不开始,再次播出广告;接着又说“离节目开始还有59秒”,然后又是广告。直到三次出现“离节目开始还有59秒”的预告,后面的节目才真正开始。这当中插播了多少广告?

第二是片头、片花啰唆,在一档节目里重复的次数太频繁。片头和片花是广电节目的重要元素，特别是片头一定要有，它可以说是节目的标志，展示节目的内容、风格，片花则可以起到分割作用。但是，片头和片花不能太长，宜简约、有新意。广东东莞电视台有一个节目《今日莞事》，片头只有十个字“今日莞事，关注百姓身边事”，简约明了，配上恰当的音乐，颇受受众的欢迎。有一些地方台不仅片头太冗长，而且缺少美感，片头和片花在一期节目里重复出现的次数过多，也让受众感到厌烦。

第三是不合理的音乐太多。这里说的不是音乐台的节目，也不是综艺类节目，它们有音乐是正常的；社会类、生活类节目，当中插播少量音乐，也无可厚非。某地方电台一档说新闻、讲故事的谈话类节目，主持人声音不错，颇有亲和力。但是，除了多次插播广告、片花外，还有很长的音乐，有时竟有两三首歌曲，可以说大煞风景。

第四是废话多。这一点连央视个别节目也未能避免。央视一档综艺节目，自称是“百姓歌唱圆梦类节目”。它可以算得上笔者看到的最啰嗦的节目了。存在这样一个节目，就让人质疑。因为它与《星光大道》一样是百姓一展歌喉的舞台，专业评委阵容强大，但是没有推出过王二妮、阿宝、旭日阳刚、“大衣哥”朱之文等这样的优秀草根歌者。而那位被称为“情感观察员”的女士，像车轱辘一样的废话很多，实在讨嫌。由于废话多，一个多小时的节目只有五六位（组）歌手上场，四位音乐评委投票往往从感情出发，而不是以演唱水平为准。他们自己说是为了增加“趣味性”“刺激性”，结果既没有趣味也没有刺激，而是让人感到乏味。

克服广播电视节目水分多的弊端，主要靠主管部门的监管和从业人员的自律。为什么国家广电主管部门发的很多文件，几乎成了一纸空文？主要是对违规的处罚太轻，不足以阻挡客户和电视台、电台违规。有的地方主管部门对违规行为睁一只眼闭一只眼，如果不严加监管就不能解决这些问题。对电台、电视台而言，要切实做到社会效益和经济效益统一，把社会效益摆在第一位。同时，从业人员要增强职业精神，首先想到如何提高节目质量，吸引受众。

（原载《青年记者》2017 年 1 月下）

浮躁:新闻人的一种常见病?

10 月底,山东师范大学新闻专业举行成立 30 周年庆祝活动,特别是 10 月 29 日的庆典,热烈、隆重。不仅许多外地系友纷纷赶来,复旦大学、清华大学等高校新闻传播方面的学者以及山东省、济南市新闻单位的领导同志,也应邀参加,庆典后还举行了讲座。当地媒体及国内主要门户网站都做了报道。但是,遗憾的是,报道中出现一些不应发生的差错,在处理上也有不妥当的地方。

当地四家都市报中,除《齐鲁晚报》未发现失实处外,另外三家报纸都有不真实的地方。比如:

某报把应邀上台接受学生献花的两位老教师,说成某教授和他夫人。其实那位女教授是另外一位老教师。

某报说某两位老教师“由疆入鲁,夫妇开创新闻专业”,不准确。事实是他们夫妇在新闻专业开办第二年才进入山东师范大学新闻专业任教,并不是开创者。在新闻的另一处,说“直到 1999 年,两位老师才正式退休”,也不合实情。他们两人中那位女教师是退休后来学校任课的(当时国家规定具有高级职称的女同志 55 岁退休),而那位男教师 1996 年按当时规定退休,由于所带研究生没有毕业又被返聘。

某报在报道出席庆典的嘉宾时,把大众报业集团党委副书记、齐鲁传媒集团总经理赵念民,错为大众报业集团党委书记、董事长、总编辑傅绍万。其实,庆典开始主持人介绍嘉宾时就说了赵念民的名字,赵念民发言时又先说明傅绍万因为参加省委重要会议,由他代表傅绍万和大众报业集团表示祝贺。

新浪网等网站报道,在庆典下午举行的新闻传播论坛中,南京大学新闻传播学院陈玉申教授做了《中国通讯社的历史变迁》的讲座,这是失实的。那天下午只有复旦大学新闻学院教授李良荣和清华大学新闻与传播学院教授李彬做了讲座,陈玉申教授实际没有做讲座。这可能是把计划的事情当成发生的事实了。

上述报道中的差错主要是失实。新闻真实是一个复杂的问题,有现象真实、本质真实,局部真实、全局真实,等等。事物都有一个发展、暴露的过程,记者选择事实又有不同的观点和角度，所以要完全做到新闻真实，并不是一件容易的事。但是，上述关于山东师范大学新闻专业30周年庆祝活动报道的失实，是关于“何人”“何事”这样基本新闻要素的失实，是不应该发生的低级差错。这次庆祝活动，是笔者亲历的，所以才发现了如此大面积的差错；可以想象，平日的报道中可能有更多类似的差错未被发现。

山东师范大学新闻专业成立30周年活动搞得非常隆重，校友们为此做出了很大贡献。时逢30年，隆重庆祝活动本身无可厚非。笔者思考的另一个问题是，一所普通院校的一个专业庆祝30周年这件事情，需要如此多的媒体、如此突出地报道吗？这就提出了一个如何选择和安排报道的问题。世界和宇宙上的事物繁杂多彩、变动不居，哪些事物不值得报道，哪些事物可以简要报道，哪些事物需要突出报道，是有选择标准的，而不能感情用事。一般来说，有两个标准：新闻价值和宣传价值（也有人主张新闻价值和新闻政策）。显然，上述媒体对山东师范大学新闻专业30周年活动的报道，没很好体现这两个标准。

无独有偶。最近，新疆人民广播电台电话采访了我和我的老伴。稿子写得挺好，但是我从他们播出的新闻中发现了一些差错。报道中说我老伴是新疆日报最早的女记者，其实在她之前，新疆已经有几位女记者（虽然没有她待的时间长）。另一篇关于我的报道中说“年轻的编辑记者都把报社领导和业务水平高的老报人称为‘伯伯’”，也不准确，其实当时都是直呼其名。

发生上述问题，重要原因之一是一些新闻人的浮躁。恩格斯指出：“新闻事业使人浮光掠影，因为时间不足，就习惯于匆忙地解决那些自己都知道还没有完全掌握的问题。”①浮光掠影可以说是新闻从业者先天的弱点。这就更需要我们有扎实的作风。可时下，浮躁似乎成为新闻人的一种常见病。力戒浮躁，才能做到报道准确深入，掂好事实的分量，恰当选择和安排稿件。

笔者亲历了山东师范大学新闻专业30周年庆祝活动，见到了很多久未谋面的学生，感到十分温馨；新疆台关于我们夫妇的报道提供了一些宝贵资料，也让我们感到珍贵。但是作为一个从事新闻实践和教学几十年的人，有责任指出报道中的问题。期待我们新闻人业务更精湛，作风更踏实，这对面临挑战的传统媒体尤为重要。

（《青年记者》2016年12月下）

---

① 恩格斯1889年12月9日致康德拉·施米特信中的一段话，详见《马克思恩格斯全集》第37卷。

对鸡年春晚的期待

2017年是鸡年，央视鸡年春晚动手早，据报道已经进行过彩排，为开门办春晚、寻找合适演员的电视节目《我要上春晚》也提前播出。新一届春晚会不会有进一步改进，更能抓住观众，值得期待。

从1983年开始举办的央视春节晚会，被看作中华民族最重要的节日春节不可或缺的项目，就如一家人围坐在一起吃年夜饭一样。20世纪八九十年代，每当春晚开播，大部分观众都饶有兴趣地从头看到尾。可是，毋庸讳言，这些年人们对春晚的关注明显淡化了。以我这个三代同堂的家庭来说，第三代（大学生）根本不再坐在电视机前，而是去专心玩电脑或者手机了；第二代虽然仍然坐在我们身旁，但也主要是低头看手机，偶尔抬头瞄一下春晚节目；只有我们老两口还盯着电视机，可兴趣也不大了，根本没耐心看完，对节目还不断评头论足，甚至吐槽。这可能是相当多家庭的情况。

为什么春晚会遇冷？

从客观上讲，进入90年代，电脑、手机更加普及，各种文娱晚会等演出活动层出不穷，人们的选择性更加多元化，这对春晚是极大冲击。同时，"萝卜白菜，各有所爱"，一台晚会很难满足天南地北男女老少的需求。关注春晚的热情淡化，在所难免。

从主观上讲，春晚要吸引观众，主要是要有精彩的节目。1984年春晚马季的单口相声《宇宙牌香烟》，用幽默的语言讽刺了夸张广告、虚假商品宣传，引起极大反响；试想这段相声拿到今天来，不是会同样受欢迎吗？还有给人们留下深刻印象的许多早期节目，如王景愚的《吃鸡》、陈佩斯和朱时茂的《吃面条》，其逼真生动的表演，到今天仍然会有人喜欢。讽刺特权思想的小品《打扑克》、真实反映计划生育的小品《超生游击队》，其贴近现实的表演，今天仍会受欢迎。

前些年歌舞类节目也有不少流传至今的。韦唯在1989年春节联欢晚会上深情演唱的《爱的奉献》，浅显易懂、舒缓温馨、高尚大气，洋溢着人间最美的感情，成为春晚的经典歌曲；还有《难忘今宵》《在那桃花盛开的地方》《红旗飘飘》《常回家看看》《时间都去哪儿了》以及引起轰动的聋哑演员表演的舞蹈《千手观音》等，不仅在当年的春晚上大受欢迎，现在仍然为人们喜爱。笔者列举这些过去的精彩节目，并不是希望完全重复以往的套路，而是希望能够接受它们的经验，勇于创新，推出更多“源于生活，高于生活”、为群众喜爱的优秀作品。

习近平在文艺工作座谈会上的讲话强调，必须把创作生产优秀作品作为文艺工作的中心环节。只要有正能量、有感染力，能够温润心灵、启迪心智，传得开、留得下，为人民群众所喜爱，就是优秀作品。而当前文艺的最大问题是浮躁，急功近利，竭泽而渔，粗制滥造。

这些话对春晚节目的创作也适用。春晚中那些脱离实际、粗制滥造的节目，怎能不失去观众？文娱节目有教化作用，春晚也一样，但要寓教于乐。如果太生硬，既难以起到教化作用，还会引起逆反心理。同时，春晚不同于一般主题晚会，只要洋溢着欢乐、祥和、温馨，就能体现在追求实现“中国梦”中的社会进步和人民幸福的主旨。

要客观报道和评论春晚节目，并以此推动春晚的改进。习近平指出：“文艺批评是文艺创作的一面镜子、一剂良药，是引导创作、多出精品、提高审美、引领风尚的重要力量。”“一点批评精神都没有，都是表扬和自我表扬、吹捧和自我吹捧、造势和自我造势相结合，那就不是文艺批评了！金无足赤、人无完人，天下哪有十全十美的东西呢？良药苦口利于病，忠言逆耳利于行。有了真正的批评，我们的文艺作品才能越来越好。文艺批评就要褒优贬劣、激浊扬清。”①难道春晚就是十全十美的吗？习近平这些话对春晚的报道和评论同样有指导作用。对猴年春晚就存在报道和评论不够客观的问题。这届春晚几乎没有什么节目流传下来，而一些媒体的报道和评论一片叫好，这是违背习近平关于文艺批评的意见的。2016 年中秋假期，央视播出一些历届春晚优秀语言类节目，除了小品《将军与士兵》是猴年的，其他几乎都是前几年的。这与许多媒体对猴年春晚的高度评价不是相矛盾的吗？

习近平在文艺工作座谈会上的讲话，给文艺工作包括春晚指明了方向，这些年又积累了不少经验教训。人们有理由期待，鸡年春晚能办成为一台正能量满满、充盈温暖、赏心悦目的联欢会，让春晚重新赢得众多民众的青睐。

（原载《青年记者》2016 年 11 月下）

① 习近平在文艺工作座谈会上的讲话，2014 年 10 月 15 日。

治“同质化”,别开错了药方

都市报“同质化”是一个老问题了。近年都市报式微、个别报纸停刊,除了外部因素,恐怕与“同质化”有关。一些报纸做了治“同质化”的探索,但是许多做法并没有啥效果,反而影响了报纸的阅读率和经济效益,原因恐怕就在有些“药方”开错了。笔者把开错的“药方”归纳为三个方面。

一是尽量少报道国内外要闻。有的都市报把“同质化”的原因归之为刊登国内外要闻,就尽量不登或少登国内外要闻。比如,中央全面改革领导小组的会议做出的一些关系国计民生的重大决定,有的主要都市报就没上要闻版;全球瞩目的杭州 G20,有的重要活动,如工商峰会,有的主要都市报没有报道。

了解国内外要闻,是人们最主要的读报动因。1990 年我国第一张都市报《华西都市报》提出嫁接党报的优势,就是注重刊登国内外要闻。后来,《齐鲁晚报》等多数晚报改午后出版为早晨出版,也是为了让读者更及时看到前一天的要闻。就连 20 世纪 50 年代以副刊著称的上海《新民晚报》(当时叫《新民报晚刊》),也重视国内外要闻。1956 年 1 月,《新民晚报》改版,更加强了重要新闻报道。笔者至今记得,当年 10 月第二次中东战争期间,报纸一上市,上海外滩立即出现热烈哄抢的场面。当今,《新民晚报》仍然经常在头版和二版刊登重要国内外要闻。重视刊登国内外要闻不是“同质化”的原因。首先,这样的要闻在整个报纸稿件中比重并不大;其次,各报可以用自己的不同处理,以显示其特色。

二是用新闻娱乐化展示特色。娱乐是人们的需求,提供娱乐是报纸、特别是都市报的功能之一,一般说来,都市报娱乐内容多一些是正常的。但是,有的都市报靠大量增加娱乐新闻和新闻娱乐化来避免“同质化”,刊登过多奇闻怪事、八卦新闻、带煽情刺激性的犯罪新闻,甚至在有的主要都市报上出现颇具煽情色彩的新闻标题。最近在网上热炒的王宝强离婚事件,有的主要都市报也跟着大加炒作,甚至在头版头条大字标题突出报道。这样做的结果可能在某种程度上显示了其与别的报纸不一样之处,但是偏离了方向,降低了报纸的格调,损伤了公信力。所以,这也不是去“同质化”的好药方。

三是过分强调直接为日常生活服务。人们常说，报纸是新闻纸，其实报纸也是服务纸。这里说的“服务”是狭义的，即直接为公众日常生活服务。我们的报纸有这样的传统。如抗日战争期间先后在南京、武汉、重庆办的《新华日报》就专门开辟专栏，为读者提供切身的直接服务。都市类报纸确实应该比一般报纸提供更多这样的服务。但是，都市报也是逐日出版的综合报纸，它首先还是“新闻纸”，直接为生活服务的内容不宜过多。记得新世纪初在时任总编辑王大千主持下，《生活日报》曾经进行过一次改版，笔者参加了那次改版座谈会。该报创刊之初，主要是为群众生活直接服务的内容，编排上也是小鼻子小眼，不太受读者欢迎。那次改版提出将“小生活”改为“大生活”，增加了关系国计民生的报道，版面也大气了，从而提升了报纸的影响力，成为面向当地市民的一份比较重要的报纸。由此可以证明，把直接服务生活作为报纸主要功能，同样不是治“同质化”的良方。

都市报“同质化”与都市报崛起几乎是同时的。这主要是因为一个大城市往往有几份都市报，而新闻来源又几乎一样，有的报纸出现好的做法，其他报纸立即效仿。这样，怎能不“同质化”？

在笔者看来，治疗“同质化”并没有灵丹妙药，只能尽量减少这种现象。

一是靠确定好报纸的定位。都市报是应该分层次的，层次不同，读者定位不同。每家报纸都需要有自己的核心读者群，沿着这个核心扩大，可以尽量延伸到其他读者。有的可以定位为“高级大众化报纸”，有的不一定要定位这么高。这样，报纸的区别就得以显现。

二是靠增加高价值的独家报道和对新闻的独到解读，这是报纸的核心竞争力之所在，“内容为王”仍然是正确的。

三是形成编排等方面的独特风格。比如《齐鲁晚报》常常用虚题作重大时政新闻的主标题（如杭州 G20 峰会开幕和文艺晚会的主标题是《觅知音》），这已成为它的一种特色。

当然，理想的情况是“一城一报”（这里的“报”指都市报），这是报业发展的趋势。但是，即使报纸亏损，当地官员也难以忍痛舍弃自己的宣传阵地。看来，都市报“同质化”在相当长的时间里，仍然是难以消除的。

（原载《青年记者》2016 年 10 月下）

奥林匹克精神的进一步回归

里约奥运会8月结束。我国运动健儿获得好成绩,而国民的心态和媒体的报道,也悄然变化。这种变化体现了奥林匹克精神的进一步回归。

媒体报道的变化,主要有两个方面:

第一,“金牌情结”淡化。人们仍然看重金牌,但不仅仅看重金牌了,还看重对更快、更高、更强(奥林匹克口号)的追逐过程,以及享受比赛的快乐。

在这届奥运会上,中国女排继获得决赛权后,战胜塞尔维亚女排,登上冠军的宝座,又一次展示了顽强拼搏、永不放弃的女排精神,国人和媒体热烈欢呼。同时,有一些没获得金牌的选手也博得媒体的青睐,这就显示出“金牌情结”趋于淡化。首金争夺战,中国两位射击顶尖选手杜丽和易思玲本来预想是金牌的“双保险”,但最终败给了名不见经传的美国小将特拉舍尔。以往要是遇到这样的情况,舆论难免责难,但是这次没有获得金牌的她们,依然得到媒体的很多赞美,特别是杜丽,不少报纸在头版甚至头版头条进行报道。在女子100米仰泳半决赛中,中国选手傅园慧以半决赛第三的成绩晋级决赛。傅园慧赛后接受采访展现其幽默直爽,她对自己能游出个人最佳成绩感到非常满意,并说自己已经“使出洪荒之力”。这位没有拿到金牌的泳坛选手,不是因为进入半决赛受到赞扬,而是因为她的率真、耿直、有个性,被称为“表情帝”和“段子姐”。正如《北京青年报》所说:“即便是运动员,他们也是真实的个体,也有着个体的喜怒哀乐、爱恨情仇,他们不是比赛的工具和竞赛的机器,他们不该背负太多体育之外的东西,他们也不能被体育吞噬掉作为个体的鲜活。”

过去,由于外敌侵略和统治者腐败,我国积贫积弱,被称为“东亚病夫”。之后,我国人民特别渴望在国际赛事中取得好成绩,展示我们的强大,激励国人的斗志,因此特别重视奖牌,这理所当然。1984年许海峰在洛杉矶奥运会上获得我国第一枚奥运会金牌,引起举国欢呼。中国女排在洛杉矶奥运会获得金牌,实现了“三连冠”,捷报传来,中华大地一片欢腾,“女排精神”成为改革开放新时代的标杆,北京大学的学子喊出了“团结起来,振兴中华”的口号,激动得北大学子甚至点燃了自己过冬的棉被庆祝。现在,我国不仅是经济大国,还成为体育强国,自然就不需要那样过分重视金牌了。同时,"唯金牌论"也产生过负面作用,服用兴奋剂就是其中之一。特别严重的是"马家军"教练马俊仁,鼓吹用鳖精等增强运动员体力,其实是迫使王军霞等女选手使用兴奋剂。

第二,报道视野更加开阔。《奥林匹克宪章》指出,奥林匹克精神就是相互了解、友谊、团结和公平竞争的精神。1984 年洛杉矶奥运会,因美国媒体给了他们国家的运动员太多的报道,而受到诟病。2008 年的北京奥运会,作为东道主,我国的主要媒体在大力报道我国选手表现的同时,用相当多的报道展示了外国运动员的风采,例如对获得 8 枚金牌的美国"飞鱼"菲尔普斯等的宣扬,给人们留下深刻印象。而这届奥运会,新闻报道更加重视中国元素和国际视野的结合,许多媒体对牙买加"飞人",100 米、200 米、4×100 米接力冠军博尔特等一大批外国健儿作了突出报道。特别引人注目的,是对两位特殊的外国健儿的报道和评论。一是央视《新闻 1+1》的节目《席尔瓦:贫民窟里的金牌"富翁"》。巴西选手席尔瓦出生在离奥运会运动场不远的一个贫民窟。8 月 9 日在女子柔道 57 公斤级的决赛中,席尔瓦获得巴西首金。她有着不幸的经历,被歧视和恶毒地辱骂过。主持人白岩松展示的 8 月 10 日的巴西报纸上全是她的笑脸。白岩松说得好:这是反贫困反歧视的胜利!二是多家媒体对已 41 岁的乌兹别克斯坦体操运动员丘索维金娜的报道。她这次是第七次出战奥运会。为了患白血病的儿子,从 26 岁开始,丘索维金娜朝全能型发展。多年来,她不仅在她的强项跳马中屡屡夺得奖牌,而且在其他体操比赛中也取得好成绩。现在,她的儿子已经病愈,她仍然表示要继续战斗下去。她的倔强、坚韧,博得媒体喝彩。

我国有个成语:"过犹不及。"我们既不能陷入"唯金牌论",也不能盲目地"看淡金牌"。竞技运动,一定要争金夺银,作为规模最大、项目最全、级别最高的运动会,奥运会是国力比拼的平台。为国争光,仍然是选手们的奋斗目标和媒体报道的主旋律。

(原载《青年记者》2016 年 9 月下)

版面编辑要善用版面语言

浏览报纸,不时发现一些对版面语言不甚了解、运用不够恰当的情况。兹举例如下。

某报 2015 年有一天头版下部通栏并排三个形式完全相同的标题,主标题都是红色的(副标题的字体字号格式也相同):

坦克来了　大腕来了　话题来了

首先,三个并排的标题内容无关,但标题形式完全相同,不符合内容与形式契合的原则。

其次,有俩标题没有准确表达新闻内容。第二个标题的副题是巴西国家队前主帅曼诺正式签约鲁能,主题《大腕来了》还可以;其他两条新闻就太勉强了。特别是第一个标题的副题说的是土耳其军队擅自入境,伊拉克发出逐客令。怎么能说"坦克来了"? 方向就不对啊。为了硬凑三个"来了",导致词不达意。

再次,标题用红色没有充足理由。色彩是一种编排手段。红色一般用于喜庆的事情或特别要突出的新闻标题。

稿件绝不是随意堆积在版面上的。笔者 1958 年刚到新疆日报工作时,当时的总编辑富文给我们几个大学生讲了他亲身经历的一件事,让我们记取他的教训。解放初期,富文担任头版主编,一次在毛主席活动照片紧邻的版位安排了一条关于犯罪分子服刑的新闻。在当时此事被看得很严重。今天,布局稿件时,仍然不能"拉郎配",随意把不宜相邻的稿件安排在一起。

版面语言运用得好,会更好地体现编辑意图,增强传播效果。如 2015 年度中国新闻奖获奖版面,南京日报 2014 年 12 月 14 日的封一版,整版报道国家首次举行公祭大会,事件重大、举国关注、世界瞩目。版面以黑色为主色调,黑报头,黑色大标题,体现了公祭日的哀悼、庄严与凝重。版面上部用通栏大照片展示习近平总书记与南京大屠杀幸存者和死难遗属共同给国家公祭鼎揭幕,寓意深刻。下部的中心是公祭鼎的照片,公祭鼎照片两侧分别是对称的"国之祭"和"民之愿",突出了国家公祭活动这个主题。整个版面色彩运用恰当,布局合理,条理清晰,营造出强烈的视觉震撼力和冲击力。

版面语言，是一种形式语言，是内容的特殊表现形式。它的基本形式，包括版面空间、编排手段（含字符、线条、图片、色彩）和版面的布局结构。内容决定着版式形式，决定着版式语言的情状和态势；反过来，内容也同样受制于版式语言。内容和形式是互相促进、互相补充、互相依存、互相统一的关系。如果从我国最早的报纸《开元杂报》算起，我国报纸已有一千多年的历史。那时的报纸是“系日条事，不立首末”的原始形态，还谈不上版面语言。我国近代报纸的版面语言有一个产生、发展、丰富的过程，由书本式（如 19 世纪 80 年代梁启超创办的《时务报》就是 30 多页的书本）到单页式；由字体字号无区别到有各种各样的字体字号；由没有标题到类题、一文一题，再到复合题；由版面不分轻重到按照稿件重要性和互相联系安排稿件；由编排杂乱到 1926 年天津《大公报》首先使用综合编辑法……

20 世纪 90 年代以来，随着科技的发展和编辑经验的积累以及网络新媒体的冲击，报纸版面语言更加丰富了。厚报时代的到来，使头版成为报纸的窗口，报纸更注意头版的设计，用图片、色彩、线条装点版面，增强视觉冲击力，吸引读者眼球。特别引人注意的一些主要都市报，在头版设计上下了不少功夫，例如注意精心设计“中心图”。有的还把照片和绘画、图表结合起来。举一个例子：《齐鲁晚报》2016 年 1 月 9 日头版上部，报道山东省拟出台物业费管理收费新规，就作了精心的设计。以一座房屋的框架为背景，压题《业主，您将拥有这些权益》，下面的副标题列了业主将享有的多项权益，最下面画的是各阶层的人们正在围观。这个设计，形式、内容契合，标题亲切、接地气，颇有吸引力。

值得注意的是，时下有些报纸编辑不善于运用版面语言，有的不注意每个版序、版位的区别，稿件安排轻重颠倒；有的不注意标题长短大小和标题字体的不同功能；有的版面凌乱，思路不清晰；有的色彩运用不当；有的版面缺少变化，千版一律，等等。

善于运用版面语言，是一件专业性较强的事情，需要版面编辑认真钻研，不断提高水平，还要有创新精神（目前报纸同质化问题严重，创新显得特别重要）。只有这样，才能编出更多新颖、赏心悦目、体现编辑意图的好版面。

（原载《青年记者》2016 年 8 月下）

三位大师级新闻学者给我们的教益

2016 年 1 月,100 岁高龄的中国人民大学甘惜分教授驾鹤西行,这是我国新闻学界的重大损失。笔者以为,新中国成立后,能够称得上大师级的新闻学者,有三位先生:方汉奇、甘惜分和早在 22 年前仙逝的王中先生。我有幸同这三位先生都有过亲密接触,梳理他们的人品、学品和学术成就,深感受他们的教益良多。

甘老 1938 年入党,新中国成立后曾任新华社西南总分社采编部主任。1950 年起转入新闻教育和新闻学研究,成为马克思主义新闻理论家。他的《新闻理论基础》是对中国特色马克思主义新闻学理论体系的第一次系统梳理、提炼和阐发,是我国在党的十一届三中全会前后新闻理论界思想解放的一项伟大成果。此后,甘老还创建了我国第一个舆论研究所,开启了我国的舆情调查,出版了《新闻学原理纲要》《新闻论争三十年》《一个新闻学者的自白》等著作,提出了"新闻三角理论"等,对我国新闻学的建立和发展做出了巨大贡献。

甘老给我最大的教益,是他与时俱进、不断探索创新的精神。我与老先生有过多次亲密接触。印象最深的是他对王中先生的态度。"反右"期间,甘惜分曾写文章批判过王中。1980 年在我们共同参加的西北五省新闻学讨论会上,他主动向王中道歉,90 年代又在上海当面致歉王中。王中先生辞世后,他专门写了一篇悼文《满怀凄恻祭王中》发表在《新闻记者》上。世界上没有不犯错误的人,能够坦率地承认错误,向他批判过的人不断道歉,显示了甘老的宽阔胸怀和在学术研究上的与时俱进。

中国人民大学教授方汉奇先生,是我国最有成就的新闻史学家。方汉奇在勤奋治学的基础上,先后撰写和主编了十多部教材和著作。其中,《中国近代报刊史》对中国近代新闻事业的产生和发展作了科学、系统的记述,涉及报刊 500 余种,报人 1500 余名,纠正前人著述失误 200 余处,被认为是中国新闻史权威著作;《中国新闻事业通史》(与宁树藩等合著)是中国迄今规模最为宏大的新闻史专著,代表了当前中国新闻史研究的最高水平。《中国当代新闻事业史》则填补了中国新闻史教材中当代部分的空白。我与方老的接触不多,20 世纪 80 年代初,方先生应邀到新疆讲学,我曾参与过接待。大约一小时的交谈中,他谈的几乎全是关于新闻教育和研究的话题,“三句话不离本行”。方先生对新闻学教育和研究的执着,使我至今难忘。

王中教授早年就读于山东大学外文系,是20世纪30年代参加革命的,40年代曾任大众日报和新华社山东总分社编辑部主任。上海解放后奉命南下,后担任复旦大学新闻系主任、教授,撰述的《新闻学原理大纲》,为我国新闻学走上系统化、理论化和科学化轨道建立了里程碑式的功绩。他的主要观点,一是新闻有学论,他力排众议,认为新闻是一门独立的学问,有其客观规律;二是报纸两重论,即报纸既是宣传工具,又是商品;三是读者需要论,办报人要有读者观念,要进行读者调查,研究读者心理;四是社会需要论,新闻事业的产生与发展,同社会需要与社会发展有密切关系。没想到,这些现在看来十分正确的看法,却给他带来了灾难,被错划为右派,受到批判,被开除党籍,行政降职。但是他始终不弯腰,不承认自己有错,还逐一反驳对他的批判。这种坚持真理的精神,不能不令人肃然起敬!他在新闻资料研究室工作的一段时间,悉心研究“竖三民”(上世纪初于右任集资在上海租界办的《民呼日报》《民吁日报》和《民立报》),材料翔实,也有不少创见。

粉碎“四人帮”之后,王中先生的冤案得以平反,重新担任复旦大学新闻系主任,接连发表了《论新闻》《论宣传》《论传播工具》等文章,更显示出思辨和学理的色彩。他的一句名言:“要做布鲁诺,不做姚棍子”(乔尔丹诺·布鲁诺,16世纪意大利思想家,因勇敢地捍卫太阳中心说,被宗教裁判所烧死在罗马鲜花广场。姚棍子指姚文元),不仅是对学生的教导,也是他自身坚持真理的写照。1989年我最后一次看望先生,骨瘦如柴的他已经坐在轮椅上,话都说不了多少,但仍然准备了笔和纸,在思考问题。这让我感到心酸和崇敬。

甘惜分、方汉奇、王中三位我国大师级新闻学者,经历不同,风格迥异,但有许多共同点:勇于探索创新、坚持真理、严谨治学。学习他们的精神,将使我们终身受益。

(原载《青年记者》2016年7月下)

准确:标题制作的第一要求

我经常读报,发现报上不准确的标题不仅没减少,似乎还有增多之势,应该引起业界注意。不准确的标题形形色色,我归成以下三类,举例说明。

一、题文不符。《种地有瘾,65 岁老农炼成"农业匠人"》,按照标题的意思,这位老农到了 65 岁终于炼成"农业匠人"。可是文中说:"记者从小就听说过这个能人,这次采访终于得见。"记者是个年轻人,十几年前,这位老农就是当地的能人、名人了。作为"农业匠人",他在那时就是了,而不是到了 65 岁才"炼"成的。题与文不符。

二、评论不当。某报今年 3 月 14 日的标题《不用过春天了,直接穿短裙吧》,三月中旬就说不用过春天了,显然为时过早,即使最高温度超过 20 摄氏度,也不能说不用过春天了(实际上,当地入夏一般在 5 月底 6 月初),而且也许有倒春寒。怎么能呼吁女士"直接穿短裙"呢!

三、格调不高。《李天一他妈的要求高,律师不干》《李某某他妈的舆论战》,这两个标题采用双关手法,似乎显得俏皮,却出现了"国骂",格调不高。《宿舍没空调,今晚我们要"裸跑"》,某报一则大学生向学校表达安装空调诉求的新闻,事实是活动方案建议男生裸上半身,女生穿运动背心,并不是如新闻标题所言的"裸跑"。因此,这则标题通过个别涉及低俗内容的词语来赚取眼球的意图明显。

新闻标题,简单地说,就是新闻的题目,或者新闻的名字。其功能主要是揭示新闻内容,评价新闻,吸引读者阅读。许多人说:标题是新闻的"眼睛",要"炯炯有神"、文采飞扬,这当然十分正确;但是,新闻标题的第一要求是准确,其他都是建立在准确这个基础之上的。为何出现那么多不准确的标题呢?

首先,对标题的"首因效应"重视不够。长期以来有个说法,叫"看书看皮,看报看题"。到今天,这个说法仍然正确。中国人民大学新闻学院做过的一次读者调查表明,在被阅读的新闻里,有 94% 的内容是读者先读标题后看新闻,而读者通过阅读标题对新闻的吸收率为 34%。一般说来,看报就是从看题开始的。有的读者甚至只匆匆浏览一下标题,就不再看正文了,标题不准确,读者就要被误导甚至受欺骗。比如上面说的那个标题呼吁"直接穿短裙吧",不是很容易让爱美的年轻女士上当吗!

其次,"标题党"渗入。一般认为,"标题党"是指这样一部分网络从业者和网民:他们通过制作歪曲事实、以偏概全、断章取义,或者媚俗、低俗、庸俗的标题,来吸引网友眼球、增加网站的点击量和知名度。"标题党"与我们说的标题不准确不是一个概念。"标题党"是有意而为,而不准确的标题不一定是有意而为。"标题党"现象在网络媒体上比较突出,但在媒体激烈竞争的大环境下,也有报纸编者为了吸引眼球,制作媚俗、低俗标题的情况。前面举到的《宿舍没空调,今晚我们要"裸跑"》就有这样的问题。

再次,作风浮躁。制作标题是一个专业性较强、需要下功夫的活。可是,时下我们一些编辑往往比较浮躁,作风不扎实。老一辈新闻人、曾任文汇报总编辑的徐铸成,在其所著的《新闻艺术》中提到:1947 年国民党军队进入延安后,其报纸标题大吹大擂,如《昨日国军空前大捷,攻克延安》《包围歼灭共军数十万人》。而徐铸成制作的标题却是《延安昨日易手,国军长驱直入》。"易手"说明换了人,不是"攻克";"长驱直入"说明没有遇到抵抗。① 在当时的情况下,不可能直接说我延安军队是主动撤退。但这样的标题,读者一看就明白,国民党的吹牛不攻自破。而这样的标题,还能通过新闻检查,他们抓不到什么问题。看,徐老动了多少脑筋!1979 年 5 月 16 日,人民日报头版头条转载了范敬宜(时任辽宁日报记者,后曾任人民日报总编辑、清华大学新闻与传播学院院长)的述评《分清主流与支流 莫把"开头"当"过头"》,此稿是针对某些干部怀疑党的农村改革政策的,产生了很大的影响。此稿之前在辽宁日报刊登的标题《莫把开头当过头》已经不错了,人民日报的编辑在前面加了"分清主流与支流",不仅思想更深刻,而且对仗工整,更有吸引力。人民日报编辑又下了一番功夫,可谓锦上添花。我们要学习他们踏踏实实为他人作嫁衣的精神,勇于创新,努力制作出更多准确、鲜明、生动的好标题。

(原载《青年记者 2016 年 6 月下》)

① 徐铸成《新闻艺术》第 79 页,1985 年 9 月知识出版社出版

舆论监督:一个不可忽视的话题

习近平同志在2016年2月19日举行的党的新闻舆论工作座谈会上指出:舆论监督和正面宣传是统一的。新闻媒体要直面工作中存在的问题,直面社会丑恶现象,激浊扬清、针砭时弊,同时发表批评性报道要事实准确、分析客观。

习近平同志这段话中提出了舆论监督和正面宣传为主的关系,还指明了怎样做好舆论监督。但是,笔者阅读的多地学习讲话的报道中,很少提到有关舆论监督的问题。

舆论监督,本质上是人民的监督,是媒体代表人民对权力和社会不良风气的监督,是人民赋予媒体的一项职责。它是现代社会民主建设的一个象征,也是人民意愿得到表达程度的一种表现。十一届三中全会以后,各个领域拨乱反正。1981年1月29日,中共中央作出《关于当前报刊新闻广播宣传方针的决定》,其中强调:"各级党委要善于运用报刊开展批评,推动工作。"21世纪前后,有三位国务院总理为以舆论监督见长的中央电视台《焦点访谈》节目题词。时任国务院总理的朱镕基挥毫写下"舆论监督,群众喉舌,政府镜鉴,改革尖兵"16个大字,给节目组和广大媒体人以极大的鼓舞。

近些年,舆论监督在反映人民呼声、针砭时弊,帮助政府改进工作,特别是反腐倡廉中起到了重要的作用。人们至今记忆深刻的毒奶粉、黑砖窑、地沟油等事件,最早都是媒体揭露出来的;保障人民生命健康安全的食品监督法的修订、户籍政策的改革、醉驾入刑等,都有媒体呼吁的原因;一些腐败分子和贪腐现象的暴露,背后更是有媒体记者的影子,舆论监督成为腐败分子的克星。一些优秀记者运用舆论监督的武器维护人民利益,给人留下深刻印象。

舆论监督还有不能令人满意之处,无论是新闻圈子内部还是受众中,不少人认为,舆论监督有所淡化。这与某些单位学习"2·19"讲话的报道中忽视关于舆论监督的内容是相关的。而问题的实质,是一些官员不重视舆论监督。所以,加强和改进舆论监督,最主要的是需要各地各级部门官员的支持。习近平同志曾经指出:"各级领导干部都要欢迎舆论监督,主动接受舆论监督,通过运用舆论监督,改正缺点和错误,努力把工作做得更好。”①

支持舆论监督,首先要纠正对舆论监督的某些模糊认识,真正认清舆论监督的重要性。习近平同志在这次座谈会上的讲话对新闻舆论工作作出了全面部署,主要强调的是媒体要加强党性,把握正确的舆论导向。同时,我们要看到,这个讲话的各个部分存在内部联系,密不可分,缺一不可。比如,不能认为坚持党性原则,就不要舆论监督了。党性和舆论监督是不可分的。舆论监督要坚持党性原则;同时,舆论监督又是衡量党性强不强的尺度。党性原则也要求我们加强舆论监督,因为共产党的宗旨是为人民服务,这也是党性的核心。不讲舆论监督,还谈什么党性?

其次,要克服地方保护主义。有的官员总担心舆论监督会影响本地或者个人的脸面,影响其“政绩”和升迁。坊间曾流传的“订报秘诀”:“想了解本地的好事、外地的丑闻,请订阅本地报纸;想了解外地的好事、本地的丑闻,请订阅外地报纸”,就说明了这个问题。但是,你脸上本来长了个瘤子,舆论监督可以帮你除掉它,可你怕痛,总是护着它,对你所在地区和你本人是好事还是坏事?其实,正确的舆论监督,其效果并不是负面的,而是正面的。同时,舆论监督并不完全是批评报道,媒体对权力的运行、重要问题决策过程的公开传播,让信息透明,广大受众能够及时了解并能表达自己的观点,也属舆论监督。

反腐败斗争正在路上,那些暂时占据着领导岗位的腐败分子,视舆论监督为眼中钉,总要采取软硬兼施的手法来对付。软的,如给“封口费”,企图封住记者的嘴;硬的,如指使人驱赶、打骂记者,抢夺记者的摄像机、照相机等。在他们面前,各级领导干部和媒体,要是非分明,勇于揭破他们的阴谋,让他们受到纪律和法律的制裁,为舆论监督进一步扫清障碍。

“高举旗帜、引领导向,围绕中心、服务大局,团结人民、鼓舞士气,成风化人、凝心聚力,澄清谬误、明辨是非,连接中外、沟通世界。”习近平同志在“2·19讲话”中提出的这48个字,概括了党的新闻舆论工作的原则和职责。其中既包括正确做好正面报道,也包括正确进行舆论监督,我们需要全面理解。

(原载《青年记者》2016年5月下)

---

① 习近平:《之江新语》《领导干部要欢迎舆论监督》,2004年5月26日,2007年浙江人民出版社出版

寓教于乐:综艺节目的境界

近来看了电视台的一些综艺节目,有几个节目看后不仅使人愉悦,而且让人感动,得到了教益。

中央电视台综艺频道《开门大吉》去年12月8日的一期节目,选手是67岁的退休职工李英。她一上场就声明来这里不是为了猜歌挣钱的,而是寻找失散8年的儿子。她儿子本来是个不错的青年,8年前因为借钱炒股,欠下了朋友70多万元的债,为了还债外出打工,从此不知为什么就失踪了。李英老人秉承“欠债还钱”的古训,和她的女儿女婿卖掉了房子和其他所有能够卖的东西,仍然不够还债。她又打工赚了一些钱,仍然缺十几万元。这位执着还债的大妈做窝窝头到大排档卖,终于连本带利把近80万元的债全部还上了。这种诚信的精神,正是时下社会缺失的,所以感动得现场观众热泪盈眶,也深深打动了我。

央视今年2月28日《非常6+1·非常星发布》节目的嘉宾、歌手李琛,拄着双拐登上舞台,不仅以其清亮的嗓音、饱满的感情演唱了《窗外》等动听的歌曲,吸引了观众,更以其身残志坚、难以想象的敢于挑战的勇气,赢得了观众热烈的掌声和尖叫声。李琛3岁患小儿麻痹症,5岁才能靠双拐站立行走。大学毕业后他闯荡北京,成了一位知名歌手。他不满足于歌唱,还作画、演音乐剧,主演的网络励志电影《更上一层楼》获得三项大奖。他参加了《舞林大会》,在节目现场与一名女舞者跳舞,别有一番风味。他还是一名运动健将,曾获得全国残运会气手枪冠军。这位看起来并不魁梧的中年男子,迸发出惊人的能量。

综艺节目是一种娱乐性的节目形式,通常包含了许多类别的演出,例如音乐、舞蹈、杂技等。大部分综艺节目会邀请现场观众参加录像,也有现场实况播出的节目。娱乐是人们的一种天然需要。在当代社会,娱乐成为一种时尚。改革开放以来,随着经济的发展、人民生活水平的提高、观念的变化,各种形式的娱乐节目特别是选秀节目日益兴旺。其中不少综艺节目都提高了境界,做到了“寓教于乐”。上述两个例子不是孤例,而是其中的代表。

“寓教于乐”的观点,最早是由古罗马时期的诗人贺拉斯提出来的。他认为,诗应带给人乐趣和益处，也应对读者有所劝谕和帮助。① 我国古代则有“文以载道”的理念，主张为文的目的就是要宣扬儒家的伦理道德和伦理纲常，为政治教化服务。鲁迅先生也说，要改造国人的精神世界，首推文艺。所以，“寓教于乐”是综艺节目的题中应有之义。

与此恰成对照的是，近年来有些综艺节目崇尚“娱乐至死”，有的过度恶搞，有的弄虚作假，有的催生青少年的急功近利和个人英雄主义思想，有的格调不高甚至宣扬色情暴力，污染社会。前几年有一个火遍全国的选秀节目，不少家长不惜用尽各种办法让孩子挤进节目，如花钱、拉关系、走后门等，造成不良影响。近期又传出一档爆红的综艺节目的毒舌评委竟然辱骂选手，引起众怒。

习近平在文艺座谈会上的讲话指出：在文艺创作方面，存在着有数量缺质量、有“高原”缺“高峰”的现象，存在着抄袭模仿、千篇一律的问题，存在着机械化生产、快餐式消费的问题。在有些作品中，有的调侃崇高、扭曲经典、颠覆历史，丑化人民群众和英雄人物；有的是非不分、善恶不辨、以丑为美，过度渲染社会阴暗面；有的搜奇猎艳、一味媚俗、低级趣味，把作品当作追逐利益的“摇钱树”，当作感官刺激的“摇头丸”；有的胡编乱写、粗制滥造、牵强附会，制造了一些文化“垃圾”；有的追求奢华、过度包装、炫富摆阔，形式大于内容；还有的热衷于所谓“为艺术而艺术”，只写一己悲欢、杯水风波，脱离大众、脱离现实。他列举的这些问题，在某些电视综艺节目中也同样存在。

值得指出的是，“寓教于乐”是指“教”和“乐”起了化学反应，“融合”在一起了，“教”并不是外加的。有的综艺节目刻意外加一些空洞的说教，形成两张皮，不仅影响了观赏性，不能使人愉悦，更不可能有教育作用，反而引起受众的逆反心理，损伤了电视媒体本身的公信力。有的晚会招致观众的吐槽，不就是因为里面生硬地塞进了一些空洞的说教吗？综艺节目和所有文艺节目一样，要符合其特殊的规律，在潜移默化中起到教化的作用。

（原载《青年记者 2016 年 4 月下》）

---

① 贺拉斯《诗艺》。转引自孔中亚《“寓教于乐”在语文教学中的运用》，《现代语文（教学研究版）》2013 年第 10 期。

两会报道需增强民主法治意识

春节前,绝大多数地方都召开了人民代表大会和政协会议。3 月份,全国两会召开。今年的两会报道有不少进步,如更强调节约办会、不扰民;报道聚焦治堵、治霾及教育、住房、医疗等民生问题,突出“五大发展理念”,主题更加鲜明;包括党报在内,在保持必要的规范和严肃性的同时,程序性的内容收缩,新闻“干货”增加,形式主义的东西减少,等等。这些可喜的改进,都源于媒体民主法治意识增强,依法治国的观念在报道中有更多的体现。

毋庸讳言,今年两会的报道仍然良莠不齐,有些报纸的报道存在不足之处,根源在于民主法治意识还不够强。先举个例子:

某报有这样一个标题:

“鲁 A”车免费过黄河,定了!

这是济南人代会上政府工作报告提出的,要经过代表审议通过才能“定了”,否则还有什么必要开人代会?地方国家权力机关的作用在哪里?无独有偶。另一家报纸在人代会刚开始时说,当地人代会“敲定了”今年要办的 15 件实事。人代会才听取了政府工作报告,还未经代表审议通过,怎么能说“敲定”了?

我国宪法明确规定:地方人民代表大会是地方国家权力机关。地方政府要向人民代表大会报告工作并接受人民代表大会的监督。政府工作报告经过代表的审议并通过才算数,上述报道都不符合宪法的规定。

以上是某些报纸两会报道民主法治意识存在的第一个问题:把会议提出的草案当成决议。不错,草案经过了地方领导机构征求各方面意见和建议,一般地说大的方面可能符合中央精神和地方实际,比较周到,但是草案就是草案,必须经过代表审议的程序。既然是草案,就有可能通过,也有可能得不到通过,不少情况下需要根据代表的意见进行修改。2004 年第十届人大第十次常委会会议审议企业破产法草案(人代会闭会期间,人大常委会依法行使法律赋予的职权),经过一番争论,当时就没有通过,中央电视台还对讨论情况进行了直播。2007 年全国人大第十届五次会议通过的物权法,经过了 8 次审议,经过了 100 处修改;为了让代表充分讨论,还特意延长了会期。所以,物权法的审议通过,被认为是民主立法、科学立法的典范。媒体在报道中如果把草案等同于决议,人代会岂不真像有人说的成了"橡皮图章"?

第二个问题是,有的地方媒体似乎把两会当成了通常布置工作的会议。两会当然要讨论如何做好当地各方面的重要工作,但更重要的任务是听取和审议政府工作等报告和对政府工作建言。有的报纸用相当大的篇幅报道政府官员参加各地区代表团小组讨论和政协各界的讨论会,但不是报道他们听取代表委员的意见和建议,或者对报告加以解释,而是对各地、各界工作进行评价,指示应该如何如何。这就把参加审议和讨论,混同于视察、布置工作了。

各代表团的会议,是人代会的一部分,各界政协委员的讨论会,则是政协会议的一部分,都应当是代表委员充分发扬民主、参政议政的平台。媒体要多报道代表委员以全局的眼光,审议各个报告和法律草案,联系当地实际讨论关系国计民生的大事,以及政府官员认真听取代表委员的建言献策。

与此相关的是,有些媒体上一般代表委员的声音稀少,这是多年来被诟病的一个老问题了。其中有代表委员需要提高参政议政能力的问题,也有媒体对他们重视不够的问题。

第三个问题是,有的地方媒体对地方两会代表委员发言的报道比较平淡,没有多少人关注的问题。许多发言是重复政府报告的内容,还有一般化的表态,而新的意见和建言不多,缺少真正的讨论、争论和真知灼见。中新社等多家媒体转载的题为《开不出问题的两会才是问题》的文章说得有道理:"代表委员作为人民利益的代言人,在'两会'这个平台上,就应该是大胆的发言者,针对实际直面问题,积极建言献策。如果不把握好这个最佳机会,无异于放弃民主监督的权力,浪费民主参与的制度设计,压缩人民利益诉求渠道。"①

第四个问题是,一些地方两会的报道缺少创新和特色,几乎没有新的形式和方法。比如开幕闭幕的主标题,不管党报还是主要都市报,总是"××届××次会议开幕(闭幕)",有的甚至是多报一面,多年一面。

笔者期待也相信,两会报道能更进一步彰显民主法治精神,体现我国人民代表大会和政协会议制度的重要作用和优越性。

(原载《青年记者》2016 年 3 月下)

① 李杏:《开不出问题的两会才是问题》,《长江日报》2014 年 1 月 20 日。

媒体人：尊重试错，鼓励创新

近年来，随着中央强调创新驱动战略，在传媒界，一个新词"试错"越来越热络。

知名媒体人杨澜不久前在一次采访中，为青年学子们提出了勇于试错的建议。她认为，试错是一个很重要的过程。青春就是需要通过试对和试错这两种方式去找到勇气和智慧的结合点。

中央电视台主持人、评论员白岩松在其近作《白说》中指出：中国有无数的历史人物，之所以伟大，是因为失败，而不是因为成功。以史为鉴，回归到个人去看，我们应该知道，失败有时是需要的，而且是伟大创造的重要动因。此外，我们还应该明白，挫折与失败原本就是变革的机会。

前些日子，资深记者、《企管天下》电视栏目创始人任超一举办的"超一私董会"落幕。会上就如何降低试错的成本进行了讨论。有的人提出创业要快速试错，小步快跑，边跑边调整姿势来冲刺。

这些媒体人表达的对失败和成功的看法，符合中央关于尊重试错、倡导创新的精神。习近平在中央深改领导小组第十七次会议上强调，要完善考核评价和激励机制，既鼓励创新、表扬先进，也允许试错、宽容失败，营造想改革、谋改革、善改革的浓郁氛围。李克强不止一次地呼吁，要实现全民创业，万众创新，就要大力倡导试错。去年初他在莲花山小平像前和老同志重温邓小平南巡讲话时指出："深圳是试验田，要探索、探索、再探索。探索不是马上定型的东西……尽可能地给你们发展的宽容度，让你们大胆地去闯，大胆地去干，而且允许有试错的机制，错了再拿回来。"

试错的基本思想是人们在追求某一目标时，可以通过不断试验消除误差，从而到达成功的彼岸。古今中外很多事例，莫不证明了这一颠扑不破的真理。实现了我国诺贝尔自然科学奖零的突破、挽救了数百万人生命的抗疟药青蒿素首位发现者屠呦呦，仅试错就试了近两百次，当时全国各地协同攻关的几百名科技工作者试错了多少次，就无法统计了；近来，军工、民用产品捷报频传，莫不是创新、试错的结果……

我国的改革进入深水区，要啃硬骨头，许多工作没有现成的经验，创新就显得特别重要，而试错常常是创新的前提。

走前人没有走过的路，就不会有前车之鉴可以参照，也意味着可能犯错。许多地区、领域的创新、改革、发展，其动力来自先试先行的勇气，以及对改革试错者免责的体制和机制。有了这种体制和机制，才能使改革者不畏首畏尾、缩手缩脚，而是大胆迈开双腿，勇往直前。

同时，正如李克强所讲，试错也是有边界的。这边界，实质上就是宪法和法律的边界。法治不仅能有效防止有人打着改革、创新的“旗号”谋私利，也在制度上对改革创新进行了最有效的保护和支持。

尽管为鼓励创新、容忍和尊重试错出台了一系列措施（“试错”一词还成了2015年的国考题），但要立竿见影，怕是不太实际，因为我们历来缺少尊重失败的文化，“成者为王败者为寇”的腐朽观念，还在禁锢着一些人的头脑；“输不起”的担忧，还在捆绑一些人腾飞的翅膀。同时，存在一些关于试错的错误观点。例如：有人认为“文化大革命”也是历史性的试错。这是不对的。“文化大革命”是一场浩劫、大悲剧，当然，也可以说它提供了反面教训；汲取这些反面教训，才有了后来的拨乱反正。但绝不能认为“文化大革命”也是一次试错。允许试错不等于纵容和鼓励犯方向性错误，甚至犯罪。

媒体是社会舆论的引领者。思想决定行动。媒体人要做到尊重试错，鼓励创新，首先自身就要对试错、创新有正确的认识，具备尊重试错、敢于创新的气魄和勇气，而且能够把握好试错的方向。有的媒体人误认为试错是一个让人忌讳的词儿，试错就意味着犯错误，而不敢大胆报道勇于探索、宽容试错，这实际上也影响了我们倡导的创新驱动的宣传报道。

让人欣喜的是，尊重试错，不仅有媒体人呼吁，而且有媒体报道践行的情况。上海《东方早报》不久前报道浙商博物馆专门为“失败者”设展区，目的是为了不以成败论英雄、不以财富论成败，突出创业者的精神。山东《齐鲁晚报》在今年1月份举行的济南两会期间报道，济南将尽快出台容错和纠错机制。

期待媒体人为尊重试错、鼓励创新鼓与呼，推进我国驱动创新战略落到实处！

（原载《青年记者》2016年2月下）

警惕舆论监督权被异化

2015年12月，上海市浦东新区人民法院依法对21世纪传媒股份有限公司及原总裁沈颢等敲诈勒索、强迫交易等系列案件作出一审宣判，判处沈颢有期徒刑四年，并处罚金六万元，追缴违法所得。

沈颢和21世纪传媒公司凭借媒体的特殊地位，利用企业对媒体登载负面报道产生的恐惧心理，采取登载负面报道或将继续跟踪报道等手段，要挟企业以广告费等名义支付钱款，以换取媒体删除、撤销负面报道，或不再跟踪报道。21世纪传媒公司的行为属于刑法规定的敲诈勒索行为，沈颢在21世纪传媒公司实施的敲诈勒索行为中发挥了组织作用，并且直接参与部分行为，所以做了上述判处。

曾经被一些媒体人奉为心目中偶像之一的沈颢跌入犯罪的泥淖，成为阶下囚，是罪有应得。而其中的教训，却值得记取，其中最主要的就是：要做好真正的舆论监督，而决不允许舆论监督权异化为个人和小团体牟利的工具。

21世纪经济报道和沈灏事件，影响了媒体的公信力，让媒体人蒙羞。再加上纸媒经营情况不好，一些媒体人新闻理想动摇，感到今后的舆论监督无望。这是对舆论监督的误解甚至曲解。

按照西方的说法，媒体是“第四权力”。我们则认为，舆论监督是媒体代表公众对公职人员、机构及社会不良作风的监督，其实质是人民监督。舆论监督，是人民赋予媒体的一种重要职责。

习近平曾指出：“在加强舆论引导工作的同时，还要重视发挥舆论监督的作用。舆论监督是加强党的建设和民主政治建设的一项重要内容。不受制约和监督的权力，必然会腐败变质。能否有效地制止腐败现象关系到党的生死存亡和社会主义事业的成败。这就需要建立各种有效的监督机制，而新闻媒体的舆论监督是最经常、公开、广泛的一种监督方式。”因此，舆论监督在各种监督中占有特殊的地位，在坚持正面报道为主的原则下，要重视舆论监督。

改革开放以来，舆论监督发挥着越来越大的作用。这样的例子可以说不胜枚举。给人印象最深的，如前些年《东方早报》记者简光洲揭露甘肃多名婴儿喝三鹿奶粉致肾病(后查明因含三聚氰胺),震惊全国,波及世界,一些国家拒绝进口我国奶粉。此事让多名高官先后下台,包括中国国家质检总局局长李长江。近年来,媒体曝光的黑煤窑、地沟油,以及许多官员贪污受贿事件,都产生了极大的影响。这些都证明了舆论监督的重要功能。

毋庸讳言,当前,舆论监督还有令人不满之处。以舆论监督见长的央视《焦点访谈》主持人敬一丹去年退休时接受采访,既肯定了舆论监督在网络遍地开花是一个进步,也指出了舆论监督弱化的问题。她说,在做批评报道时"经常遇到'不'、'拒绝',经常走到部委门口遭到拒绝。没有一个《焦点访谈》记者没有遇到过这样的事情"。这种情况可能在某些地方更加多见。地方保护主义往往成为舆论监督的障碍。

笔者以为,媒体做好舆论监督,除了要保证事实准确、客观公正、出发点正确这些最起码的要求之外,至少还要注意三个方面。

一是要提升舆论监督的影响力。那些零七八碎、选题重复的监督报道,也许能起到一定的作用,但影响力不大。只有着重对权力的监督,抓住比较重大、有普遍意义、关系国计民生的问题,才能形成大的影响力,从而推进干部作风改进、反腐倡廉深入,促进改革开放的发展和不良社会风气的改变。

二是要讲究舆论监督的艺术。有些批评报道可以言辞激烈,但"有理不在声高",有时采取迂回委婉的方式,效果更好。比如,某地方报纸批评当地借口地形不利污染物排除,而对治理空气污染抓得不够,报纸没有直接批评,而是举出同样地形的几个城市这些年空气质量明显改善与当地作对比,说服力更强。

三是舆论监督也要不断创新。不少电视台开办"电视问政"节目,由各部门负责人汇报工作,群众代表评说,然后根据提出的问题,建章立制,对一些责任人作出处理。这样,就把舆论监督、群众监督和党的监督结合起来了。济南去年开始做的"电视问政"又进了一步:事先记者暗访发现问题,请群众代表点评,在电视上播出,再制定整改方案,效果不错。

愿媒体人肩负起人民赋予的舆论监督职责,愿"关键少数"——领导干部做到如习近平所说的"以'闻过则喜'的态度,全力支持舆论监督"。

(原载《青年记者》2016年1月下)

重要预告新闻，不可忽视

国台办主任张志军2015年11月4日宣布，两岸领导人习近平、马英九将于11月7日在新加坡会面，就推进两岸关系和平发展交换意见。张志军强调指出，此次会面双方以两岸领导人身份和名义举行，是双方商定的。这是在两岸政治分歧尚未解决情况下根据一个中国原则做出的务实安排。这个有些突然的消息，在国内外引起极其热烈的反响。这是一条重要的预告新闻。它展示了预告新闻的价值。

11月7日习马会正式举行。一切都如预告的那样，跨越66年，两岸领导人头一回握手，这是两岸关系史上一个重要的里程碑，以会面的形式为两岸关系做出了定义和规范，必将对两岸和平发展产生极大的影响。会面后，在国内外再一次引起一片欢呼声。

但是，并不是每一条重要预告新闻都得到媒体的青睐。比如，新华社报道，外交部发言人陆慷10月13日宣布：应大不列颠及北爱尔兰联合王国女王伊丽莎白二世邀请，国家主席习近平将于10月19日至23日对英国进行国事访问。在中英全面战略伙伴关系第二个10年的开局之年，中国国家元首10年来的首次国事访问将书写两国关系新的篇章。这次受到双方重视的访问，被称为“超级访问”，但是这条预告新闻并未引起某些国内重要都市报的重视，有的报纸竟然未予刊用。无独有偶。10月26日，新华社发出预告新闻：中国共产党第十八届中央委员会第五次全体会议将在北京召开，“十三五”将是本次会议的一大看点。这条新闻也未能登上某些重要都市报的版面。

看来，一些报纸对重大预告新闻的漠视，已经成为一个值得研究的话题。预告新闻，是事先报道将要发生的事实的一种新闻。这一类新闻经常出现在报纸、广播、电视、网络等各种媒体上，如一个重要会议将要召开，某国元首将来访，对重要经济发展情况的预测，重大工程建设项目将开工，重大科技项目的预告（如××卫星将发射），重要文化文艺活动即将举行，某项重大体育赛事（如奥运会）确定由××国承办，重要的气象预报，等等。

预告新闻早已有之。早在16世纪，意大利威尼斯出现的手抄小报，是世界上最早的近代报纸的雏形，内容主要是商品行情、船期和交通信息以及政局变化、战争消息等。其中有一些就是预告新闻。我国近代报刊上的第一条消息也是预告新闻。这就是创刊于1815年的世界上第一份以华人为对象的中文近代报刊《察世俗每月统记传》的第2期题为《月食》的新闻。

随着社会变动节奏的加快、媒体竞争的加剧，预告新闻将越来越多。预告新闻不仅满足了受众对将要发生的重大新闻的期待，而且对社会甚至人们的生活具体安排都会有重大的影响。比如"习马会"的预告新闻，使两岸绝大多数人非常兴奋，也使台商及台商在大陆的投资地区对两岸经济交流更有信心。再如预告某城市地铁线路将增加站点的新闻，使新增站点附近的房价升高。

21世纪初曾有一股讨论"预告新闻"是否能称为新闻的小热潮。有人认为，多数人接受的新闻定义是陆定一的"新闻是新近发生的事实的报道"。预告新闻报道的事实还没发生，不能算新闻。有的把信息论引入新闻学给新闻下定义，如复旦大学教授宁树藩认为"新闻是经报道（或传播）的新近事实的信息"，这就能解释预告新闻也是新闻。因为信息不但对发生的事物具有同步纪实性，而且可以显示事物运动发展的趋向，从而预示出事物未来可能发生的变化，提供即将发生的事情的预兆。这种预示功能使信息增加了使用价值。当然，现在看来，不管是用陆定一的定义还是宁树藩的定义来衡量预告新闻，预告新闻都是成立的。因为预告本身就是已经发生的事实。如习近平与马英九将在新加坡会面，是国台办主任张志军在新闻发布会上宣布的。张志军宣布就是已经发生的事实。定义是对于一种事物的本质特征所做的简要说明；硬套已有的定义，甚至用定义框住事物，显然是不妥当的。

有的媒体不报道某些重要预告新闻，可能是觉得反正到事实发生时还要报道，早报了会造成重复。这反映了对新闻的特点和受众心理把握不准。新闻的秉性就是新；公众总是希望对新事物先睹为快。比如，2001年，由北京主办第29届奥运会的消息传来时，我国人民欢呼雀跃，开始更积极地做好各项准备工作。这条预告新闻的影响力并不亚于2008年奥运会在北京正式开幕。当前，媒体之间的竞争日益激烈，更不应忽视重要的预告新闻。

（原载《青年记者》2015年12月下）

媒体,请慎用网络语言

近年来,随着网络的迅猛普及,网络语言大行其道。这可以说有利有弊。传统媒体特别是报纸,需要趋利避害,慎用网络语言。

某报有一天在头版一条重要时政新闻的标题中用了“约吗”,此后又多次出现这个网络词语。目前在国内对其解释不一。《咬文嚼字》认为这是一个低俗词语。

某报有一个大标题《小鲜肉,大作为》,稿件内容本来是励志的,报道年轻人创业的成就,但标题用了“小鲜肉”引起人们的吐槽。演员袁立就曾发微博质疑“小鲜肉”有“马上要去偷情”的感觉,她认为“一天到晚肉挂嘴上,不雅”。

语言是社会生活的反映,人们交流的工具。随着社会的发展,总有新的语言产生。新时期社会节奏加快,也促进了新语言的增加。特别是互联网的进一步发展,更催生了网络新词的产生,加快了网络语言的传播速度。网络语言大量出现,既是不可避免的,又是一件好事。许多网络词语新颖、形象、直白、接地气,极大地丰富了我们的语言宝库。如“点赞”“给力”“雷人”“山寨”“粉丝”“闪婚”“吐槽”“灌水”“悲催”“正能量”,等等,已经成为多数人的日常用语,有的还被收入权威的词典。

值得注意的是,传统媒体特别是报纸,要对网络用语做出鉴别,不能“捡到篮子里的都是菜”,以为网络语言用得越多越时尚。

笔者以为,正确使用网络语言,需要注意以下几点:

第一,有利于新闻信息的传播。

报纸是给读者看的,起码要读者看得懂。一项针对南京市民的调查表明,700位被调查的市民中有七成称广播电视和报纸上的网络词语“听(看)不懂”。最近,某报有一个大标题《又双叒要实名制了》,“又双叒”是什么意思?恐怕多数读者看了会一头雾水。我们有些编辑记者有一个常见病,就是以为自己明白的事情,读者都明白,而不是设身处地为读者着想。这样会失去一部分读者,妨碍新闻信息的广泛传播。

第二,杜绝低俗、粗鄙的网络语言。

有些粗俗的网络词语不仅在国内受到批评,在国外也遭禁止。"屌丝"一词曾被国内某公司用在广告中,在美国纽约时报广场亮相后却遭停播,就是因为美国广告、传媒界有规定,一些俚语以及不雅之词必须被技术手段过滤掉。语言是思想的外衣,报纸具有一定的教化作用,在当前肩负着倡导社会主义核心价值观的重要任务,所以不能允许低俗、粗鄙的网络用语登上报纸的大雅之堂。特别是一些严肃的新闻报道更不应有它们的立足之处。

第三,符合我国语言的语法和构词规则。

"人艰不拆"(意为人生已经如此艰难,有的事就不用拆穿了)、"不明觉厉"(虽然不明白什么意思,但是觉得很厉害)、"十动然拒"(十分感动,然后拒绝)等,这些网络语言都属于生造词头,违背语法和构词规律,不能用于媒体。

还有一个值得提出来的问题,就是一些网络词语系用谐音法改变了我国语言宝库中的成语。如把"十全十美"说成"食全食美",把"其乐无穷"说成"骑乐无穷",把"有口皆碑"说成"有口皆杯",等等。成语是汉语言文化的一大特色,承载着深厚的人文内涵,蕴藏着丰富的历史资源、美学资源、思想资源和道德资源。乱改乱用不仅不能准确地表达,还会造成文化断层和语言混乱,对中小学生更是贻害无穷。

我国十分重视祖国语言规范。早在1951年6月6日,《人民日报》发表了题为《正确地使用祖国的语言,为语言的纯洁和健康而斗争!》的社论,并用半年多时间连载语言学家吕叔湘、朱德熙合写的《语法修辞讲话》,社会上随即掀起重视汉语运用规范和学习语法修辞的热潮。在这篇社论发表30周年、40周年乃至50周年之际,《人民日报》都发表纪念社论和评论员文章。以社论发表多篇文章专题纪念,在《人民日报》历史上是罕见的。国家广播电视新闻出版总局也在去年发出通知,要求禁用不规范的语言。

新闻人承担着带头维护祖国语言文字纯洁健康的责任。媒体不能为了追求时髦而滥用网络语言,给那些低俗、粗鄙的网络词语提供平台。

(原载《青年记者》2015年11月下)

再谈要闻上不了要闻版

1985年我曾给《新闻战线》写过一篇文章《要闻为什么上不了要闻版》,提出一些省报忽视国内外要闻的问题。时间过去了整整30年,我们的报纸有了很大发展,报纸版面编排也有了不小的改进,但是,要闻上不了要闻版的问题,仍然不时出现。20世纪80年代中期的那篇文章谈的是省报的问题,那时还没有都市报。今天则着重谈地方主要都市报的问题。举几个最近的例子。

2015年9月22日~25日习近平首次对美国进行国事访问,随后访问联合国。习近平这次出访意义重大,举世瞩目。但是,这期间,习近平一些重要活动的报道,就没有登上几个地方主要都市报的要闻版,有的甚至没有刊用。此外,9月11日中共中央政治局召开会议,审议通过了《生态文明体制改革总体方案》、《关于繁荣发展社会主义文艺的意见》,分别强调树立6个保护自然理念;文艺创作要以人民为中心,大力发展网络文艺。有的都市报没有刊登在要闻版,有的甚至没有报道。9月15日中央全面深化改革领导小组会议通过几项决议,特别是法官、检察官单独职务序列改革和保障律师执业权利落到实处,令人瞩目。可有的地方的主要都市报不仅没上要闻版,而且只有一栏小标题。

笔者以为,都市报对自身的影响力及受众的需求认识不足,是导致要闻上不了要闻版的首要原因。

我国的都市报发端于20世纪90年代中期,是走向市场的市民报。随后大部分晚报也改为早晨出版发行,而且更重视主流新闻,成为都市报的重要力量。都市报受到各阶层读者的欢迎,各地主要都市报都是在当地发行量最大、经济效益最好的报纸。而据调查,读者读报,最主要的动因,是获取国内外重要新闻。都市报早已成为独立的报纸,而不是党报的补充了,它已经是广大读者特别是中上层读者的主要新闻信息来源之一。忽视国内外要闻,是把自己的地位看低了,而且落伍了。正如中国人民大学新闻学院喻国明教授在《传媒主流资讯严重缺位》一文中所说:在今天仅仅提供实用资讯,仅仅提供社会新闻,这样的都市报模式,继续画延长线的话,对都市报发展的创新意义和价值已经打了很大的折扣。

其次,随着都市报数量的增多,产生了都市报同质化的问题,有的都市报也许为避免同质化弊端,而不登某些国内外要闻。但这种理由是站不住脚的。需要刊登的国内外要闻,并不是很多,每个月也就那么几条,而且各报可以根据自己的情况做出有特色的处理,这样就不会造成同质化。避免同质化,最主要的还是多做优质的独家新闻。

再次,国内外要闻,特别是时政要闻,许多都是领导活动报道和会议新闻,有的都市报可能为了减少领导活动和会议报道而不刊登某些要闻。我们一直在强调减少和改进领导活动和会议报道,这方面还有不少文章可做,党报改进的任务似乎更重。而一些都市报在这方面做得很好,能够把领导活动和会议中最有新闻价值的东西突出出来。但是,某些都市报丢掉了这一好的传统。其实,领导活动和会议正是重要的新闻来源;从新闻价值的角度来看,许多领导活动和会议,其重要性和显著性特别强,因此新闻价值高。这样的新闻上不了要闻版,而让一些地方上并不重要的稿件充斥要闻版,报纸的吸引力就会受到损害。

1944 年,毛泽东曾在对晋绥边区《抗战日报》(《晋绥日报》前身)的指示中提出:"本地消息,至少占两版多至三版。排新闻的时候,应以本地为主,国内次之,国际又次之。"直到今天,这个精神仍然是适用的。地方报纸以本地新闻为主,才成为真正的地方报纸。但是,即使当时,《抗战日报》及其后的《晋绥日报》也没有机械地按照上述次序排版。今天的情况与边区的情况已有翻天覆地的变化。互联网日益成为创新驱动发展的先导力量,深刻改变着人们的生产生活,有力推动着社会发展,互联网真正让世界变成了地球村,让国际社会越来越成为你中有我、我中有你的命运共同体。《纽约时报》最近的报道说:"当中国打喷嚏时,整个纽约城都要感冒。"在国内,各地的联系也比过去任何时候更紧密。所以,人们的信息需求,与战争年代闭塞的边区,完全不可比。在这种情况下,报纸怎么能把国内外要闻置于要闻版之外呢!

(原载《青年记者》2015 年 10 月下)

从一则国际新闻标题想到的

上个月，看到某报有一个关于美古建交的不准确标题，联系到过去编辑国际新闻的经历，深深感到国际新闻很具专业性，需要编辑多下功夫学习研究，才能编得更准确。

这个标题是：

大使馆重开门　美古又成了好朋友

"大使馆重开门"是新闻事实，而"美古又成了好朋友"是对这一事实的评价。老一辈报人、复旦大学兼职教授徐铸成先生说："标题是新闻和评论的结合部"，指明了标题评价新闻事实的作用。但是，说美国大使馆开门，美国和古巴又成了好朋友，这个评价则是不准确的。

了解美古关系的历史和现状就可以看到，尽管美古由50多年的"宿敌"终于"冰释前嫌"，但双方距离实现外交关系正常化仍有许多障碍需要克服，建交只是第一步，两国之间仍然存在许多纠纷。古巴要求美国解除对古巴的经济、贸易和金融制裁，归还非法占据的关塔那摩海军基地，停止反古广播及电视宣传，停止一切对古巴的颠覆行为，对古巴人民遭受的损失做出补偿。这些都难以实现。奥巴马之所以调整对古政策，其实还有更深一层的图谋，即借改善关系在古巴实现所谓的"民主变革"。今年8月美国国务卿克里到访哈瓦那，重弹要古巴"民主""人权"的老调，强调以此为前提才能取消对古巴的封锁。由此可见，何谈两国"成了好朋友"？

我20世纪60年代初在新疆日报编辑国际新闻，当时，正值菲德尔·卡斯特罗武装夺取政权取得革命胜利，美国企图把这个新生政权掐死在摇篮里，制造了"猪湾事件"（1961年4月15日，在美国的策划下，古巴流亡分子驾驶美国轰炸机对古巴进行了两天的轰炸，1000多名雇佣军登上古巴猪湾，妄图入侵古巴）。第二年，应古巴的要求，苏联在古巴部署导弹，差点儿酿成热核战争，被认为是人类存亡最危险的时刻。

接到新华社发的"猪湾事件"及苏联在古巴部署导弹的稿件，我按照当时处理国际新闻的老“规矩”:反面(即对我们不利的)稿件安排在下面,把上述稿件发在国际版右下角最不显著的位置,标题也很小。后来看到人民日报,都是头版通栏大标题,当时真有点蒙了。报社领导倒没有批评我们,而是让我们总结经验教训。我们用一个月的时间进行了总结,但是最终也没找到真正的经验教训。

其实原因很简单,作为一张地方报纸的编辑,信息来源很少,对国际新闻进行研究,判断国际上突发事件的新闻价值,确实是一件难事。大学里虽然学过国际政治、经济、地理,但对欧美的一些情况还有印象,而对拉美、非洲几乎没有什么了解。而且,60 年代初正是许多地区、特别是非洲解放运动风起云涌的时候,突发事件很多。为了提高自己的专业水平,我们还是做了一些努力。比如当时非洲的殖民地一个个接连独立,我们就在办公室墙上贴了一张地图,哪里发生了新闻,就在上面贴一个标志,以此来熟悉非洲地理和政局的变化。1963 年,我还借探亲的机会,到大众日报向国际新闻编辑学习。他们成立了多达九人的时事研究组,这在全国地方报纸中恐怕都是少见的。但据他们讲,虽然他们很重视研究,可由于缺少材料来源,研究难以深入。

现在情况有了很大的变化。互联网普及,信息来源丰富,国际新闻编辑不仅能从中央级媒体的评论节目中得到启发,还可以直接看到境外媒体的报道、评论。这对我们研究国际问题、编辑好国际新闻大为有利。

但是,条件好了,不等于一定能编好国际新闻。有的媒体也发生过一些问题,如政治敏锐性不够强,有时有站在西方立场为西方说话的现象,客观上变成了西方意识形态的传声筒等;再如未能把握整体的真实,受众得不到反映全貌的新闻信息,等等。

国际新闻编辑的专业性强。国际新闻学是新闻传播学的一个分支,这一领域的研究以新闻理论、政治学、地理学、历史学、文化学、社会学等多个学科的基本原理及研究成果为基础,具有多学科交叉性。而编好国际新闻,还要随时跟踪了解国际时局动向,熟悉我国的外交政策等。这就要不断学习积累,不懈研究。只有如此,临场发挥时才能选准稿件,做出恰当安排,制作好新闻标题。

(原载《青年记者》2015 年 9 月下)

客观:体育报道也应遵循的原则

2015 年 6 月 4 日中超联赛第 13 轮,山东鲁能队与贵州茅台队发生冲突,边裁和鲁能主帅被打,有人称为中超史上最严重的恶劣事件。而山东某些媒体和贵州某些媒体,对这场冲突的报道有的地方截然相反。这再一次提醒我们,竞技体育比赛报道也需要遵循客观性原则。

第一,双方媒体强调的打人和被打对象不同。

山东媒体突出鲁能主教练库卡被打。某报的标题就是《冲突:从库卡被打开始》,全文四个小标题中有两个说的是库卡被打,第二个小标题是《边裁竟把库卡打破了相》,第三个小标题是《鲁能称打人的是"某裁判"》。对一些媒体披露的库卡在走廊打人,只字未提。

而贵州媒体强调的是鲁能主教练库卡打裁判。某报的标题就是《被打倒在地的裁判》。全文两个小标题都是有关库卡打裁判的,第一个小标题是《混乱由头 69 分库卡拉扯边裁》,第二个小标题是《在通道内库卡动手打裁判》。文中引述边裁的话说,"根据赛区官员以及裁判詹炜的证实,库卡在球员通道动手了","他当时冲过来,给了我一拳"。

第二,冲突是怎样引起的,双方说法不同。

前面所说的山东那家媒体指出"冲突,从库卡被打开始","2∶2 的比分,原本应该是一个谁都可以接受的结果,但因为边裁在赛后先与库卡发生了激烈的冲突,进而引发了一场规模更大的冲突"。

山东另一家媒体则说得更具体。它指出鲁能李松益跟进补射破门,按照国际足联对于越位判罚的最新定义,这个进球应该有效,第一助理裁判詹炜毁掉了鲁能原本可以杀死比赛的进球。主裁判徐富新给韩鹏出示了一张黄牌,这就令人很不理解,毕竟韩鹏只是去正当申诉,并没有任何对助理裁判不敬的意思。后来徐富新又对前来抗议的蒿俊闵出示了一张黄牌。这个判罚彻底引爆了队员们一直压抑在心中的怒火。

而贵州那家媒体说"混乱由头"是"69 分库卡拉扯边裁",由于对裁判的判罚不满,"很多鲁能球员及教练组成员进入赛场,在混乱中库卡捂着额头离开了球场。此时,大批的队员和队医围向了詹炜,随后詹炜倒地不起"。

第三,对足协的处罚决定,各有看法。

足协6月16日公布处罚决定,指出根据裁判员报告、比赛监督报告、比赛录像、裁判工作评议报告、公安机关出具的询问笔录、公安人员的情况说明、当事人陈述、赛区和俱乐部提交的书面材料等,对鲁能主教练及多名球员给予处罚。

山东一媒体在得知处罚后,发表文章批评这张罚单有点"二","罚单让人摸不着头脑"。而贵州媒体对足协的处罚没提出不同的看法,而且早在比赛的报道中就说:针对鲁能队员与裁判直接爆发的冲突,足协赛后非常气愤,表示将严肃处理此次事件。

新闻报道的基本要求是真实、客观、公正。体育报道也应该一样。但是,竞技体育、特别的足球赛的报道,往往既有客观性又有主观性,因为竞技体育激烈,戏剧性、观赏性强,观众多,号称第一大球的足球赛尤甚。记者和现场评论员很难避免主观性,总会有自己的角度。地区情结、国家民族情结往往在其中起着重要的作用。

这是一个国际性的问题,并非我国独有。比如意大利的《都灵体育报》倾向性就非常严重,被称为尤文图斯队的"队报"。它对于米兰双雄和罗马双雄的好消息,通常只在不重要的版面做简短的报道,而对于尤文图斯的小利好,即使还在传闻阶段,也放在头版大肆报道,极尽赞美之词。相反,对于米兰双雄遇到的麻烦和失败,该报则是不惜笔墨,唯恐天下不知。

体育报道的主观性得有一个底线,那就是不能歪曲事实,或者隐瞒一些事实、刻意突出另一些事实,使受众得不到真相。目前我国的中超比赛中,围攻裁判、两队互相争吵甚至斗殴等现象不时发生,损害了中超的生态。媒体过分主观的报道,实际上起了为球场暴力煽风点火的作用,而且自损了媒体的公信力。

为了向受众提供真实信息,为了体育事业特别是足球的繁荣发展,也为了自身的美誉度,媒体要努力遵循客观性原则。当然,主管单位(如足协)也应公平公正。

(原载《青年记者》2015年8月下)

荧屏阴柔之风让人忧

近年来,电视屏幕刮起一股阴柔之风。从央视到一些地方电视台的综艺节目充斥着“伪娘”“暖男”,不能不让人担忧。

某电视台有一期节目,嘉宾唱了一首不错的新歌,没有得到多少赞扬,而他的长相因为缺少男子的阳刚之气,有温然婉约之“美”,备受追捧,多次被称为“花美男”。有的观众甚至怀疑他到底是男还是女。

某电视台一期节目共四位表演嘉宾,前两位男嘉宾都是反串表演,扮演女性角色。特别是第二位,一身女性装束,柳腰丰臀,S 型的体型,跳“孔雀舞”,扭扭捏捏,让人看了头皮发麻,极不舒服,哪还谈得上美感!反串表演也是一种艺术形式,自古有之,而且反串表演的梅兰芳等著名艺术家,誉满海内外。现在是多元文化时代,反串更不为奇。但是,电视媒体有一种引领作用,时下动辄男扮女,反串太过流行,助长了阴柔之风。

“小鲜肉”是近年来娱乐圈出现的一个流行语,用来形容那些爱卖萌的花样美男。一段时间,影视剧里“小鲜肉”层出不穷。“小鲜肉”们俊俏有余,阳刚不足,加剧了荧屏的阴柔之风。不少观众质问:纯爷们儿哪里去了?近来又增加了一个新词“男闺蜜”,是男的,又是“闺蜜”,岂不怪哉!

前些年的“超级女声”,造就了以李宇春为代表的中性歌手,影响了一大批青少年的审美。本来女性的美和男性的美是不同的,女性可以妩媚、温柔、娇俏,而男性就要有阳刚之美,要身体挺拔,体格健壮。李宇春的装束和风格有其个性,也很正常。但她引领的一股“中性”风,导致一些男孩也追求柔美,性格懦弱,缺少男子气概。

当然,不管男性还是女性的美,都不单纯是外在的,都要具备内在美。

被誉为全球最美女星的奥黛丽·赫本(英国女演员,曾多次获得奥斯卡电影金像奖,我国观众熟悉的外国电影《罗马假日》的女主角),她用一生诠释了什么是内在美。由于她美貌动人,所以她关于内在美的一些实实在在的质朴看法,特别令人难忘。

赫本在遗言里说:“若要优美的嘴唇,就要讲亲切的话;若要可爱的眼睛,就要看到别人的长处;若要苗条的身材,就要把你的食物分享给饥饿的人;若要美丽的秀发,在于每天有孩子的手指穿过;若要优雅的姿态,走路时要记住不只你一个……在年老之后,你会发现自己的双手能解决很多难题,一只手用来帮助自己,一只手用来帮助别人。”说得多好啊!

对于男性,同样如此。而在当代中国,更看重信仰、意志、气概等方面。为祖国、为社会敢于挺身而出、冲锋陷阵,创造奇迹,是内在美最重要的一条。在汶川大地震中舍生忘死的解放军战士,我国第一个进入太空的宇航员杨利伟、在太空轨道舱外挥舞国旗向地球人问候的翟志刚及其战友,“可上九天揽月”的探月工程团队和“可下五洋捉鳖”深潜几千米的“蛟龙号”团队,我国第一艘航母上以罗阳为首的舰载歼击机制造、试飞人员,守卫在高寒边防的勇士……各个行业里辛勤劳动、做出突出成绩的男士们,勇敢、智慧,甚至突破了人生极限,他们才是名副其实的最美男儿。

没有男子的血性和担当,这个社会就难以正常运转,更不用说遇到突如其来的事故、灾难、恐怖行为、军事冲突和战争。2014 年 10 月,习近平在全军政治工作会议上说:“我担任军委主席后,第一时间就强调了军人的血性。我说的血性就是战斗精神,核心是一不怕苦、二不怕死的精神。”他同时提出“要着力培养有灵魂、有本事、有血性、有品德的新一代革命军人。能打仗、打胜仗是强军之要”。军事专家徐光裕说“如今仍不是世界大同,如果想在竞争中处于优势,不管是国家还是社会竞争,都离不开血性”。① 当前世界的大局还是和平与发展。但是,不断有局部战争和军事冲突,一些国家不断对我国进行围堵和挑衅,好男儿的血性绝对不可或缺。媒体有宣传男儿血性的责任,不能任由“阴柔之风”在电视荧屏肆意蔓延。

(原载《青年记者》2015 年 7 月下)

① 转引自陈娟:《谁为今天中国社会的血性缺失负责?》,《国际先驱导报》2015 年 5 月。

媒体应叫响劳动光荣

2015年年的五一国际劳动节，是多年来劳动光荣氛围最浓的劳动节。时隔36年，中央在节日前夕再次最高规格庆祝劳动节，九常委出席，习近平发表讲话。许多媒体也抓住这一时机，赞美劳动，叫响劳动光荣。但是，也出现某些不合拍的情况，引起笔者的注意。

中央媒体都高调宣传庆五一。人民日报不仅突出报道了庆祝五一劳动节暨劳动模范和先进工作者表彰大会，全文发表了习近平在大会上的讲话，还就习近平的讲话发表多篇评论。五一当天则发表题为《致敬！辛勤奉献的劳动者》的社论。

中央电视台"时代楷模发布厅"于"五一"期间制作播出"劳动礼赞"特别节目。节目共分为"劳动最光荣 · 岁月""劳动最崇高 · 致敬""劳动最伟大 · 信念""劳动最美丽 · 情怀"四个篇章，通过电视专题片、诗词朗诵、主持人讲述、现场互动采访等多种形式，反映新中国几代钢铁、油田、建筑、码头工人的感人事迹，展示医生、教师、农民工、邮递员、乘务员等普通劳动者的时代风采，在属于劳动者的节日里，用特别节目为劳动颂歌、为劳动礼赞。央视在劳动节期间，还专门策划打造特别节目，从中国制造、中国航天、中国高铁等领域寻找典型人物，展示"工匠"技艺，宣传专注踏实、勇于探索的"工匠"精神。

劳动光荣，是全世界普遍的价值审美观。我国人民有着热爱劳动、勤于劳动、善于劳动的好传统。但是，若干年来，劳动似乎不那么吃香了。据调查，城市青年中有相当多的人不愿意到生产第一线工作。新疆某矿务局曾公开招收120名采煤工，到截止日期，仅有2人报名。农村青年中也有很大一部分不安心务农。早在数年前有人就调侃，说现在种田的几乎全成了"3861部队"（指妇女、儿童）、"99部队"（指老人）。

上海市妇联进行过的一项调查发现，目前上海大约有90%以上的家长，把孩子学习成绩好坏看作是自己最高兴和最担心的事情，这些家长存在着严重的鄙视体力劳动的倾向。尽管家长自身大部分都是普通劳动者，或者是有一技之长的技术工人,但在对孩子未来工作的选择上,许多家长不能以一种宽松的心态来尊重孩子自己的选择。在我们的社会中,所谓的“弱势群体”主要是干苦力活的劳动者,他们报酬少,社会地位低,有时还受到某些人的歧视。在有些地方,善于劳动不如善于投机取巧、弄虚作假、玩弄权术……由于存在这样一些现实情况,今年劳动节超规格庆祝,媒体大规模宣传,就显得特别有针对性。

宣传劳动光荣,是媒体经常的报道任务,每年的劳动节则是集中宣扬劳动光荣的重要时机。可是,今年劳动节,除了中央新闻单位、各级党报和个别都市报在头版头条突出报道庆祝大会和习近平的讲话外,不少地方的主要都市报,对庆祝大会和习近平讲话一字未提。

还有另一种情况,某地方都市报有全国庆祝劳动节大会的报道,但是有些“跑调”了,突出报道本省劳模连续三年全国最多,65 年来有人曾三次获此殊荣。稿件还分析了劳模的构成,女劳模占近二成,企业家成劳模最大群体,最年轻的劳模 18 岁,年龄最大的劳模 76 岁,在山东省 17 个市中,潍坊市劳模最多……作为地方报纸,这样的报道不是不可以有,但是庆祝劳动节的报道不宜脱离讴歌劳动这个主题。

在某些媒体上,劳动节大有变成旅游节之势。由于五一小长假,有些旅游报道,无可厚非。但忘记了宣扬劳动精神,则走偏了。

习近平在庆祝劳动节大会上指出,劳动是人类活动最本质的活动,劳动光荣、创造伟大是对人类文明进步规律的重要诠释。全面建成小康社会,进而建成富强民主文明和谐的社会主义现代化国家,根本上靠劳动、靠劳动者创造。因此,无论时代条件如何变化,我们始终都要崇尚劳动、尊重劳动者,始终重视发挥工人阶级和广大劳动群众的主力军作用。媒体作为社会舆论的引导者,应当热情讴歌劳动精神,叫响劳动光荣,让劳动光荣、创造伟大成为铿锵的时代强音,让劳动最光荣、劳动最崇高、劳动最伟大、劳动最美丽蔚然成风。

(原载《青年记者》2015 年 6 月下期)

莫为“腐败能人”贴金

党的十八大以来，党中央加大了反腐败的力度，取得令世人瞩目的成果，干部群众齐声叫好。但是，其中一些“腐败能人”，引起部分人的惋惜、同情，个别人甚至为其辩护。媒体如何恰当地报道“能人腐败”，正确引导舆论，促进反腐倡廉深入发展，是值得研究的问题。

从某些媒体对“腐败能人”的报道看，笔者觉得存在以下两方面问题。

一是过度宣扬“腐败能人”的“政绩”，有的媒体可以说到了为他们评功摆好的程度。一个比较典型的例子，是有的媒体关于云南省委原副书记仇和的报道。仇和于 3 月 15 日被中纪委宣布立案调查。不少媒体在报道此新闻的同时，对仇和的经历作了介绍。这本是很正常的。介绍的目的，应该是为了揭露其走入歧途的过程，用他蜕变、堕落的经历来教育广大干部。但是有的报纸过分宣扬其在江苏工作时的“政绩”，说他主动要求到经济基础薄弱、社会环境较差的沭阳任县委书记，使沭阳 4 年之内“发生了天翻地覆的变化”，“在反腐上，仇和也见成绩。他扳倒了前任沭阳县委书记，一年就查处党员干部 243 人，其中包括 7 名副县级以上领导”，荣获影响中国改革开放的“改革之星”桂冠。1999 年初，其上级党委宿迁市委还发出“全市学沭阳”的号召。

另一家媒体宣扬仇和在沭阳任职 4 年后，那个当年被很多人认为“就是神仙来了也搞不好”的沭阳县发生了巨大变化：580 多公里的水泥路面交通网从无到有，破败凋敝的县城、集镇建设一新，上千家加工企业“冒”了出来……

一家期刊甚至这样总结仇和的功绩：用半年的时间把原来民居密集的地方变成八横八纵的步行街区；在三天以内办妥一个庞大的投资项目；在两周之内将一个原本垃圾成堆的县城变得干净整洁。简直“神”了！

二是对“腐败能人”缺乏全面理性的分析。不错，“腐败能人”也曾做出过一些成绩；而且，人是可以改变的，也许原来是个不错的干部，后来经不起诱惑，走上了违法的邪路。但是，案发后，对其报道就要有客观理性的分析，剥去其“能人”的外衣，揭露其腐败的本质，指明“能人腐败”的危害。

要恰当评估这些“能人”的“功绩”。“腐败能人”的成绩，不能算在他一个人身上。比如，铁道部原部长刘志军案发后，有人鼓吹刘志军是“高铁之父”，“终将名垂青史”，甚至说“刘志军贪了多少钱不重要，他打造的高铁改变了中国……你把刘志军贪掉的钱拿去也买不来”。其实，中国高铁的高速发展，绝不是刘志军个人所为，而是广大铁路职工奋斗的结果，也离不开高层的决断和政府的政策支持。“死了张屠户，不吃混毛猪。”现在刘志军落马了，中国高铁建设不是更快了吗！同时，据报道，有证据证明，刘志军为了获得个人利益，将国内已有的高铁技术“中华之星”束之高阁，转而向国外采购——其中很重要的一个原因，就是张曙光等人从中获得了好处。

要看到“腐败能人”施政的真实目的和霸道作风。有些“腐败能人”确实曾经做了一些好事。但是，要透过现象看到本质。“腐败能人”做事，是为了攫取私利，捞取政治资本往上爬。“腐败能人”的“政绩”，往往靠的是独断专行，违背法治，崇信“人治”，这就损害了人民群众的利益，也破坏了当地的政治生态。比如仇和给教师下达“招商引资”任务，事后遭央视《焦点访谈》曝光。他还强令国企改制“以卖为主”，卖掉医院、学校，筹集城市发展资金。

我们希望干部德才兼备，有很强的工作能力。但是，就“腐败能人”而言，可以说，能力越强，危害越大。正如古人说的：“小人智足以遂其奸，勇足以决其暴，是虎而翼者也，其为害岂不多哉！”①“能人腐败”，就是长了翅膀的老虎，导致虎威大增。有位电视名嘴说：“我最不喜欢的不是贪的，是坐在位置上不干事的人。”此话差矣。不干事的懒人、庸人，自然不应该选用，贪污受贿的腐败分子更应清除出干部队伍，并依法予以处罚，两者并不矛盾。

党的十八大报告中强调：“依靠群众的支持和参与，坚决遏制腐败现象。”这就清楚地说明，深入开展反腐败斗争，必须相信群众、依靠群众，构建一道坚不可摧的反腐败群众防线。媒体人要对“腐败能人”有清醒的认识，通过报道，在受众面前扒掉他们的画皮，动员群众支持和参与反腐斗争，而绝不能为他们脸上贴金。

（原载《青年记者》2015 年 5 月下）

---

① 司马光《资治通鉴》卷第一，周纪一。

推动创新，还是宣扬作秀？

不久前，山西省运城市盐湖区人代会上，区人大常委会主任李治作了一篇洋洋洒洒600言的“五言诗”报告。这本来就是一件奇事；更让人不解的是，这个人大常委会的工作报告，竟然受到不少媒体的赞扬。有的说报告“文风清新，诗韵依然，听起来耳目一新，读起来朗朗上口”，有的说：“文风朴实、言之有物”、“平仄掌控、措辞拿捏、文本把握等等难度可想而知，这样一韵到底的诗文报告，没有非凡的材料概括和文字驾驭之功力，又岂敢问津？何况李治先生是独立操刀，并没有借助‘写作班子’，这两把刷子委实不简单。”对报告人“敢于开风气之先的勇气”，更是表示钦佩。

笔者在网上搜索了一下，只有《齐鲁晚报》等少数媒体对这篇报告提出质疑。该报在题为《报告写成诗，有才太任性》的评论中指出，一些党政机关为了让面向群众的公文受到更多的关注，或是想借助公文表现自身作风的转变，就把格式上的变化当成了突破口。从最开始的“凡客体”到“淘宝体”，从“甄嬛体”再到复古风的“五言诗”，有些公文变得越来越不像公文了。这样一改，新颖之处有了，但公文的表达效率降低了。为了看懂公文，公众不得不去了解所谓的网络流行体，或额外做一些“翻译”的功课，信息公开客观上打了折扣。公文代表的是发布机构的官方态度，既不是张扬个性的平台，也不是卖萌撒娇的窗口，必要的规范是不容突破的。群众乐见的是内容言之有物，减少官话、套话，而不是仅在格式上创新出奇。

笔者赞赏这类批评“诗歌体”报告的评论有眼力，同时对其中说作者“有才”、“花了大工夫”不敢苟同。从网上发表的这个“报告”看，根本算不上诗歌，不过是一大篇顺口溜而已，其中空话不少。如：“真功下基层，从简去调研。/脚底沾上土，心和民众连。/硬功促文化，机关面貌变。/以文鼓舞人，德治融心田。/软功育干部，带人是关键。/激扬精气神，团队活力显。/巧功建机关，上下把事担……”请看，其中有多少实质性的内涵？“才”在哪里？

据作者接受记者采访时讲，去年的报告也是“五言诗”，花了三天时间写成，今年的报告则花了一年时间。这“工夫”如果花在钻研中央精神、了解实际情况、悉心倾听民意、寻找工作中的关键问题、研究今年的工作重点和创新工作方法上，那是花对了地方，如果主要在寻章摘句上花工夫，则是走了歪路。

诗歌是一种文学样式，文学的基本特点是形象化。诗人、评论家何其芳说过：“诗是一种最集中地反映社会生活的文学样式，它饱含着丰富的想象和感情，常常以直接抒情的方式来表现，而且在精炼与和谐的程度上，特别是在节奏的鲜明上，它的语言有别于散文的语言。”①人大常委会工作报告则是何其芳指的广义的散文，应该和诗歌有很大区别。

确实，时下有些公文，包括人大会议上的报告，存在空话、官话、套话连篇，甚至千篇一律的问题，不受干部群众和代表委员欢迎。文风是思想的外衣，是作者思想的直接反映。文风也反映了党风政风。刻板、空泛的报告，是形式主义的表现；这种所谓“五言诗”报告，同样也是形式主义的表现。某些报道中说的“受到代表委员欢迎”，恐怕并不合实际。

与此有些类似的是某些媒体宣扬的“创新”的教师评语、试题等。有一篇题为《期末评语亲昵俏皮也很萌》的新闻说，某小学期末评语悄然华丽转身，“亲”、“么么哒”等网络用语随处可见，某中学的试题、答卷评语，也充满了网络红词，以此取得学生的追捧。笔者不否定这些教师以此拉近师生间距离的初衷，却反对那些空泛的评语。评语最主要的要求，是准确、客观，指出学生的长短和努力方向，试题的主要要求，则是能够测验学生接受知识的程度。如果把功夫主要下在多用亲昵词语上，也会流于形式。

文体是为内容服务的，必须同内容契合。人大常委会的工作报告、学校试题和教师评语，都属应用文。应用文是为实现特定目的服务的，因此其写作动因与目的十分明确，语言表达要规范、庄重、严密，工作报告等应用文还有比较稳定和通用的格式和体例。当然应用文的写作也要创新，但这种创新不能脱离写作的动因和目的。否则，就有作秀的嫌疑。媒体要积极推动创新，而绝不能宣扬作秀。

（原载《青年记者》2015 年 4 月下）

---

① 何其芳在北京图书馆主办的讲演会上的讲演，《何其芳文集》第四卷，石家庄：河北人民出版社，2000 年版。

外事报道:都市报不能忽视的领域

外事报道,是指在中国和外国发生的涉及中外关系的具有新闻价值的事实或事件的报道。外事报道是时政新闻的一个重要方面,许多地方的都市报十分重视。但是,也有不少都市报有些忽视,报道的数量和质量都不能满足读者的信息需求。如何加强和改进外事报道,是不少都市报面临的一个课题。

2014 年,不论是主场外交,还是客场外交,中国都是一个丰收年。国家主席习近平 2014 年出访 7 次,足迹遍布亚洲、欧洲、拉美和大洋洲的 18 个国家,与不少国家提升了外交关系,推广"一带一路"理念,倡导"亲、诚、惠、容"的周边外交方针,促成了一批战略性、示范性大项目。国务院总理李克强出访 5 次,涵盖欧亚非 10 余国,至少为我国带来 1400 亿美元大单,被称为"超级推销员"。来华访问的外国领导人也可以用"排队"来形容。2004 年,还在中国举办了亚信会上海峰会和亚太经合组织(APEC)最高领导人会议。特别是 APEC 峰会,在促进亚太区域经济一体化进程中留下了深刻的中国印记。上述外事活动,展示了中国的和平外交政策和新型大国形象,提升了中国的国际地位,为国内改革和建设事业营造了良好的外部环境。

如上所述,2014 年中国外事的大手笔,值得大书特书,但是一些都市报的报道与此不相称,表现在:

第一,不少地方主要都市报对一些重要的外事活动报道得太简单,有的则完全没有报道。例如,9 月份习近平在杜尚别出席上合组织元首理事会时,与俄罗斯总统普京会见,谈到双方要继续促进两国战略性大项目合作,特别是尽早启动中俄西线天然气管道项目,推动两国能源合作迈上新台阶。双方还要扩大金融合作,推动双边本币互换,共同建设好金砖国家开发银行。还有中俄蒙三国元首在杜尚别分别会晤,中方邀请蒙方共同纪念抗战胜利 70 周年,习近平倡议打造中俄蒙经济走廊等,都未引起一些都市报关注,而发生漏报。11 月份,习近平出席 20G 峰会,访问澳大利亚、新西兰、斐济,并同 8 个太平洋岛国领导人集体会晤。这次访问是去年我国外交的收官之作,意义重大。一些都市报对访澳、新及出席 20G

峰会还有些零散的报道,而根本未报道习近平对斐济的访问及与岛国领导人的集体会晤。

一些都市报对国务院总理李克强的出访活动,更加忽视。如10月9日李克强到达柏林开始对德国的访问,10日未报道;11日访问取得的成果——与默克尔共同主持两个政府磋商,签181亿美元经贸科技合作协定等,又未报道。

第二,新一届领导人的外事活动,呈现出了新的风格。多名外交问题专家谈及这种新变化,纷纷评论"套话少了,故事多了"、"用人们听得懂的语言阐述外交理念"、"演讲风格柔中带刚"。新风格往往体现在一些细节中。习近平在莫斯科演讲时说了一个有趣的"鞋子理论",在坦桑尼亚演讲时提到了收视率极高的电视剧《媳妇的美好时代》;李克强在印度问记者自己的照片会不会上头条……有多年外交经验的资深外交官马振岗表示,习近平主席出访时说话的风格和展露的思想,都体现出一些新的姿态和风格,带有个人的一些魅力。"这非常重要,展现了中国外交全新的气象。"但是,这种外交新风格往往被一些都市报看成细枝末节,而没有在其报道中体现。

第三,"夫人外交"是现代首脑外交的组成部分,能增强一国公共外交的效能,提升外交的"软实力"。彭丽媛在外事活动中展现的亲和与优雅,受到国内民众好评,也引发了国际舆论和社会各界的高度赞誉,标志着中国"第一夫人"外交步入了崭新的发展阶段。但是,一些都市报可能认为夫人的活动不过是一种陪衬,可有可无,对上述活动,根本不作报道。

为什么一些主要都市报忽视外事报道?笔者以为,一是他们虽然正迈入主流报,读者面广泛,影响力和权威性增强,有的甚至称是"大众化高级报纸",但是实际上没有把重视主流新闻看作主流报的必备条件;二是跟不上形势,仍然停留在前些年对外事新闻的看法上,对我国外交在新形势下如何把握"韬光养晦""有所作为"的关系,缺乏足够的认识;三是在新闻报道上仅仅满足于程式性写作,在重大外事报道的细节化、"非官样文章化"方面,一些都市报的报道还有欠缺。

(原载《青年记者》2015年3月下)

要出新求美，不要文字游戏

这些年，随着新闻观念的变革，那种令人生厌的刻板、枯燥、雷同的“八股腔”越来越少了。许多媒体的新闻和文章积极出新、求美，在准确、鲜明的基础上，尽力做到新颖、生动，别出心裁，让受众“一见钟情”。但是，有的媒体也产生了另一种倾向，不顾语言规范，滥用谐音标题，乱用引号，乱改成语，随意夹杂外语，甚至玩弄文字游戏，令人不敢苟同。

谐音式标题，就是利用谐音来表达消息隐含的意思。谐音，是一种常用的修辞方法，用得巧妙恰当了，可以起到意想不到的效果，让人耳目一新。比如2014年11月23日某报报道麦克格文终场绝杀，鲁能夺得足协杯冠军，主标题《绝路“球”生》，巧妙运用谐音，把原用语的“求”改为“球”，语义双关，使之别开生面，添彩不少。还有一个报道上海申花战胜鲁能的新闻标题《不怕万一　就怕伊万》，伊万是鲁能的主教练。“伊万”谐音“一万”，这个标题既朗朗上口，又诙谐有趣。再如报道某地几任领导干部接连贪污受贿的新闻，标题《前“腐”后继》，别致而十分贴切。

但是，滥用谐音式标题，则会收到相反的效果。值得注意的是，一些媒体竞相采用谐音来随意改动成语，如把“尽善尽美”改为“晋善晋美”，把“刻不容缓”改为“咳不容缓”。成语是汉文化的一大特色，有固定的结构形式和固定的说法，表示一定的意义，在语句中是作为一个整体来应用的。成语有很大一部分从古代相承沿用下来，在用词方面往往不同于现代汉语，它代表了一个故事或者典故。乱改成语，可以说是对中国汉语这一文化特色的亵渎。这样做，还会让广大中小学生无所适从。

在新闻写作中，巧用引号，也是出新的一种常见的方式，多用于突出要强调的词语，特别是转义的词语。某报曾有一标题《两大“水缸”喊渴》，报道的是城市南部作为市民用水主要水源的水库，因降雨少，水位下降，有一个已经几乎见底，群泉的地下水位也节节下降。这里的“水缸”已经转义，所以加了引号。用“水缸”比喻水库，很贴切。同时，这个标题中“喊渴”还用了拟人的修辞格，使文字更加生动。还有一个标题《加油站“揩油”谁来管》，披露济南市唐王镇龙泉大街上，加油站强迫加油，相关部门互相推诿，问题一直得不到解决。把“揩油”和“加油站”连在一起，而且用引号把“揩油”加以突出，别出心裁又不失准确。

但是，引号不宜到处乱用。2014 年 7 月 3 日某报头版关于聊城灯具厂火灾的导读标题《屡曝屡改　还是“火”了》，把发生火灾说成“火”了，显然不恰当，“火了”的意思是成功而且出名了甚至引起轰动了。加了引号仍旧掩盖不了用词不当的问题。还有一个被批评的标题《克林顿车上“幽会”印度美少女》，“幽会”一般指恋爱男女的私会。新闻写的是一名女中学生因为崇拜克林顿，在他演讲完毕后请他签名，并非什么“幽会”。滥用引号导致题文不符，违背了新闻的真实性。

有的新闻在汉语中夹杂外语，作为“出新”的手段。有一家报纸甚至一篇评论的标题全用英语：“We are family”。这不仅不利于传播信息，而且违背国家有关部门的规定。当然，像 GDP、CPI、WTO 等这类外语，读者已经习惯，而且可以简练地表达词义，它们的流行是合理的。我们并不完全排斥适当应用个别外语词汇。还有更奇葩的，一条关于将举行中韩足球比赛的新闻，主题竟然是《罕喊捍　撼捍韩》，这不是玩文字游戏吗！

报纸需要凝练传神的标题，生动活泼、新颖优美的文字。语言是发展的，特别是当今社会变革的时代，生活节奏加快，与外国的接触增多，网络发展普及，新词语增加得快，表达形式也更多样了。有些新流传的语言包括约定俗成的网络语言，幽默、俏皮，甚至有一点调侃，也可以登上大雅之堂，取得不错的效果，但要以遵从汉语规范、准确表情达意、多数读者理解为前提。这不仅关系到媒体能否有效地传播信息、引导舆论，还牵涉到祖国语言的纯洁和健康。古人云：风雷风露，天之灵；山川民物，地之灵；语言文字，人之灵。不久前，国家新闻出版广电总局在一则通知中强调“大众传媒担负着引领和示范的职责，必须带头规范使用通用语言文字，做全社会的表率”。新闻要大胆出新求美，但一定要遵从规范，拒绝文字游戏。

（原载《青年记者》2015 年 1 月下）

顾此失彼：媒体的常见病

某报曾刊登一条新闻，标题是：

（引题）一个提前通知　一个夜半惊人

（主题）同是放鞭炮差距咋这么大

原来新闻报道的是平时放鞭炮的事。新闻先介绍了一家人放鞭炮遭到谴责："今天凌晨4点半，省城上海花园小区的刘先生（化名）在睡梦中被一阵噼里啪啦的鞭炮声惊醒。刘先生起床查看，发现是小区3号楼附近有人放鞭炮。好不容易等放完又睡着，6点左右，再次被3号楼附近的鞭炮声吵醒。两次没缘由的鞭炮声害得他一晚上都没睡好，刘先生为此很是恼火……很多居民对放鞭炮的人提出了批评。"

后面又写了另一家放鞭炮前，发出帖子说："因搬家想放鞭炮，可能影响大家休息，请多包涵。"结果，不仅没有引起邻居的反感，反而得到了邻居的理解和支持。

记者写这条消息，倡导邻居间有事互相商量，和睦相处，初衷是好的，却宣传了平时燃放鞭炮。不管是否事先征求邻居的意见，平时放鞭炮都是违规的。

该市早就对燃放烟花爆竹解禁，但仍有限制。2004年9月29日市人大常委会会议通过的《限制燃放烟花爆竹的管理规定》明确规定"在农历腊月二十三至正月十五期间可以燃放烟花爆竹，其他时间不得燃放"。但是，这篇稿件中竟然还多次说到，搬迁、婚嫁放鞭炮是风俗习惯，"情有可原"，并请社会学家分析，指出乔迁、婚庆放放鞭炮都是"理所当然"。这都不恰当。群众的风俗习惯要尊重，但要以不损害公共利益、不违反规定为前提。记者稿件想用对比的手法，宣扬居民间和谐相处，却忽略了不能违规燃放烟花爆竹。这就顾此失彼了。

党的十八大后，中央强调反腐倡廉，出台八项规定，坚决反对干部群众反映强烈的形式主义、官僚主义、享乐主义和奢靡之风，成效显著，受到广大民众的热烈拥护。中纪委今年秋天又发文，要求刹住中秋公款送月饼不正之风，逢节公款送礼现象有了极大改变。但是，随之而来的是，一些职工的节日福利也没了。某些媒体也从一个极端走向另一个极端，宣扬不应给职工发福利。个别媒体报道某地干部因给职工发福利被查，受到处理。某网络媒体还列举单位不发福利的三大好处。这也是顾此失彼。

8月8日，中秋节当天，人民日报客户端发的一篇评论——《反腐不应该反职工福利》，被网友点赞称为《人民日报》最接地气的文章。评论指出："一些执行者借反腐之名拿掉老百姓应有的福利，这绝不是中央反腐倡廉的本意……中央的八项规定，反的绝不是职工的正常福利。反腐的最终目的之一，其实就是为了增进公众福利。服务于基层职工、低收入者的各种正常福利，在反腐过程中不仅不应缩减，发放的范围和数额，还应根据实际情况有所扩大。"

顾此失彼，是新闻写作中比较常见的一个毛病。再比如，报道先进人物，宣扬经常带病工作、不顾家、不管父母子女，既不可信，也不符合"以人为本"的思想(如果是抗灾抢险或其他紧急情况，带病带伤上阵，是值得宣扬的)；为了宣传社会主义核心价值观，褒奖少年儿童见义勇为，而无完全行为能力的少年儿童却致残致死；写军事新闻，泄露了机密；报道刑事案件，详细描写作案过程和方法，搞不好引人模仿，等等。

新闻影响广泛，有引导舆论的重要功能。报道新闻，需要细心考量可能产生的各种影响，要想到即使是正面报道，也可能有负面影响。比如，上述搬迁、婚嫁放鞭炮的报道，说的似乎不是什么特别大的事，但其副作用也不容忽视。市里对限放烟花爆竹规定得很明确，在禁放时间，连国家举行重大庆典需要燃放都要由政府决定并发表公告。但实际上此规定执行得很不理想，平时违规乱放的不少，造成空气、噪音污染和扰民，人们早有微词。这样的报道客观上助长了有令不禁、不讲公德的不良风气。以反腐败、反公款送礼为由，宣扬取消职工节日福利，这种顾此失彼的宣传，则会导致对中央精神的误解。

古人云："东面望者，不见西墙。"意思是向东边看的人，看不到西面的墙，比喻主观片面，顾此失彼。客观事物往往不是单一的，而是多元素、多侧面构成的。记者要防止在报道中顾此失彼，需要坚持唯物辩证法，眼观全局，全面看待事物，把握事物的内在联系，抓住主要矛盾和矛盾的主要方面，防止片面性，避免一种倾向掩盖另一种倾向。

(原载《青年记者》2014年12月下)

报纸导读版如何更吸引眼球

由于某些报纸把“吸引眼球”、牟取利润当成最高目标，做虚假新闻，低俗化、娱乐化，使“吸引眼球”似乎成了一个贬义词语。其实，报纸、特别是进入市场的报纸，总是要绞尽脑汁吸引读者阅读的。时下，报纸普遍重视导读，用导读吸引眼球，不仅无可厚非，而且值得大大提倡。问题是导读如何才能更加吸引眼球。

所谓导读，基本的含义就是引导和便于读者阅读。20 世纪 50 年代《解放日报》头版有时刊登几条标题，注明文在某版，可以说是导读版的先行。我国报界 90 年代大量使用导读版，则是和厚报联系在一起的。都市报大都采用小版面，每天有几十到一两百个版，包含大量的新闻信息。让读者在一瞥之间就看到当天报纸的精华，极好的一招就是把头版做成导读版，就像百货公司的“橱窗”，把最好的商品陈列出来招揽顾客。导读版迎合了读者快餐式阅读的要求，有时浏览一下导读版，就可以对当天的重要新闻有大概的了解，然后再根据导读的引导，选择喜欢阅读的内页新闻。

如何增加导读版的吸引力？归纳起来，笔者以为至少有以下五个方面：

1. 精心选择，突出精华。导读版要把当天最重要、最精彩的新闻拎出来，导读标题要突出新闻中最主要的内容，才有吸引力，而不能轻重不分，甚至轻重颠倒。今年 8 月 3 日云南鲁甸发生 6.5 级地震，江苏一家主要都市报 4 日导读版却把郭美美涉毒作为主打，刊用大图片，加以宣扬，而地震新闻导读放在左下角，发得很小，遭到人们的吐槽。

2. 简约易读，一目了然。读者花费最少的时间和精力就能了解导读的意思。某报在 9 月 9 日中秋节第二天头版头条导读标题是《月来越好》。“月来越好”本来是一个软件的名称，用在这里，读者费尽脑筋也难明白这是中秋节活动新闻的导读。

再如，某报 8 月 13 日头版导读版出现一个拐弯抹角的导读标题《你的答案是什么》，副题是《带着看今天这些新闻，更耐人寻味》，下面小字号列举四条新闻的标题，这反而使读者阅读不便，也起不了吸引读者阅读的作用。

3. 升华新闻气质,提升报纸形象。一个突出的例子是2008年汶川大地震哀悼日多家报纸的导读版,它们都采用黑色版面,上面压白色标题"哀"、"哀悼"、"国殇"以及烛光的意象,营造了全民哀悼的肃穆气氛,表达了万众一心支援抗震的意志,极大地吸引着人们的眼球。《纽约时报》前总编辑阿贝·罗森塔尔说:"头版呈现给读者的并非只是一些重要新闻,还包括本报编辑们对重要新闻的判别能力。"这些报纸的导读版就有这样的效果。

4. 善用图片,图文结合。导读版常常配合导读标题刊用新闻照片;除此以外,还可以用图表、地图、漫画等非新闻图片。图片、文字等编排元素组合在一起,能够更好地表现新闻事件,从而增强吸引力。今年7月7日是抗日战争爆发77周年,《齐鲁晚报》导读版刻意设计以卢沟桥旁石狮的图片为背景,大标题《醒狮》十分醒目,颇有寓意。《广州日报》2010年3月23日导读版为"地沟油"的新闻,做成的"油桶"总体造型,将经过记者暗访调查的"地沟油回收"流程清晰地呈现出来,也有很好的吸引眼球的效果。

5. 体现报纸的价值取向、立场和定位。导读版面主要承担着导向、标示和推销功能。导读版是二次"议程设置",不同报纸导读版的新闻选择和编排,体现了报纸的价值取向、立场和定位。

8月30日某报头版报道政治局会议审议通过《关于深化考试招生制度改革的实施意见》,根据当地人口多、高考录取率低的实际情况,头版导读标题突出"提高人口大省高考录取率",自然会引起读者的注意。

报纸的眼光、趣味和情怀一定程度上通过导读来体现,导读就成为报纸价值立场、格调取向的展示平台。选择、发现有分量的好新闻,"片言居要",向读者准确简捷地传递新闻事实,巧妙安排导读,经过编辑思想重新整合包装,通过版面语言等多种手法将隐含的价值显化,使新闻获得新的内涵。比如:将正反两个人物的导读放一起,使读者在无声的对比中看出二者的品格差异;把一个人的前后言行列出,揭露其撒谎的真相等。在导读中表达立场、态度,在简短字句中展露报纸的铁肩道义、社会责任、人文关怀,能够正确引导舆论、塑造报纸品格。

(原载《青年记者》2014年11月下)

切莫为医患矛盾推波助澜

2014 年 9 月 11 日，湘潭产妇死亡事件联合调查组宣布了调查结论："这是一次意外，并不构成医疗事故。孕妇死亡的原因，是羊水栓塞导致多器官衰竭，院方进行了积极抢救，但与患者家属沟通不够。"至此，这场引发轩然大波的医患纠纷尘埃落定。但之前有些媒体的报道对医患矛盾起了推波助澜的恶劣作用，值得新闻业界深思。

此前，8 月 10 日，一家网络媒体报道说：产妇"赤身裸体躺在手术台，满口鲜血，眼睛里面含着泪水，可再也没有了呼吸，而本应该在抢救的医生和护士却全体失踪了"。新闻描述的画面多么骇人听闻！"裸体""鲜血""泪水"这些关键词，刺激着人们的神经，把满腔怒火引向医护人员。一些传统媒体也纷纷跟进，以"产妇死在手术台上，医生护士全失踪"为题进行报道，使事件不断发酵。

其实，这些报道背离了事实。人们在视频上看到的真实情景是：患者身上被布单覆盖，全身未见血污。手术室内，已经经过专业的清理打扫。这说明，在患者死亡以后，医护人员对遗体进行了清洁护理，为避免家属过激行为，医护人员就在旁边的休息室。这件事引发了我国首例中国医师协会投诉媒体记者案，医师协会已经向中国记协投诉涉嫌虚假报道的记者。

值得注意的是，这类失实的医疗事件报道，并不鲜见。3 月 27 日，《大河报》以《颅骨取下一年多，谁能帮她装上?》为题，报道了漯河患者凌娟因家庭变故，缺钱进行颅骨修复手术的事情，呼吁社会爱心人士"拉她一把"。但这一事件被一些网站转载时，标题成了《病人因欠 5 万元手术费，颅骨被摘下，一年多无人给装上》，引发负面效应。4 月 26 日，央视《焦点访谈》以《"标题党"制造的新闻》为题报道这一事件，才揭露了真相。一篇呼唤爱心的新闻，被"标题党"改头换面之后，竟然成了攻击"冷血"医护人员的网络事件，引来针对医护人员和医院的一片谩骂，为本来就紧张的医患关系火上浇油。

医患关系是一个世界性问题。我国人口众多，是一个发展中国家，医疗体制机制还在改革中；同时，由于少数医护人员职业道德缺失，以及个别患者及其家属罔顾法规,制造医闹,医患关系比较紧张,成为一个备受关注的社会问题。在这种情况下,媒体对医疗事件的报道,更需谨慎,要尽可能地追寻事实的真相。媒体当然对医护行为负有监督责任,但是这种监督必须事实准确,力求有建设性,起到维护公众权益的作用,有助于缓解医患矛盾,而不是相反。

医疗事件的报道不仅要注意单篇新闻的真实客观,还要注意整体的真实,坚持平衡的报道原则。绝大多数医护人员是热心服务的,他们肩负着救死扶伤的光荣使命,工作紧张、辛苦,又有风险,而收入并不高。总体上看,我国医患关系是和谐的,绝大多数患者对医院满意。媒体要真实地反映医患关系的全貌,客观中立地报道医患事件。要多报道优秀医护人员良好的医德,适当控制负面报道,绝不能以偏概全,更不能像湘潭产妇死亡事件最初的报道那样歪曲事实,添油加醋,哗众取宠,为医护界抹黑,给紧张的医患关系推波助澜。

医学是一门专业性很强的学科。有关编辑记者学一点医学知识,有助于准确地报道医疗事件。在湘潭产妇死亡事件中,当大多数舆论都在批评医院时,有媒体站出来批评围观的最初报道者不尊重常识,显示了其正义感和专业性。在湘潭官方给出的声明中,就初步确认了产妇的死因,是"因羊水栓塞引起的多器官衰竭"。医学界人士介绍:羊水栓塞的发病率大约为两万分之一,但孕妇和胎儿死亡率高达 80% ,而且在产前无法检测出产妇是否羊水栓塞。那些跟着最初报道起哄攻击医院的媒体,如果具有一些产科的常识,或者临时抱佛脚请教一下专业人士,也许不会发生错判,并做出歪曲报道,加剧医患矛盾。

著名记者、新华社原社长郭超人曾经指出,记者"笔下有人命关天,笔下有财产万千,笔下有是非曲直,笔下有毁誉忠奸"。媒体是社会的良心,记者的笔重似千钧。医患关系事关人的生命健康,为医患关系紧张推波助澜,践踏了记者操守的底线。避免这种情况,关键在牢记职业重任,弘扬职业道德,摒弃"眼球情结",正确处理经济效益和社会效益的关系,真正把社会效益摆在第一位。

(原载《青年记者》2014 年 10 月下)

差之毫厘，谬以千里

报上差错何其多

笔者经常读报，不时发现差错。有人说“无错不成报”，还真说到点子上了。原新闻出版总署曾规定报纸差错率不能高于万分之三，但相当多的报纸超过这个标准。全国部分行业报纸的一次编校质量抽查，61 家参检报纸中，只有 7 家没有超标，有一家报纸的文字差错率竟高达万分之二十七点五三。这次检查主要从错字、词语、病句、标点、数字、计量单位等六个方面开展。诊断结果：“的”、“地”、“得”几乎 100% 被用错，“截至”、“截止”混用情况严重，某报一个版的病句就达 18 处之多。此外，标点、数字混乱、计量单位使用不规范等问题很普遍。令人遗憾的是，就连被认为很少出错的我国第一大报人民日报，这两年也被读者挑出不少文字差错。

再举几个近期都市报差错的例子：

1. 用词不当：某报一篇题为《困难之下，胜利就像及时雨》的新闻里“河南建业在主场号称专制各种不服”，“专制”应为“专治”。《足协，为啥总给鲁能穿小鞋》中“鲁能 6 名队员准时报道”，“报道”应为“报到”。

2. 释义出错：某报在一篇题为《好好的人，怎么说没就没了？》的新闻中，称“猝死”就是“突如其来、意料之外、非自然因素、不明原因的死亡”。这个说法与世界卫生组织对“猝死”的定义相悖。世界卫生组织的定义是“发生在六小时以内的自然急性死亡”。

3. 图文矛盾：某报《济南军区“四项工程”反哺老区》一稿中说“整个植树活动，没有誓师动员，不见彩旗标语，不盲目搞评比，不一味赶进度”，而从所配图片上却看到彩旗飘飘和标语横幅。

4. 区划错误：某报《最新版采摘地图来了》中说：“而胶南则是目前全国县域种植面积最大、产业化程度最高的蓝莓主产区，是‘蓝莓之乡’，全市蓝莓总规模达 4.75 万亩。胶南市的蓝莓种植主要分布在 7 个镇（街道），30 个村。”2012 年 12 月 1 日根据国务院批复，撤销青岛市黄岛区、县级胶南市，设立新的青岛市黄岛区，作为行政区划,“胶南市”已成为历史名词。文中仍以胶南市称之不妥。

5. 逻辑混乱:某报一篇新闻中有这样一段话:“近日,郓城县人民法院以诈骗罪,判处被告赵某有期徒刑十三年,并处罚金人民币十万元。赵某当庭自愿认罪,退还了部分赃款,可酌情从轻处罚。依据相关法律规定,作出以上判决。”这段话因果前后倒置,逻辑混乱。自愿认罪、退还赃款才是从轻处理的法律依据,应改为:“近日,郓城县人民法院以诈骗罪对被告赵某进行宣判。赵某当庭自愿认罪,退还了部分赃款,可酌情从轻处罚。依据相关法律规定判处被告赵某有期徒刑十三年,并处罚金人民币十万元。”

差不多就是差得多

为什么有这么多差错?一个重要原因,是采编人员误认为小错没啥,差不多就行。对前面说到的某报图文不符的问题,编者却说:“稿件配图稍有瑕疵”,如此明显的差错,被认为是“瑕疵”,而且前面加了“稍有”二字,可见,对差错是多么宽容!

其实,差不多就是差得多,差一点也是差。报纸上的差错确实有政治性差错、技术性差错、大错小错之分,但是,小错也会成为大错,技术性差错也会造成政治性差错。古人云:差之毫厘,谬以千里。这是无数严重教训告诉人们的真理。

据江苏省泰兴新闻网报道,前几年泰兴市曾发生因一个标点符号引发的官司。一供货商本应给客户供货 28 只铁皮文件柜。讲明每只柜 550 元,货到付款。后因故,供货商只给客户送去 27 只柜,还少一只。因此,客户给供货商打了一个收条,内容如下:“今收到铁皮柜 27 只,还少一只资料柜款未付。”一周后,一只柜送到,货补齐。这以后,供货商数次要求客户付全部货款,客户只愿意付最后补上的一只柜的货款。供货商把客户告上法庭。唯一物证是客户开的收条。法庭认为,双方各持己见,问题出在收条的第二句话中少个标点符号,应在“资料柜”后加一句号,这样,问题就很清楚。按照商业交易习惯和常理,判定客户于 10 日内交付全部货款。瞧,就因少了一个标点,不得不闹上法庭。

在新闻报道中,类似的事情也发生过。笔者在报社工作时,曾有一篇稿件,在报道某地粮食产量时,误把阿拉伯数字中间的小数点往后移了一位,数字一下子扩大了十倍,引起当事单位的抗议,差一点引发一场新闻官司。

新闻报道的技术性差错有时也会产生负面影响或变成政治性错误。20 世纪 80 年代中期,新华社一位工作人员把一篇外电稿中“一枚小行星飞离地球”,错译为“一枚小行星将撞向地球”。稿子被报纸刊发后,在南京等城市引起一片恐慌,有些人以为世界末日来临。新华社赶紧以另发一条新闻的形式,郑重地进行更正并说明了事情的原委。笔者还专门为《新闻战线》杂志写过一篇短文，赞赏新华社对读者认真负责的做法。

前几年，美国前总统克林顿访华之际，某报在一篇稿件中将“克林顿访华”写成了“克林顿反华”，这是打字误码和校对疏忽造成的重大政治性差错。某报一篇报道中说：“近年来，我国同日本、美国、德国、英国、法国、港澳的贸易迅速发展。同时，大陆和台湾的贸易也有了发展，不过都是通过香港或第三国进行的。”这就把港、澳说成了国家，发生了严重政治差错。

胡适先生在《差不多先生传》中说：“差不多先生的名誉越传越远，越久越大。无数无数的人都学他的榜样。于是人人都成了一个差不多先生——然而中国从此就成为一个懒人国了。”①文章虽然已发表90多年了，但对今天的社会包括媒体，仍然有现实意义。

对差错要零容忍

报纸是新闻信息的传播者、建立公平正义社会的舆论引领者。经常出差错，就不能向亿万受众传播准确的信息，发挥正确的舆论引导作用。同时，报纸本身的公信力也会受损。

杜绝“差不多”新闻，关键是在认识上摒弃“差不多”思想，在行动上真正做到认真负责，对差错零容忍。

20世纪60年代初，笔者做地方新闻版组版编辑的时候，报社从人民日报调来一位副总编辑——苗风，负责看大样。他带来了人民日报认真细致的好作风，这下编辑部的粗放作风来了个大曝光。以往，一些编辑记者存侥幸心理，常常将矛盾上交。一些稿子存在逻辑不清、啰唆冗长、病句和错别字等毛病，有的业务组长，几乎原封不动将稿子上交给编辑部主任。主任怕麻烦，也发怵下级不高兴，看看标题和主要事实没问题，Pass！稿件进入编报部。组版编辑主要看小样，掂量稿件的分量，拟标题，画版样，文字基本不管。这样小样组成的大样到了苗风案头，当然过不了关。

我战战兢兢第一次给苗风送上报纸的大样后，被他改得一片红，成了个大花脸。原来已经拼好的版面，字数都不够了，只得另加稿子，重新排版，再看大样。工人的意见很大，也拖延了报纸出版时间。如此这般折腾几天后，实行层层“倒逼”，编得太差的，回炉重来。坚持了一段时间，整个编辑部的粗放作风有所改善，差错少了，稿件质量提高了。这对担负组版任务的笔者，也是一个深刻的教育，说

---

① 《申报》1924年6月28日

明只要认真,是可以避免许多差错的。

为减少差错、保证报纸质量,报社要建立严格、科学的编审制度,层层把关,奖罚分明,防止任何差错见诸报端。

报纸的差错率,和采编人员的水平也有密切关系。采编人员要不断提升自己的文化水平、业务能力,增长有关专业知识,力求不发生不应发生的丢人差错。

世上无难事,只要肯登攀。只要报社人员认认真真,齐心协力,就会把干干净净、没有差错的报纸,奉献给读者。

(原载《青年记者》2014 年 9 月下)

警惕“标题党”向报纸蔓延

20世纪末21世纪初，网络普及，网站竞争日趋激烈，为吸引网民眼球，“标题党”大行其道。这些年来，这一新闻毒瘤有向传统媒体报纸蔓延之势，不能不引起人们的关注。

一般认为，“标题党”是指这样一部分网络从业者和网民：他们通过制作歪曲事实、以偏概全、断章取义，或者媚俗、低俗、庸俗的耸人听闻的标题，来吸引网友眼球、增加网站的点击量和知名度。也有人形象地称其为“飚蹄党”。

例如：在某网站上有一个标题，说某男歌手与某女歌手接吻，打开内容一看，都是两人一起演唱的图片；另一标题说某草根明星成名后，与妻子离婚，其实内容是夫妻俩一起劳动的画面，后来当事人公开驳斥了“标题党”制造的谣言。

再如：标题《全裸人体模特》，打开网页却是一个婴儿正在做写生模特；标题《一个真正的荡妇》，内容是一个姑娘在荡秋千……

这些年，不仅网络上“标题党”经常作祟，传统媒体、特别是重视标题的报纸，也时有“标题党”出现。“标题党”成了新闻传播中利用夸张、歪曲、情色等耸人听闻的手段制作标题，以吸引受众的做法。《中国青年报》的一项调查显示，78.4%的调查对象认为，当下媒体中有耸人听闻式标题的新闻普遍存在。

2012年6月11日，某报刊发调查文章，说烟台苹果主产区栖霞、招远某地，果农有使用加药果袋的情况。“标题党”添油加醋，把报道中的“主产区栖霞、招远某地”略去，标题直接变成了《烟台红富士苹果，药袋里长大》，把部分现象变成了整体行为，使得一段时间“烟台红富士”品牌大受影响，销量受到重创，果农怨声载道。

还可以举出一些例子。南方某报曾有一个标题《广州老妇裸死路边　疑因天气寒冷被冻死》，而仔细看新闻内容，不过是法医到现场检查死因而解开死者衣物而已。标题故意突出“裸死”，是一种典型的“标题党”庸俗行为。南方另一报纸曾刊发标题为《中国工程院院士孙宝国：“地沟油”不可能回到餐桌》的新闻，引起了网友对“砖家”的质疑。事后，孙宝国向媒体抱怨，“我的结论是，我国每年300

万吨地沟油回到餐桌根本不可能。但是媒体报道时把‘每年300万吨’去掉了”。

新闻标题的主要功能是提示新闻主要内容和吸引读者阅读。俗话说“看报看题”，标题是新闻与读者之间的桥梁，是新闻信息为读者接受的必由通道。在报纸进入市场和“浅阅读”时代，标题的作用尤其重要，有的人甚至只浏览一下标题，不再看内文了。“标题党”正是看到了这一点，运用不正当的手段，极力夸大标题的作用，以达到吸引眼球、增加广告、赚取更多利润的目的。

“标题党”危害极大，违背新闻真实、客观、全面的基本原则，传播错误的信息，影响读者的知情权，损害当事者的声誉，降低报纸的公信力，甚至污染社会风气，可能导致功利蔓延、诚信不再和价值扭曲。因此，“标题党”已经成为可以与虚假报道、新闻敲诈、淫秽色情信息、违法广告并提的一大新闻毒瘤。杜绝“标题党”，需要媒体人加强自律、严格职业操守、提高职业素质，还需要监管部门加强监管，强化社会对媒体的监督，使“标题党”像过街老鼠一样，人人喊打。

值得注意的是，直到今天，新闻圈内仍有人不知“标题党”为何物。有的人认为不太切题的标题就是“标题党”，有的人甚至把生动新颖的标题误认为“标题党”。所以，在整治“标题党”的过程中，特别要注意划清新颖生动的标题和“标题党”的界限。我国新闻史上有不少脍炙人口的标题，发挥汉语言文字的特长，巧妙运用修辞手法，不愧传世之作。改革开放以来，敢于创新的好标题也层出不穷，成为新闻的点睛之笔。但是，由于长期以来旧观念的束缚，一些标题仍然是“老爷题”，没有摆脱干巴枯燥、千篇一律的状况，赶走了不少读者。“五步三秒”的结论告诉我们，报纸要想打开市场，必须具备一个基本条件：标题在五步外就能让读者看得清，并能在三秒内抓住读者眼球。我们在整治“标题党”时，绝不能把新颖生动的标题也“整治”掉，就像不能在倒洗澡水时把孩子也倒掉一样。

（原载《青年记者》2014年9月下）

“家丑”不可外扬？

据不久前报纸报道，济南章丘市开展“电视问政”活动。针对事前电视暗访发现的民生热点问题，邀请市民问政团质询，各局一把手当场回答，在镜头面前红脸流汗，受到了一次群众路线教育。此前，武汉、湖南、浙江、甘肃等地，也开展了类似活动。电视问政让政府官员意识到，自己是被监督的对象，应该敢于亮丑，对老百姓负责。同时，也展现了媒体和群众的监督作用。

与此恰成对照的，是一些地方媒体对当地的“负面”新闻尽量掩饰，或干脆保持缄默，集体噤声。

据许多外地媒体报道，7 月 1 日开始，为应付国家创卫暗访，济南百余家餐饮店关门，人们吃早点、午饭都成了问题，有的地方买西瓜要到三里以外，引起群众不满。有的人说：现在济南城倒是干净了，但整座城市像正在遭受瘟疫一样，死气沉沉，没有人气，“我们需要卫生济南，但更需要便民济南”。

7 月 3 日，央视《新闻 1 + 1》节目以《创卫还是创伪？2014 版！》为题，对上述现象进行了批评。这一节目对事不对人，也没有否定济南创建卫生城市的努力，针对的是不少地方普遍存在的形式主义，而形式主义是反“四风”中首先要反对的。

但是，在此前后，济南报纸没有报道此事。不仅如此，一家市级报的网站竟然发文进行无理辩解：“市民买不到早点？哼，哼，只能说明他们自身太懒了。家里有鸡蛋，有面粉，5 分钟就可以摊个鸡蛋饼；家里有剩饭，有蔬菜，5 分钟就可以做个菜炒饭；家里有面条，有大葱，5 分钟就可以做个葱油面；家里有馒头，有酱料，5 分钟就可以煎个馒头片……”这种不顾百姓生活的怪论，实在令人叹息！

上面说的惧怕“家丑”外扬，并不是个例，还可举出一些，如某小县这几年新建了大量商品房，导致严重滞销。在政府部门工作的刘娜（化名）接到了一项重要任务：2014 年，必须介绍自己的亲戚或朋友，至少在县城内购买两套新建商品房。否则，她可能被停发工资。在这个县城中，很多公务员都接到了类似的卖房任务。这一典型事件，许多媒体纷纷报道，传遍全国，唯有该县所在地的媒体集体噤声。

“家丑不可外扬”，是长期以来封闭的封建家族的陈旧观念。而信息透明、敢于亮丑，是人民政府自觉接受监督的前提。在坚持“正面报道为主”方针的同时，曝光“负面”信息，进行舆论监督，是媒体的责任。当然，亮什么丑，怎样亮丑，需要认真进行选择，讲究时机和方式，起到建设性的作用，产生正面的效应。实际上，在信息爆炸的时代，“家丑”想不外扬，也难以做到。封锁消息，只能是鸵鸟政策。

一位伟人说过，说真话是我们的力量所在。敢于“家丑”外扬，表现了一种自信和坦荡。回避报道“负面”新闻，其实是一种“家丑外扬恐惧症”。人民日报在一篇评论中指出：“哪里曝光及时、监督有力，改作风就容易打开新局面；反之，如果只唱赞歌、回避问题，就难免助长实功虚做的风气。”而目前某些地方政府部门和媒体，惧怕家丑外扬“负面”新闻曝光，不仅是地方保护主义的狭隘表现，也是在为舆论监督“封口”，这不利于中央八项规定的落实。

我们的报纸是党和人民的喉舌，要在思想上、政治上与党中央保持高度一致，这是最重要的政治纪律。地方媒体要围绕地方的中心工作进行宣传报道，推进地方工作，但不能违背中央的路线、方针、政策。而官本位思维和职业精神缺失，使地方媒体偏离正常舆论导向。他们唯某些地方官员是从，只顾当地的所谓“政绩”、面子。这是“家丑外扬恐惧症”的重要病根。

这几年，在中央的倡导下，许多地方的领导提高了新闻执政能力，能够善待媒体，恰当地运用媒体。但也有的仍然不仅不熟悉新闻和宣传规律，而且担心失去面子，影响形象，尽量限制“负面”新闻。其实，恰当报道“负面”新闻，会产生正面效果。也只有这样，才能展示当地党委和政府的良好形象，提高其公信力，才能动员群众正视现实中的问题，克服前进道路上的困难，把工作做得更好。

（原载《青年记者》2014 年 8 月下）

新闻媒体需要社会监督

据7月13日媒体的报道，央视财经频道副总监李勇及知名主持人芮成钢被检方带走。这是继上月检察机关对央视财经频道总监郭振玺因涉嫌受贿罪立案侦查后，又一引人注目的媒体人涉嫌经济问题案。在此前后，还有多家报纸负责人因经济犯罪被查处。看似"清水衙门"的新闻媒体，似乎也成了经济犯罪的灾区。

看了这些新闻，笔者的第一反应就是，行使舆论监督权利的新闻媒体，也需要社会监督。

诚然，媒体既无行政权，又无立法、司法权，但在这个信息爆炸、媒体影响巨大的时代，媒体掌握的话语权，却已经转化成了某些掌权者权力寻租的源泉。你看，被称为央视"大管家"的郭振玺，多么了得！这位"大管家"一度同时管辖广告部和经济频道两大核心部门，后来负责两档重量级节目——"3·15晚会"和"中国年度经济人物评选"。这两个节目曾经名噪一时，但是自郭振玺掌管后，价值取向就发生了变化。节目好不好不是最重要的，主要看会不会搞"关系"。网上早就有一个流行的说法："对于年度经济人物评选，是有钱就可以上；而对于3·15晚会，则是有钱就可以不上。""该批评的可以不批评，不该褒奖的却可以被褒奖，关键是给了多少钱。"这绝不是空穴来风。一些媒体身家不菲，有的达到几十亿上百亿元，事业发展当然是好事，但也给掌握大量财权的某些贪得无厌的人，带来经济犯罪的机会。

时下一些媒体不仅存在虚假新闻、有偿新闻、新闻欺诈、不良广告等问题，贪污受贿犯罪也不断暴露出来。这不仅严重影响了媒体自身的公信力，也损伤了党和政府的公信力，因为媒体是党、政府和人民的喉舌。

解决这个问题，靠媒体的自律和他律。在自律方面，我国已经采取了不少措施，如制定新闻工作者职业道德准则，建立新闻道德委员会，开展"三项教育"活动、马克思主义新闻观学习活动等。这些举措有一定的作用，但媒体自律是行业内部的道德约束，靠从业者提高素养、自我管理，这种封闭的监控，反腐防腐的效果有限。

现在不少媒体不仅不重视自律,还往往热衷于自我表扬,而对“有损于”自己形象的事情,能回避就回避,能掩盖就掩盖,能淡化就淡化。有一个例子,某都市报社社长因涉嫌贪污受贿被捕,虽然在圈子里早已传得沸沸扬扬,而该省大部分媒体、包括这家都市报始终未做报道。媒体之间,抱着互相“宽容”的态度;而某些地方的管理部门与媒体存在利益瓜葛,对媒体的问题常常睁一只眼闭一只眼。

“权力导致腐败,绝对的权力导致绝对的腐败。”这个铁律,也适用于媒体。十八世纪法国伟大的思想启蒙家孟德斯鸠说过:“一切有权力的人都容易滥用权力,这是万古不易的一条经验。要防止滥用权力,就必须以权力约束权力。”握有话语权的媒体,当然也不能缺乏监督。否则,也将导致绝对的腐败。因此,必须把媒体置于社会公众的视野里,时时接受来自公众的监督。

监督媒体,防止腐败,既要注意媒体与一般国家机关、事业单位的共同性,汲取它们的经验,也要考虑到媒体的特殊性。媒体负有舆论监督的社会责任,这就需要一个较为自由、宽松的环境。所以,对媒体的监督,要更加谨慎,把握好分寸,以保护媒体舆论监督权,防止成为“紧箍咒”、限制其发挥舆论监督的作用。

社会监督媒体,需要体制机制创新。早在2009年,云南省委宣传部、云南省新闻工作者协会向100名媒体义务监督员颁发聘书,在全国首开借助社会力量监督新闻媒体的先河。虽然这个探索引起不少质疑,但它的方向是正确的,可以继续探索,使之不断完善。国外的经验说明,开展媒介批评,是监督媒体的一条可行之路。但是目前我国的媒介批评刚刚起步,期待继续培育,使其不断加强。

新闻记者被戴上了“无冕之王”的桂冠,不少人总以为自己是监督别人的,往往想不到自己还要被监督。现在,媒体的腐败问题凸显出来了,监督媒体,要靠各家媒体、有关监管部门和全社会共同努力!

(原载《青年记者》2014年7月下)

掂分量:记者的基本功

经常看报,有时觉得编辑有眼力,稿件的选择、安排得当,恰到好处;有时则发现轻重不分、轻重颠倒,甚至漏报重大新闻。其关键,在编者掂分量的功夫。

2014 年 4 月 15 日上午,习近平主持召开国家安全委员会第一次会议,强调准确把握国家安全新特点、新趋势,坚持总体国家安全观,走出一条中国特色国家安全道路。在国际形势复杂多变、国内存在不少不安全因素的背景下,习近平第一次明确提出新国家安全观,这条新闻的重要性不言而喻。可某地一家主要都市报,第二天竟对此事一字未提。

而第二天该报安排在要闻版的最重要新闻,是兰州"4・11"局部自来水苯超标的后续报道。这条新闻也有一定的重要性,但与习近平阐述新国家安全观这样关系全局的新闻相比,其重要性显然差距明显,而且前一天该报已在头版头条报道过此事。

报纸编辑每天都面临着选择——选择什么稿件、选择哪篇稿件做头条、选择标题突出什么内容、拿什么做主标题,等等。这反映着编辑的水平、报纸的核心素质——传播信息和引导舆论的能力。正确选择,首先必须衡量稿件的分量。拿什么做标准?有两把尺子——新闻价值和宣传价值,这早已经成为圈内多数人的共识。

新闻价值,是新闻事实本身所包含的引起社会关注的素质;宣传价值,即事实本身所包含的能够体现传播者主观意图的素质。简单地说,越是与公众利益攸关、能够吸引读者的新闻事实,新闻价值就越高;越是能说明自己的观点是正确的,其宣传价值就越高。同时,不同的报纸有不同的读者定位和内容定位,在掌握上述两把尺子的基础上,还会有不同的选择。这样,我们的报海中,就会呈现导向无误而又万紫千红的局面,满足不同层次读者的需求。

报纸当然有运用新闻手段进行宣传的重要功能。但长期以来,我们存在混淆新闻和宣传的问题,而且在许多情况下,只强调自上而下的灌输式"宣传"。令人高兴的是,这些年来,不再单纯把报纸看成指令性的宣传工具,更注意新闻价值和宣传价值的统一,以新闻价值作为选择稿件、安排版面的重要取向。13 年前震惊全球、开辟了反恐时代的“9 · 11”事件发生后,《人民日报》没有将此事作头条报道(头条是《九运会火炬传递点火起跑仪式举行》),今天可以说有了极大的进步。

但是,为什么时下仍然有选择、安排不当的问题呢?笔者以为,重要原因之一,是对减少、改进领导活动和会议报道的理解产生了误区,似乎矫枉必须过正,领导活动和会议报道越少越好。其实这类报道,往往不仅有新闻价值元素中的重要性,而且有显著性。在国际形势日趋复杂紧张、我国改革进入深水区的今天,重要的领导人活动和会议新闻,公众往往高度关注,其新闻价值当然就高;至于宣传价值,更是不言而喻。所以,笔者认为,领导活动和会议报道仍然需要减少和改进,但不能简单地减少。领导活动和会议也有轻重之分,对前面说到的习近平提出新国家安全观这样的新闻,当然应该重视。

其次,是在衡量新闻的分量时,存在随意性,这也反映了某些浮躁心理和跟着网络炒作的弊端。比如,影响广泛的某省都市类报纸,对影视演员文章的婚外恋大做文章,3 月 31 日头版大字标题包粗框突出刊登其道歉微博。这件事时新性不强,更谈不上重要,到底有多大的新闻价值?再如,前面说到的兰州自来水污染事件,那家报纸曾特别重视对事件原因的初步分析,而 6 月 2 日公布了最终原因及对兰州市副市长等 20 名负责人的处分,却只字未报。

老一辈著名报人、曾任上海《文汇报》总编辑和复旦大学新闻系兼职教授的徐铸成先生在所著《新闻艺术》中,强调报纸编辑首先要过“分量关”。他说:“新闻到手,就能‘掂’出分量,这是新闻工作者最重要的基本功”,“这是大新闻,还是小新闻?是表面轰轰烈烈,实际上寿命不长的新闻,还是初看并不显眼,却有强大的生命力,大有发展前途的新闻?”掂出了分量,编辑就心中有数,能够做出正确的选择和编排。

把握好掂分量的本领,需要不断研究、积累。要对当前形势、党的主张和公众心理了然于胸,熟悉新闻规律和宣传规律,具有高度的新闻敏感和政治敏感。依赖“第六感官”,是无济于事的。

(原载《青年记者》2014 年 6 月下)

新闻？广告？

某报3月19日刊登一篇稿件,题为《60元无痛查胃病》。这篇稿件完全是新闻形式,有消息头,有新闻导语和背景(只是消息头中无记者和通讯员的姓名,末尾有个非记者的署名)。但是,它是新闻吗？笔者认为,它有广告新闻之嫌。时下新闻与广告混淆的问题并不鲜见,值得研究一番。

上述"新闻"说:某胃肠病医院用引进的设备"三维纳米体外扫描系统","全程由计算机监控,检查时间仅需10~15分钟,只需在患者腹部轻轻一'扫',即可在i-Max超高清影像下动态观察胃肠情况,能够准确诊断各种胃肠疾病,并可将病灶锁定后打印成像,亦可放大观察,避免误诊、漏诊。而且,关键是它实现了患者对胃肠检查无痛苦、无副作用、无创伤的要求。"

好神奇！但引起笔者的质疑。

首先,所谓"三维纳米体外扫描系统",据专家称,其实就是一种B超,靠它就能准确诊断各种肠胃病吗？笔者肠胃不适,在三甲医院做过胃镜、结肠镜、以色列胶囊小肠镜检查,其中胶囊小肠镜检查一项,就花了7000多元。60元就能确诊各种胃肠病？果真如此,正规三甲医院为何不使用"三维纳米体外扫描系统"？

其次,该医院官网的说法与上述"新闻"矛盾。它说:该院的奥林巴斯无痛电子结肠镜是目前诊断大肠黏膜病变的最佳选择,可观察到大肠黏膜的微小变化。其实,人们大都知道,胃镜、结肠镜等内窥镜检查,才是胃肠疾病检查的金标准。

再次,同样的内容近年不断出现在一些地方报纸上,有些公开说明是广告,有些则类似上述稿件,采取新闻的形式。

这篇所谓新闻,是在忽悠人！

那么,这篇穿着"新闻"外衣的夸大诊断效果的稿件是什么？是新闻,还是广告？

这篇《60元无痛查胃病》的稿件,是不是收了广告费,笔者不得而知。但是,从其他方面看,它是一则广告新闻。作者心知肚明,以新闻形式宣传其医疗手段,效果比一般广告要好得多。因为新闻更有可信性。

严格区分新闻和广告,是国际通行规则。《国际商会广告行为准则》第十一条规定:“任何广告不管是采用何种形式还是使用何种媒介,都必须是清晰易辨的;当一则广告在含有新闻或者文章的媒介上发布时,它应该轻而易举地被认作是广告。”

早在1982年,我国国务院办公厅《关于加强广告宣传管理的通知》就指出:“严禁利用发布新闻的形式刊播广告,收取费用。”1997年,中宣部、广播电影电视部、新闻出版署、中华全国新闻工作者协会联合发布《关于禁止有偿新闻的若干规定》,其中规定“不得以新闻报道的形式为产品做广告”。

广告新闻就是以新闻形式宣传广告的内容。它与广告的差异仅仅在于文体形式不同而已,从其内容、目的来看,和广告没有区别,仍属广告,绝不能纳入新闻之列。

在我国,还有软广告与硬广告之说。硬广告就是我们一般说的商业广告,是显性的,一看便知。而软广告,又叫形象广告,是隐形广告,不直接标明是广告,多以“专刊”“特刊”等名义出现,也是有偿的。2004年《人民日报》《光明日报》《经济日报》三家中央报纸,首先取消软广告,起了很好的示范作用。但是,10年过去了,其他许多报纸仍然刊出这种软广告。有的报纸(包括一些党报),软广告有时竟然占到版面的三分之一。

笔者一直认为,“文革”后报纸恢复刊登商业广告,是一项重要的拨乱反正之举。广告不仅是报纸的经济支撑,而且有助于推动经济发展,引导消费。但是,广告新闻和所谓软广告,不仅容易对读者产生误导,也有损新闻媒体的声誉和公信力。由于一般读者难以辨明,广告新闻和软广告的危害有时不亚于违法广告。

据新华社报道,《人民日报》取消形象广告时,该报负责人曾表示,形象广告(即软广告)在人民日报的广告业务中所占的份额不低,因此从短期来讲肯定会对报社的广告经营产生影响,但今后明确杜绝形象广告,从而也避免了许多“打擦边球”的情况,有助于规范报社的广告经营。这里说的,其实是一个正确处理经济效益和社会效益关系的问题。办报,一定要坚持社会效益和经济效益的统一,始终把社会效益摆在第一位。

(原载《青年记者》2014年5月下)

报纸总编不是新闻官

不久前,某报刊登了一篇就昆明暴恐事件发表的评论《暴力恐怖犯罪挑战人类文明底线》,这篇文章本来是新华社记者写的,该报刊登时前面还带有新华社的电头,只删去原文中几个字,但加上了该报评论专栏的栏目名,变成了该报的评论。这是一个不小的疏漏、不可原谅的低级差错。对此,不仅版面编辑有直接责任,报纸总编辑也有责任。

总编辑是"编辑部的总负责人。主管编、采和通联等新闻业务工作"。(《新闻学大辞典》)报社编辑部有时政、经济、文教、体育、娱乐、国际等各路编辑记者,总编辑则要对报纸进行"总"的编辑。

话说:火车跑得快,全靠车头带。办报尤其如此。可以说,有什么样的总编辑,就会有什么样的报纸。我国现代新闻史上出现的优秀报纸总编辑,充分证明了这一点。

新记《大公报》总编辑张季鸾,提出了"四不"(不党、不私、不卖、不盲)的办报方针,秉承客观、公正的原则,引领报社同仁,把《大公报》办成当时最优秀的报纸。张季鸾还是我国新闻评论的先驱。他抓住当天的大事,疾笔成文,臧否人物,指点江山,在当时社会上产生很大影响。

粉碎"四人帮"之后,一些优秀的报纸总编辑,为推动拨乱反正和改革开放立下了汗马功劳。杨西光 1978 年在任《光明日报》总编辑时,参与组织修改和发表《实践是检验真理的唯一标准》的特约评论员文章,引发全国开展讨论,吹响了解放思想的号角,为拨乱反正,确立马克思主义的思想路线,起了舆论宣传的作用。

《华西都市报》首任总编辑席文举则为我国都市报崛起做出了贡献。1995 年他主持创办的《华西都市报》,是我国第一份都市报。这份报纸"嫁接"党报重视时政、经济新闻的做法,成为"迈向主流"的市民生活报。它重视新闻规律和市场规律,创造了短时间内发行量迅猛增长的奇迹。全国许多晚报、生活类报纸纷纷效法。

总编辑有管理的责任,同时是一个从事新闻业务的新闻人,而不是"新闻官"。

笔者在几十年的新闻生涯中,耳濡目染,亲身体验,深感总编辑责任重大。从报纸定位、选题策划、稿件采编、标题制作、版面安排,总编辑环环有责。当然,他们不可能事必躬亲,要善于抓大事,比如抓重大选题、头条新闻、标题、评论以及整个报纸的布局等。

时下,有的报纸总编辑,一坐上这个位置,就当起官来,每天忙于看文件、跑会议、搞"公关",甚至沉迷于应酬和饭局之中,而不是集中精力办报,有的连看大样的责任也下放了。做官,还是做新闻人,这是当好总编辑首先需要解决的问题。

要当好总编辑,必须带头学习,提高自己的思想水平和政治敏锐性,还要不断提高业务能力。有的总编辑本来是从做记者、编辑一步步上来的,新闻业务能力较强。但是,职务变了,学习的劲头就没有了,懒得动笔了,业务逐渐生疏。这样的总编辑,很难担当起肩负的重任,也得不到记者编辑的尊重。

要时刻关注国内外大事,对各方面的动向了然于胸,保持清醒的头脑,防止处理报道时轻重颠倒,或漏掉重大新闻。有的总编辑不读书不看报,连自己的报纸也不认真看,以其昏昏使人昭昭,这样,怎么能领导报社同仁办好报纸?

总编辑不要有"官"架子,需要礼贤下士,集思广益,发挥报社同仁的积极性。笔者在新疆日报工作时,遇到一位这样的总编辑苗风。他 1962 年从《人民日报》调入,带来了《人民日报》的好作风。对工作要求很严,又平易近人,善于倾听大伙的意见。遇有重大报道,他常常约上多位编辑记者一起讨论;写好了初稿,打出几份小样,让副总编辑、主任各持一份,进行修改,然后取长补短。有人说他就像一个兄长和朋友,大家乐意亲近他,在他手下工作也感到心情舒畅。

总编辑的活,主要在办公室做,但也不宜总"宅"在屋里。要找机会到基层了解民情,倾听民声。当年,《新民晚报》总编辑赵超构业余时间就常拿个板凳坐在弄堂口,和街坊邻居聊天。他的杂文有些就是取材于聊天之中。总编辑了解群众,报纸才能更贴近群众,报道才能更有针对性。

党中央强调事业单位改革,重要一环是去行政化。报社总编辑潜心做新闻,而不是做官,应该是题中之义。

(原载《青年记者》2014 年 4 月下)

再谈都市报长假休刊的是与非

2006 年，笔者写了一篇题为《春节长假无报可读真闷人》的博文，从一个读者的角度，对都市报长假休刊提出质疑，一时间引起热议。这几年仍有许多这方面的议论，有人甚至以报纸违约为由告上法庭并获得胜诉。但许多都市报，包括开启了我国都市报时代的《华西都市报》，以及在当地甚至全国有影响的《齐鲁晚报》《扬子晚报》《大河报》《华商报》《重庆商报》等，今年春节长假仍然休刊，有的甚至从除夕前一天就无报了，只有《京华时报》、《新京报》《北京晨报》《新闻晨报》《新民晚报》《南方都市报》等照常出版。

都市报长假休刊，到底是耶，非耶？

20 世纪 80 年代，《扬子晚报》《齐鲁晚报》等众多晚报兴起，当时是作为机关报的补充出现的，目的主要是“小报养大报”。后来，这些报纸效法《华西都市报》“嫁接”党报的做法，注重“新闻立报”，特别是重视刊登时政、经济等主流新闻，可以“一报在手，什么都有”，逐渐嬗变为独立的报纸，成了市民不可或缺的读物。

以前，我国一般市民并没有读报的习惯，正是由于作为市民报的都市报出现，才使包括摊贩、的哥、农民工等群体在内的一般群众，成为报纸的读者。原新闻出版总署副署长、中国报业协会原副会长李东东 2009 年在一篇文章中说：“都市报的横空出世、异军突起，创造了一个又一个报业奇迹，也加速了中国报业市场化、产业化的发展进程。可以说，都市报的兴起与繁荣是新中国报业 60 年发展史册上尤为辉煌的一章。”今天，都市报，特别是大城市主要都市报的地位依然重要。虽然省以上党报假日一般不休刊，但是，办公室“将军”把门，谁会到那里去看报纸？网络、电视、广播倒是照常运作，但是毕竟代替不了报纸的优势，如可以随时阅读、更有深度等。所以，都市报是假日获取新闻信息的重要来源。虽然国外纸媒遭遇“寒冬”，“狼来了”的传言满天飞，可是，在网络、电子媒体发达的美国，读报的人还有很多，每人平均读报时间仍达半小时。美国一般假日报纸比平时更厚，圣诞节也不停报。

有人说，长假期间，人们忙于串门、旅游，无暇读报。事实上，许多人会把读报作为假日学习和休闲的主要方式之一。对于养成了天天读报习惯的老读者，无报可读确实是很郁闷的。满足群众的精神文化需求，应该是都市报的职责。深圳报业集团曾就节假日要不要出报做过一次调研。最后的结论是，人们在紧张工作一段时间后，到了节假日依然对信息有比较强烈的需求，对各类新闻信息、服务信息的需求量比平日更大。

老一辈著名报人成舍我先生（一生参与创办报刊约 20 种，以创办《世界日报》、《世界晚报》等闻名）曾经指出："除环境及不得已原因外，我们认定，报纸对于读众，乃一种无形的食粮和无形的交通工具，应当终年为读众服务，无论任何节日，概不许有一天的休刊。"

有人说，报社记者编辑也要休息。确实如此。他们平时工作高度紧张，需要有一段放松的时间。但是，假日期间社会还在运转，警察、医生、公交车司机等比平时还要忙碌。许多党报的人员也要上班。笔者 20 世纪 60 年代初负责编辑时事版，由于人手不足，一整年只休息了一天，一些编辑也轮流代替校对人员，让他们休息几天。此外，长假期间完全可以采取轮休的办法，维持报纸出版，也可适当减少版面。

其实，说到底，某些都市报长假休刊，主要还是从经济效益方面考虑。节日出版报纸，广告、发行等问题很麻烦，销路可能一时上不去，报纸成本会增高，这是实情。但是，一年广告收入上亿甚至几亿元的报纸，就不能考虑一下公众的需求？退一步说，哪怕是有一点经济损失，就算给读者"让利"或"反哺"吧。何况，这样做，还能够提升报纸的美誉度，这可以说是潜在的经济效益。再者，如果一个城市里有一张都市报率先不休刊，也许反而能够增加发行量，引来更多广告，显著提高经济效益呢。

都市报坚持长假出版，彰显了报纸的责任感，也是自信的表现。而休刊，则反映了没有把自己看成一张真正意义上的独立报纸。社会和自然界变动不居，新闻层出不穷。愿都市报也能适应外界的变动，契合读者的需求，改变长假休刊的惯性做法。

（原载《青年记者》2014 年 3 月下）

谨防歪嘴和尚念经

春节前，各地都开了两会。媒体在报道上又有改进，特别是展现会议务实、节俭的新风，契合了公众的期待，给人留下了深刻印象。但是，有的媒体出现了某些形式主义的宣传报道，不免令人遗憾。

2013 年 12 月 28 日中午，习近平总书记来到北京庆丰包子铺月坛店，自己排队，花 21 元钱，买了 4 个包子、一盘芥菜和一碗炒肝尖，和其他顾客边吃边聊天，显示了中央领导同志的亲民和节俭。而今年个别媒体在报道当地两会时，却违背习近平接近群众的初衷，过度炒作当地开两会吃庆丰包子，真可谓歪嘴和尚念经——跑调啦。

某报 1 月 20 日一篇宣传两会节俭的新闻《包子蘸醋 "简约"不简单》，报道山东人代会吃包子，而且也有肝尖。江苏有媒体报道称，该省两会午餐安排庆丰包子，所配图片中，餐桌上有一笼包子和一锅杀猪菜，旁边菜牌上写着"庆丰包子"4 个字。据服务人员介绍，这里的庆丰包子是正宗的，而且和习近平总书记吃的一样，也是猪肉大葱馅的。不过，为了提倡节约避免浪费，所有的包子都比正常销售的小了一号。

媒体需要宣扬的，是学习习近平总书记的亲民节约作风。两会伙食节俭，有多种方式，而不是照葫芦画瓢，一律吃庆丰包子和肝尖。南京夫子庙的包子赫赫有名，为什么一定要吃北京的庆丰包子，而且真伪难辨？便宜的肉菜多种多样，为何一定吃肝尖？须知，猪肝胆固醇高，并不适合所有的代表、委员。说这种报道宣扬的是作秀、搞形式主义，一点不冤枉。

在两会报道中，还有的宣扬所谓"绿色办公"。一家媒体报道江苏两会委员、代表报到时，每人领到一台电脑，"真是太方便了"。北京市海淀区今年两会花 500 多万元给 750 多名代表、委员人手发放一台笔记本电脑。针对公众的质疑，有关方面的回应是要开一次"低碳会议"。这种辩解很苍白。花这么多钱，哪里来的？这不正违背节俭办会的精神吗？再说，对不会用电脑的人，有什么用处？

缩短会期，减少文件，本来是各地两会的一个亮点。但有的媒体报道矫枉过正。某媒体宣扬山西古交市人大会议会期压缩到一天半,“一股清新质朴、简约高效的会风扑面而来”。人代会是当地最高权力机关。每年一次的会议要听取和审议政府工作报告、“两院”报告,审议和通过国民经济和社会发展计划及财政预算。该压缩的地方应当压缩,但并不是越短越好。改进会风文风,要建立在实事求是的基础上。不能为压缩而压缩,这不利于代表意见的充分表达、发挥人代会的重要作用。某报关于省政协会议的报道中,把省政协常委会工作报告比去年的报告减少百余字,作为改进的重要方面,标在小标题上,以此宣扬精简会议文件。一共才减百余字,能说明什么问题?重要的是求真务实,抓住要害,不讲空话。

以上这些,都是一些地方两会报道中形式主义的表现。形式主义,指“片面地注重形式不管实际的工作作风,或只看事物的现象而不分析其本质的思想方法”(《现代汉语词典》)。毛泽东同志曾经尖锐地指出,形式主义是一种“幼稚的、低级的、庸俗的、不用脑筋”的东西。① 新一届中央领导集体提出反对“四风”,其中首先强调的就是反对形式主义。形式主义只图虚名,不求实效。它违背党的实事求是原则,败坏党群关系、社会风气,影响工作效率,是一大公害。

同时,形式主义也是长期以来新闻报道的痼疾。主要表现是:看风向、赶时髦、大轰大嗡,移花接木、弄虚作假,脱离实际、空话连篇,等等。形式主义的思想根源,是功利主义、私心作祟。新闻报道中的形式主义,除了认识上的偏差之外,则往往为讨得上级的欢心,争夺读者的眼球。其结果,是降低自身的公信力。上述媒体宣扬当地两会为节约而吃庆丰包子和炒肝尖,被公众传为笑谈,吐槽为“装样子”,就是一例。

今年全国人大会议和政协会议,将于3月初举行。除了中央媒体投入大量力量报道,各地也有大批记者涌入北京做报道。期待今年的两会报道总结以往的经验教训,从内容到形式都有新的突破。转变会风、摒弃形式主义,可能仍然是一项重要报道内容。但要准确反映会议精神和人民意愿,谨防歪嘴和尚念经,避免以形式主义反对形式主义。

(原载《青年记者》2014年2月下)

① 毛泽东《反对党八股》,《毛泽东新闻工作文选》第81页,新华出版社出版,1983年12月第一版。

不要“护犊子”

广东《新快报》2013年10月23日在头版刊发报道称，该报记者陈永洲因报道中联重科财务问题，被长沙警方跨省抓走，罪名是涉嫌损害商业信誉罪。10月26日，央视《朝闻天下》播出报道：身在长沙市第一看守所的陈永洲面对镜头表示“认罪悔罪”，承认“因为贪图钱财和为了出名才这样做的，我被利用了”，“违背了新闻操守”。

此事已经过去多时，留给人们的教训，仍然值得深思。陈永洲被长沙警方带走后，《新快报》连续两天在报纸头版以巨幅黑体字“请放人”、“再请放人”为标题，发表声明声援陈永洲，强调陈永洲发表报道系职务行为，其个人不应遭到刑拘。声称“敝报虽小，穷骨头，还是有那么两根的”，态度之强硬，跃然纸上。羊城晚报报业集团负责人表示，高度关切被拘记者的人身安全和合法权益，强调记者正常的新闻采访和舆论监督受到严格的法律保护；新闻报道、舆论监督与损害商业信誉之间应有合理的区别。

北京等地一些媒体也对此事进行跟踪报道，新浪等商业网站皆对报道进行了转载。一时间，掀起了声援陈永洲的汹涌舆论。

记协等组织接受记者采访时，也表示支持报社维护新闻记者的合法采访权、协调有关部门确保公正处理此事。他们强调维护记者的权益，而没有怀疑记者有违法行为。

《新快报》为了“护犊子”，还制造了不少“理由”：

一曰：陈永洲是职务行为。

记者正当的采访报道，当然是职务行为。但是，为了获得巨额报酬，不惜编造失实消息，损害商业信誉，这是什么职务行为？这明明是借职务之便，谋取私利。

二曰：舆论监督应当受到保护。

不错，舆论监督应当受到保护。但是，我们说的舆论监督，是媒体的一种社会责任。正确舆论监督的前提，是记者的批评报道出于人民的利益，而不是个人私利。遵守法律、合乎职业操守，是一切报道、包括舆论监督的底线。不能认为什么样的“批评报道”都是舆论监督。任何时候,法律都不会保护打着舆论监督的幌子制造失实新闻,损害人民利益的所谓舆论监督。陈永洲编造中联重科存在国有资产流失等问题,在《新快报》发表署名文章十余篇。其间,陈永洲多次收受他人提供的数千元至数十万元人民币不等的“酬劳”。这是什么舆论监督?这是对舆论监督的亵渎!

三曰:长沙警方“跨省抓捕”陈永洲不合法。

我国的《刑事诉讼法》规定:“刑事案件由犯罪地公安机关管辖。”法律专家认为,犯罪地包括犯罪的预备地、犯罪行为发生地和犯罪结果地。在本案中,《新快报》所在地在广州,但被害人所在地是长沙,那么犯罪地既是广州,也是长沙,长沙警方立案也没有违背法律。

陈永洲“认罪悔罪”之后,记协等才谴责陈永洲的行为严重违反了《中国新闻工作者职业道德准则》,严重违背了新闻真实性原则,损害了新闻媒体公信力;要求新闻界接受教训。这当然是正确的。但起初没有质疑记者是否违法,难道不值得反思?

“护犊子”是对记者不良行为的姑息和纵容,严重影响媒体的公信力,不利于记者健康成长。《新快报》在版面上制造舆论,呼吁放人,是“公器私用”。媒体有舆论监督的责任,但没有超出法律的特权,而且本身也要受到监督。在报业市场竞争激烈的情况下,有些报纸只想提高发行量,追求利润最大化,忽视对记者的管理教育。这种歪曲舆论监督的“护犊子”现象容易发生,值得警惕。

陈永洲案例是一个“护犊子”的典型。时下还存在另一种情况,记者受编辑部指派外出正常采访,引起纠纷,甚至遭到殴打,领导竟然把记者推出去,而自己和单位不承担责任,这也是一种极不负责任的态度,让记者心寒。媒体和有关部门应当以对人民、对事实、对法律负责的态度,正确处理这类事件。

(原载《青年记者》2014 年 1 月下)

通讯员过时了吗

长期以来，新闻界流行一句话：通讯员是报纸的眼睛和耳朵。时下，面临新闻报料人的挑战，这句话还灵吗？

马克思、恩格斯十分重视报刊通讯员的作用。1848 年 6 月，马克思、恩格斯在科伦创办了世界上第一份马克思主义日报《新莱茵报》。为办好该报，他们组建了广大而牢固的通讯员网络，在国内外许多城市都有出色的通讯员，编辑部经常向通讯员约稿，并征求他们对报纸的意见。

"全党办报"、"群众办报"，是马克思主义新闻观关于新闻事业群众性原则的具体体现。"我们的报纸也要靠大家来办，靠全体人民群众来办，靠全党来办，而不能只靠少数人关起门来办。"（毛泽东：《对晋绥日报工作人员的谈话》）而充分发挥通讯员的作用，是"群众办报"的重要内容之一。

通讯员生活在基层，活跃在各个领域，他们熟悉当地的情况和某些具体业务知识与政策，了解群众的心声，往往是专业记者不能代替的。有些资深通讯员，采写能力也很强。笔者 20 世纪 50 年代末遇到的一件事，历经半个多世纪，至今难忘。有一次，我接到一个采访任务：报道军区总医院成功抢救患心肌梗塞的苏联驻乌鲁木齐总领事。此事关系重大，因为那时既无高效溶栓药，更无安装支架和搭桥技术。抢救成功，不仅展示了我们的医疗水平和周到的服务，还关系到中外关系。但采访中主要是一位老通讯员提问，我虽然顶着省报记者的名分，却提不出什么问题，最后的稿件也主要是那位通讯员写就的。这件事给我这个年轻的记者上了一课：对通讯员要尊重，报纸的通联工作极其重要。

当时，报社编辑部有一个专门联系通讯员的部门——通联部（有的叫群工部），定期或不定期培训通讯员，还专门办了一份指导通讯员的刊物。编辑部规定下去采访的记者，首要的任务是组织通讯员队伍，给通讯员以帮助。报社上上下下对通讯员都很尊重，如果记者和通讯员写了同样题材的稿子，优先选用通讯员的来稿；记者和通讯员合作的新闻，按照花费劳动的多少，决定谁的名字署在前面。

当然,通讯员也不是没有弱点,一些通讯员视野不够开阔,对全局的形势和编辑部的意图理解不深,还有的受“长官意志”的驱使,有的稿件夸大当地的政绩,甚至存在地方保护的毛病,有的稿件形式老套、空洞干瘪。但是,从总体上说,通讯员在办报中的骨干作用不可或缺,他们经常为媒体提供稿件、反映情况、回馈受众对媒体的意见,仍然是媒体的耳目。

从20世纪90年代开始,进入市场的都市报飞速发展,报业竞争越来越激烈,新闻报料人兴起,扩大了媒体的信息源,这是一大进步。在网络、微博普及的新形势下,人人都可以是记者。报料人的优势,在于采写稿件的“短平快”,能够及时提供新闻线索,报道某些突发事件。

新闻报料人也有不足,一是有些报料的真实性不可靠,有的甚至只为了赚钱,夸大甚至歪曲事实,需记者重新调查;二是许多报料人都是散兵游勇,缺少统一组织,编辑部难以有效指挥。

有人认为,重视通联工作的观念已经落伍,通讯员已经过时。有些新闻单位取消了群众工作部门,据贵州、新疆等地反映,这些年来通讯员的稿件大为减少。有的记者甚至与通讯员抢新闻。通讯员的稿子要上报可以说难上加难。有的记者与通讯员合作的稿件,见报时抹去通讯员的名字,实际上是侵占通讯员的劳动。这些都极大地挫伤了通讯员的积极性,导致通讯员队伍明显缩水。这恐怕不是一两个省区的问题,而是一种值得注意的倾向。

新闻圈内有人认为,从通讯员到报料员,是媒体的一大变革,似乎报料员完全可以替代通讯员了。对此,笔者不敢苟同。正如我们党离不开群众路线一样,媒体也离不开通讯员队伍。新闻报料人和通讯员并不矛盾,可以并行不悖,一并纳入报纸群众工作的范畴。既用不着比谁高谁低,也不能以谁代替谁。

当前,各地都在开展群众路线教育实践活动,新闻单位有必要把这项活动同马克思主义新闻观培训结合起来,重新对媒体人进行群众路线教育,坚持开门办报,充分发挥通讯员和新闻报料人的作用。

(原载《青年记者》2013年12月下)

从直呼其名说起

一次,一名主持人读一封来信时,竟埋怨写信者对她直呼其名,缺少礼貌。主持人向受众讨要尊称,令人不解。

直呼其名,其实是新闻界的一个好传统。记得笔者刚到报社工作时,总编辑(新疆维吾尔自治区党委宣传部副部长兼任)是20世纪30年代的老新闻人,亲自聆听过毛泽东著名的《对晋绥日报编辑人员的谈话》。全报社从记者编辑到工厂的工人,都直呼其名。两位副总编辑,也是“三八式”的老资格,人们也是直接叫他们的名字,或喊“老某”。在正式场合,也有人在他们的名字后加“同志”两字,以示郑重。大家在一种和谐、平等的氛围里工作。笔者开始做副总编辑时已到了十一届三中全会之后,资历差得多,更是人人直呼我的名字,有的人省去姓,更显亲切。外单位的人来讨论稿件,对编辑人员一般称“老张”、“老李”……

不仅笔者所在的报社如此,这曾经是整个新闻界的一种风气。陕西日报原总编辑丁济沧,由于开始在报社工作时年纪小,都叫他“小丁”,后来全社人员上上下下都习惯性地喊他“小丁”。调到人民日报做副总编辑后,仍被叫“小丁”。此事被新闻界传为佳话。粉碎“四人帮”后,在胡绩伟的倡导下,人民日报进一步发扬直呼其名的传统,上上下下都称领导为“老胡”“老李”(李庄为副总编辑)等。

直呼其名拉近了人和人之间的距离,而称呼官衔,仿佛在人和人之间筑起了一堵高墙。有人说,直呼其名是一种很高的礼遇,称官衔有时倒显得生分,有道理!特别是报社、电台、电视台,作为业务单位,无论职务高低,都要从事写稿、编辑等业务工作,只是分工不同。大家平等相待,互相切磋,不仅无碍组织纪律,反而有助于调动每个人的积极性、集思广益做好工作。同时,新闻单位是知识分子聚集的地方,人们的民主平等意识较强,这可能也是习惯于直呼其名的原因。

直呼其名,是新闻单位保持和谐气氛的一种表现。笔者亲历的领导和干部职工平等相处的事实还有很多。比如,1950年底笔者刚进报社的时候,全社只有一辆小轿车,这辆车除领导因公使用外,职工急需时也可以坐。我们几个大学毕业生从招待所到报社报到,就是用这辆车来接的。平时,有人得了急病或女同志生孩子急送医院，也用这辆车。后来又增加了几辆吉普车，夜班职工住在外面的，下班后都用车把他们送回家。

平时在工作中，领导和记者编辑经常一起讨论。为了节省时间，上夜班的总编辑、副总编辑，还常常直接到夜班编辑办公室看稿，到印刷厂排字车间看报纸大样（那时报纸是铅印）。

总编辑，按照毛泽东的说法，就是记者头子，要亲自动笔写文章，把关更是不可推卸的责任。当年《大公报》的社论多是张季鸾看完报纸大样后，从当天将要见报的新闻中选取评论题目一挥而就的；《文汇报》的主要标题，则多由徐铸成亲自拟定。如《戴笠音容宛在》这个著名的标题，就出自徐铸成的笔下。它既让国民党抓不住把柄，又讥讽了戴笠死后国民党特务统治如故。我们党领导的报纸更有领导亲自动笔的好传统。

改革开放以来，我国新闻事业发展很快，同时在内部管理方面也有改革。新闻单位家业大了，分工更明确，责任更分明，规章更健全，是一个进步。但是，毋庸讳言，其中有一些是从衙门学来的，新闻单位变得行政化了，"官本位"和"官衔情结"越来越浓，直呼其名的传统丢掉了，连科级干部也称官衔，或"张科"、"刘科"，岂不怪哉！有的新闻单位级别森严，记者编辑想见总编辑说说工作，竟然还得事先登记预约。单位的车辆增加了好多倍，但多变成了领导专用（省报属厅级单位，按照中央规定，没有人可以有专车），夜班编辑下班，报社的车辆不送，女同志还得她们的家属来接。不少领导当起"新闻官"，忙于迎来送往等所谓公关事务，亲自动笔的也少了，有的甚至把签报纸大样这样的重任也下放了。新闻单位这种行政化的毛病，不利于调动工作人员的积极性，也影响了工作质量。

近年来中央要求事业单位改革，笔者以为核心是去行政化。新闻单位肩负着传播信息、引导舆论的重任，理应带头改革，发扬优良传统，密切干群关系，以业务为中心，营造民主平等的和谐氛围。

（原载《青年记者》2013年11月下）

对马克思主义新闻观的粗浅理解

今年8月19日,习近平同志在全国宣传思想工作会议上强调:“宣传思想工作要巩固马克思主义在意识形态领域的指导地位,巩固全党全国人民团结奋斗的共同思想基础。”当前,国际形势复杂多变,各种思潮纷纷涌入。我国改革进入深水区,面临艰巨的任务,对新闻工作提出了更高的要求。而新闻界人员思想政治素质良莠不齐。有些人对马克思主义新闻观知之不多,党的信仰发生动摇,社会责任意识淡薄,作风浮躁,导致新闻导向出现问题。因此,再次强调学习、践行马克思主义新闻观,具有迫切的现实意义。

一

马克思主义新闻观,是马克思主义对于新闻现象和新闻传播活动的总的看法,或者说是马克思主义的立场、观点、方法在新闻工作中的体现。马克思主义新闻观,是马克思主义经典作家和中国共产党历代领导集体的智慧结晶。它的形成是一个与时俱进、不断创新、发展的过程。其核心内容包括新闻事业性质、工作原则和工作规律的一系列基本观点。主要是:坚持新闻真实性原则,坚持党性以及党性和人民性的统一,坚持正面宣传为主的方针,弘扬主旋律,传播正能量,等等。这几个方面是辩证统一的,存在内在的联系,反映了我们党的新闻事业的内在规律。

二

在笔者看来,践行马克思主义新闻观,需要弄清以下三个方面的关系。

一是事实和新闻的关系。

新闻是新近发生的事实的报道。按照辩证唯物主义与历史唯物主义的观点,新闻的本源是物质的东西,是真切、客观存在的事实。没有事实,就没有新闻,新闻必须按照事实的原来面貌进行报道,有一说一,有二说二。所以,人们常说“真实是新闻的生命”。

事实有一个发生、发展和暴露的过程,单个事实和其他事实间有着内在的联系。因此,新闻报道往往要不断追求事实的真相。我们强调的新闻真实,不仅是单个事实的真实,还要从总体上、本质上和发展趋势上把握新闻的真实性。

从时下的情况看,完全面壁虚构的"新闻"并不很多,但从早先传遍全国的"纸馅包子"、"茶水发炎"到最近的"国务院参事透露三中全会将决定收缴遗产税"等等,这类蓄意虚构的报道还是不时出现。而以偏概全的报道数量可能更多,也更能误导读者。当前,还需注意防止抓住个别事例,跟着外国舆论唱衰中国的报道和评论。

新闻的主要功能是传播事实、引导舆论。虚假新闻首先会误导社会。20 世纪,新华社错译的一条"小行星即将撞向地球"的短新闻,曾经造成人心惶惶;前几年,北京电视台一名记者炮制的假新闻"纸馅包子"播出后,许多人不敢买包子吃,直到这条新闻被揭露是一条假新闻后才敢买包子。尽管后来记者被追究法律责任,但失实报道使受众对新闻的真实性产生了怀疑。事后据北京市记协的一项调查,认为新闻报道"可信"的受众只有 24.2% ,认为"基本可信"的有 55% ,认为"不大可信"和"不可信"的有 20.8% 。① 可见虚假新闻不仅损害了媒体的可读性,而且影响了媒体的公信力,正如人们常说的"一粒老鼠屎坏了一锅汤"。新闻失实,还会影响党和政府的形象。

二是党性和人民性的关系。

党性和人民性一致,这是由党的性质、党和人民的关系决定的。我们党的宗旨是全心全意为人民服务,除了人民的利益以外,党没有自己的私利。党的政策来自人民群众又引导群众。没有党性,就没有人民性;反之,没有人民性,也就谈不上党性。没有脱离人民性的党性,也没有脱离党性的人民性。

党性和人民性的关系,是长期以来争论不休的一个问题,有的认为党性高于人民性,有的认为人民性高于党性,其实质都是把两者割裂、对立起来。马克思和恩格斯首先提出党性和人民性的概念。在我国,最早阐明两者一致的,是 1947 年我们党在国民党统治区重庆出版的《新华日报》。它在一篇社论中指出:"新华日报的立场用一句话来概括就是'为人民服务'。正是因为这样,新华日报的党性和它的人民性是一致的。固然新华日报是中国共产党的机关报,它的言论主张和新闻报道是不能违反中共的整个路线、纲领的。但是,由于中国共产党是一个人民的政党,它代表的是中国最广大人民的利益,它的一切政策是完全从人民的利益出发的。""这就是说新华日报是一张党报,也就是一张人民的报。新华日报的党

---

① 龙传永:《对新闻真实性的思考》,《新闻窗》2012 年第 3 期。

性,也就是它的人民性,新华日报的最高度的党性就是它应该最大限度地反映人民的生活和斗争,最大限度地反映人民的呼声、感情、思想和行动。”①这些话的意思,今天看来,仍然是正确的。

党性原则是马克思主义新闻观的根本原则。坚持党性原则,就是在思想上、政治上同党中央保持高度一致,在组织上遵从民主集中制,服从党的领导,而不能自说自话,另搞一套。这话说起来容易,但对天天“发言”的媒体是一个很高的要求,不能满足于没犯错误,而是要积极主动地用新闻手段宣传党的纲领、路线、方针、政策和重大的工作部署。比如新一届党中央发出的指示,包括主要领导的重要讲话,媒体就要重视宣传报道。有的报纸对习近平同志 8 月 19 日在全国宣传思想工作会议上的讲话,没有突出报道,而是把重要版面留给了地方上的一般新闻。这可能与受西方报纸重视新闻价值要素中“接近性”的影响有关。但是,中国和外国的国情不同,不能盲目模仿他们的做法。这也不是真正地改进会议和领导活动报道。

坚持人民性,就是新闻报道要维护人民群众的利益,反映人民群众的意愿和呼声,满足人民群众的知情权。要改进文风,尽力做到鲜活、丰富、生动,贴近生活,有感染力、吸引力,让人民群众喜闻乐见,而不能居高临下,空洞说教,刻板枯燥,让人生厌。

三是正面宣传和负面信息的关系。

团结稳定鼓劲、以正面宣传为主,是我国媒体的基本报道方针。正面宣传为主,就是要多报道丰富多彩的群众实践中积极健康、崇德向善、催人奋进的人和事,用真实感人的典型报道鼓舞人、激励人。多年来,关于学习雷锋、焦裕禄、孔繁森的报道以及近年关于“两弹一星”元勋、航天英雄、道德模范先进事迹的报道,都产生了这样的效果。我国改革开放、经济建设中各个领域取得的重大成就的报道,也增强了人们实现中国梦的决心和信心。

社会上总有光明面和阴暗面,但主流是光明面。坚持以正面报道为主,反映了我们社会的主流,这正符合新闻真实性的要求。同时,也有自然灾害、突发事故、贪腐现象、不良社会风气、工作中的困难和问题。以正面宣传为主,并不是对这些非主流的事情视而不见。新闻报道中回避这些,也不能全面反映社会的真实面貌,不能激励人们同自然灾害、腐败现象等进行斗争的勇气。正确报道“负面信息”,会产生正面的效果。2003 年“非典”初期,大道不通,小道消息流行,导致一些地方人心慌乱,后来中央强调及时报道疫情,不许瞒报迟报,才使民心安定,严

---

① 《检讨与勉励》,《新华日报》社论,1947 年 1 月 11 日。

重的疫情得以控制。这就是一个很好的证明。

以正面报道为主,不是不要舆论监督。新闻舆论的监督,实质上是人民的监督,是人民群众通过媒体对党和政府的工作及其工作人员进行的监督;是党和人民通过媒体对社会进行的监督。这是党与人民赋予媒体的责任。近年来,媒体在曝光“黑窑主”、“地沟油”、“毒奶粉”、揭露腐败分子等方面发挥的作用,有目共睹。

当然,我们说的舆论监督,是建设性的,而不是西方媒体宣扬的“好消息就是坏消息”,肆意渲染负面的东西,搅乱人心。舆论监督一定要事实准确,注重效果。它同正面报道一样,出发点和落脚点都是维护人民的利益。

三

践行马克思主义新闻观,要学习马克思主义关于新闻工作的论述,树立政治意识、大局意识、责任意识,增强政治敏锐性和鉴别力;要防止商品交换的游戏规则渗入新闻报道领域,反对片面追求发行量、收听收视率和点击率,正确处理经济效益和社会效益的关系,把社会效益摆在第一位,杜绝虚假新闻、有偿新闻、低俗新闻等。

习近平同志在“8·19”讲话中提到要借鉴人类文明创造的有益成果,这是中央的一贯要求。早在20世纪50年代,复旦大学新闻系就开始介绍西方传播学。改革开放以后,进一步引进西方传播学,丰富了我们的新闻学,形成新闻传播学,并列为国家一级学科,推动了这门学科的研究和应用。但是,不能用西方传播学替代我们的新闻传播学。

要继续开展“走基层、转作风、改文风”活动。这项活动已经产生了良好的社会影响,关键在“深入”二字。央视记者深入自然环境极其恶劣的边疆深山,连续报道不畏艰险接送孩子上学、回家的“最美乡村教师”,感动了广大观众。

为了正确对待、运用、管理好媒体,领导干部特别是主管部门的干部,也要学习领会马克思主义新闻观,熟悉新闻规律。有的地方干部违背中央信息公开的精神,封锁消息,或者指使当地媒体夸大政绩,捞取政治资本,除了私心作怪、地方保护以外,受错误的新闻观的支配也是一个原因。当然,遇到这种情况,媒体人也不是没有责任。媒体人要善于独立思考,敢于担当,在遵从民主集中制的前提下,提出自己的看法和建议。个别腐败分子把持宣传工具,公然对抗中央精神的情况,也有发生。山东泰安原市委书记胡建学曾对媒体宣称“我给你们十万块钱,叫你们说什么你们就得说什么”（大意）。湖南郴州原市委书记李大伦为了掩盖其受贿卖官罪行，扬言“如果媒体来曝光，就把他们的照相机、摄像机砸了再说！”这些都暴露了其霸道的新闻观。这种新闻观，同马克思主义的新闻观完全背道而驰，是绝好的反面教材。

（原载《青年记者》2013 年 10 月下）

记者:杂家,专家

近来,笔者看报,发现由于记者(这里指广义的记者,包括编辑,下同)缺乏常识,导致出现差错,这从反面说明:记者需要掌握多方面的知识。

有家报纸的一篇新闻说,一位近八旬的老人在超市排队买鸡蛋时突然心脏病发作,晕倒在地,众人伸手相帮,一位顾客把一粒速效救心丸放在老人舌下。120急救车将老人送到医院后,医生说她的方法很对,为抢救赢得了时间。标题中标出"一粒速效救心丸为抢救赢得了时间"。这个说法科学吗?不科学。速效救心丸不像硝酸甘油,一两粒不能用于急救,需 10 到 15 粒救心丸才可能起到急救的作用。这个知识方面的差错,甚至让人怀疑新闻的真实性。

缺乏常识,有时还会造成政治上的不良影响。上海三名涉嫖法官被开除党籍,并被提请开除公职。几家报纸刊登这条新闻的标题是《上海涉嫖法官 3 人双开》,"双开"的说法不恰当。"双开"的意思是开除党籍、开除公职。上海市纪委及高等法院党组只能给予党内处分——开除党籍,而开除公职需提请市人大常委会审议决定。所以,只能说"开除党籍,提请开除公职",在人大常委会未开除其公职前,不能说"双开"。这个错误的说法,违反党章处分党员的规定,无视人大的职能。一个常识性差错,岂不在客观上给"人大不过是个摆设"的说法,提供了"口实"?

记者要掌握广博的知识,成为"杂家",是新闻工作的特点决定的。媒体的内容涉及面极广,可以说古今中外、天文地理无所不包。所以,记者应该成为"杂家"。正如"传播学之父"威尔伯·施拉姆所说:"一个好记者,必须同时具有政治家的大脑、哲学家的思辨、文学家的语言和外交家的口才。"在我国,早在晚清时期,著名报人、近代新闻思想的奠基人王韬就提出了记者是"杂家"的思想。他指出,报馆要由"博古通今之士以操其简","秉笔之人,不可不慎加遴选。其间或非通才,未免识小而遗大"。当今,科学技术革命浪潮滚滚,经济、社会、文化迅速发展,受众对媒体的要求越来越高,记者更需要掌握广博的知识。

记者要有广博的知识,不仅是为了避免差错。只有知识丰富,才能具备一双发现新闻的眼睛,否则有好新闻也会擦肩而过;只有具备丰富的知识,才能采取巧妙运用新闻背景等方法,对新闻进行解释,并把新闻写得通俗生动。缺乏知识,甚至会寸步难行。

但是,有的专家认为记者要做“杂家”的观点已经过时了。记者成了“万金油”,什么也懂一点,什么也不精,不适合社会需要。大约从20世纪90年代起,提出要培养“专家型记者”,有人甚至主张记者应该是“专家”。那么,到底哪种看法更符合实际?

我国新闻界确实出过专家。经济日报原总编辑艾丰就是一位。他首先是杰出的新闻学家,其《新闻采访方法论》曾获我国社会科学最高奖“吴玉章奖”,而他对经济学的贡献比新闻学更突出。他提出的关于农业产业化、名牌战略、资本运营等的重要观点,屡为中央决策层重视和采纳,被称为“影响中国发展进程的人”。

然而,这样的专家,能够成为一般记者的目标吗?显然不能。主张记者都成为“专家”,不切实际。“专家型记者”当然最好有,特别是层次高的媒体,需要培养一些“专家型记者”,但这不可能成为多数记者的追求。用“专家型记者”代替“杂家”的定位,并不符合记者的职业要求。以笔者的看法,记者首先要做“杂家”——具有广博知识,在此基础上,根据工作需要,在某一领域有自己的特长,成为该领域的行家里手。只有这样,媒体才能引导社会大船乘风破浪前行。“杂家”,绝不是对多数记者的贬低。

“杂家”如何产生?新闻院系只能打下一定的基础,不可能一毕业就具备广博的知识,成为“杂家”。复旦大学新闻学院等院系提出“2+2”的教学模式,即四年内除学好新闻学外,再掌握社会学或经济学知识。这种改革的思路是好的,但即使这样,学生出了校门,也不可能立即成为“杂家”。不少新闻单位招收经济、法律等专业背景的毕业生,也不能完全解决问题。只有从事记者职业的人,在学校掌握的基本知识的基础上,潜心实践,干中学习,不断积累,才能逐步符合“杂家”的要求。

（原载《青年记者》2013年10月下）

做冷静的促进派

近来,人民日报等媒体披露一些地方由于头脑发热,GDP 冲动,发起造城运动,导致许多“空城”出现,政府负债累累,后患无穷。在“造城”过程中,有的地方媒体头脑发热,极力鼓吹,推波助澜。这使笔者想起了当年毛主席关于报纸“要做冷静的促进派”的意见。

据时任人民日报总编辑吴冷西回忆,20 世纪 50 年代中期,毛泽东曾嘱咐他,在宣传中“要做冷静的促进派,不要做冒失的促进派”,“下去采访不要人家说什么,你就报道什么,要自己动脑筋想想是否真实,是否有道理”,“不要务虚名而得实祸”,“你是记者的头子,像你这样的人,头脑要清楚,要实事求是”。

众所周知,事实上,毛主席他老人家后来并没有做到实事求是,反而急于求成,夸大了主观意志和主观努力的作用,轻率地发动了“大跃进”运动和农村人民公社化运动,使以高指标、瞎指挥、浮夸风和“共产风”为主要标志的“左倾”错误严重地泛滥开来,导致国民经济发生严重困难,国家和人民遭到重大损失(见《关于建国以来党的若干历史问题的决议》)。那段时间,报纸版面上每天都充斥着放高产“卫星”的“天方夜谭”,人民日报的头版头条赫然出现水稻亩产 13 万多斤的离奇虚假报道,起了极其恶劣的作用。刘少奇后来严厉批评:这几年的教训,中央要负一半责任,人民日报也要负一半责任。

1956 年,新闻界总结以往教训,又掀起一个宣传要“做冷静的促进派”的小高潮,一些报刊以此为题发表评论。直到今天,笔者认为,毛主席关于媒体要“做冷静的促进派”的意见仍有深刻的现实意义。

党的十一届三中全会恢复了实事求是的思想路线,开启了改革开放的新时期,以后中央又提出了“三个代表”的重要思想和科学发展观,促进经济稳定持续健康发展,取得了举世瞩目的巨大成就。但是,“上有政策,下有对策”的魔咒仍未摆脱,一些地方政府出于狭隘的地方经济利益和往脸上贴金的目的,依靠传统的投资拉动模式,盲目搞了不少面子工程。“造城”就是突出的表现。

据国家发改委课题组的调查,平均每个城市要建 4.6 个新城区,114 个地级市规划建200个新城新区。这种脱离实际、贪大求快的做法，不仅造成了巨大的资源浪费，更潜藏着系统性风险，却往往得到当地媒体的喝彩。最突出的例子要数鄂尔多斯，耗巨资在一片荒漠中建起一座新城——名叫“康巴什”。一时间，许多媒体大加宣扬，却没看到经济超长发展背后隐藏的问题。当地媒体更是吹嘘“千年荒漠，创业热土”。现在新城变“空城”，政府千亿债务压身，工地大量停工，烂尾楼林立。

值得记取的教训，还有当年南京、济南借举办全运会之机，建设大量新设施，有的媒体竟鼓吹不惜动用人力物力建场馆。结果运动会过后，许多场馆闲置或利用率低，特别是南京耗资3000万元修建的皮划艇赛场，全运会后已经闲置多年，成了“没有人要的孩子”。一些媒体纷纷宣扬城市争相建设第一高楼、第一高塔和庞大的CBD。据报道，华东一个二线城市现有写字楼需20年才能消化；西南一个县级市，在建的房地产开发面积达到1000万平方米，可以提供10多万套住房，而目前市区总人口才30万出头。消化现有住房的周期就要超过15年。

早在五四时期，著名的新闻学家和新闻教育家徐宝璜，就指明了新闻的社会作用之巨大。他说，“国民之政治思想，赖以养成；社会之道德知识，赖以涵养；思想之自由，赖以发扬；文明之基础，赖以奠定，其力诚莫与厚矣”①。媒体肩负着重要的社会责任。所谓“做冷静的促进派”，就是要把满腔热情和科学分析结合起来，深入调查研究，冷静地分析形势，做出客观报道，既不要在某些地方躁动的时刻，丧失应有的清醒和理智，头脑发热，做“冒失的促进派”，更不要受西方某些媒体的影响，唱衰中国经济，成了“促退派”。

新一届中央领导指出：我国经济的基本面良好，同时仍面临不少风险和挑战，要坚定推进经济改革，把握好稳中求进的总基调，运用好宏观政策，统筹施策，保持经济平稳运行。当前，媒体要把对形势的认识统一到党中央的分析上来，冷静思考，积极促进，以合格的答卷，回应党和人民对新闻工作的重托。

（原载《青年记者2013年9月下》）

① 转引自雨露《普利策的新闻教育思想》，《国际新闻界》2010年第12期。

发行:报纸的生命线

笔者订阅了几份当地的报纸,但很少有早晨及时送到的。今夏比去年夏天晚了一个多小时,个别时候更是中午甚至傍晚才把报纸送来。据报道,杭州、南京、南宁也有早报迟发现象,遭到读者吐槽。这引发笔者关于报纸发行的一些想法。

记得笔者 20 世纪 50 年代在上海念书的时候,《解放日报》能够做到在上班时(早 8 点)到达读者的案头。《新民晚报》则要求在人们下班的公交车上读到报纸。虽然那时报纸印数少,但偌大个上海,能够做到按时发行确实不易。

笔者到《新疆日报》工作后,尽管汉文报只有 4 个版,但由于还有其他三种少数民族文字的报纸,印刷任务艰巨,再加上技术落后,给出报带来诸多困难。争取按时发行,成了报社的一项重要工作。报社提出发行工作"一条龙"的思路,编辑部是龙头,其他各个环节,环环紧扣,务求提早发行时间。领导亲自抓,还选择了一位责任心强的人员,一个个环节催促,尽量保证按时发行。

改革开放三十多年来,我国报业突飞猛进,特别是进入市场的都市报崛起,印刷发行量猛增,报纸编辑印刷技术大有改进,发行工作也有了较大的变化,发行体制突破计划经济时期邮局独家发行的局面,形成邮发、自发、邮发自发合一的多渠道发行新格局。由于报业市场竞争日益激烈,各报使出浑身解数,提前发行时间,扩大发行量,为报纸的竞争增添重要砝码。如《广州日报》提出"比太阳更早,比昨天更好",《楚天都市报》和《今晚报》登楼上门投递,得到读者的青睐。

重视报纸发行,首先需要真正弄清发行的重要性。新闻学家徐宝璜在其《新闻学》中说:"一报之销路与其生命大有关系。"《中国大百科全书》指出,报纸发行是"报纸编辑出版后发送给读者的手段"。没有发行,就没有读者。因此,可以说,发行是报纸的生命线。

报纸"内容为王",与"发行是报纸的生命线",是辩证统一的关系。没有吸引人的内容,报纸就发行不出去;反之,发行渠道不通畅,送到读者手中的时间太迟,有好的内容也白搭。不要迷信"酒好不怕巷子深",报纸办得再好,读者不能及时看到,长此以往,他们还会买账吗?

我国报纸的发行工作参差不齐。总的来说,与一些发达国家相比,还存在相当大的差距。

日本报纸是以上门发行、及早送报打开营销局面的。《读卖新闻》等主要报纸建立了"宅配制度",保证凌晨5点到6点之间将报纸投进住户家中。《读卖新闻》每逢雨雪天气,发行员还将报纸装进塑料袋送入订户信箱,给读者留下良好的印象。日本报纸之所以占据世界发行量的榜首,其先进的发行工作功不可没。

在美国,报业发行已经从劳动密集型行业转变为技术密集型行业,实行网络化管理,个性化服务,报纸订阅方式十分灵活。《纽约时报》读者订阅方式有多种选择:每周订七天;每周订周一至周五;仅订星期六;仅订星期天;仅订星期六和星期天。而《费城问讯报》的订阅方式则更为灵活,读者甚至可以选择订阅每周中星期一至星期五任何一天的报纸。

我国报纸长期存在"重采编,轻营销"的问题。改革开放以来有不少变化,但问题仍然存在。不少报社的发行部门很小,人才短缺。这与美国等国家差距很大。以《旧金山记事报》和《旧金山观察报》合办的报业公司为例,2500人中,1200多人直接参与报纸发行。

特别值得注意的是,在一些报社,发行人员地位不高。尤其是那些编外发行人员,工作非常辛苦,冬天风雪交加,夏日酷热难耐,发行人员都要将报纸送到千家万户。但是他们待遇低,一些报社对他们工作中遇到的难处很少过问。本来发行人员最容易接触到读者,可以得到反馈信息,但目前发行人员的工作只是简单的"投递",没有与读者互动。因此,加强发行队伍的力量,是扩大发行、提早发行时间,办好报纸的一个亟待解决的问题。

由于互联网的竞争等原因,西方报纸发行量已出现下滑,这进一步提醒我们:在提升报纸内在质量的同时,千万要把握住发行这条生命线。

(原载《青年记者》2013年8月下)

社区报:如何让人待见

笔者所在的城市,近几年出现多份社区报,但坚持下来的不多。笔者居住的社区出版的社区报,创办于2008年,是极少数仍在出版的社区报之一。据说免费发行6000份,都是由物业直接送上住户家门,可并不太受欢迎。有的住户,社区报送去一两天了,仍然躺在大门旁,似乎对这份报纸视而不见。笔者出于职业习惯,硬着头皮看,还是难以卒读。

不仅笔者所在的城市,其他地方的社区报也有类似不受待见的情况。

那么,一些社区报不受欢迎,原因何在?社区报如何才能赢得读者?笔者以为:

一是廓清概念,找准定位。

社区报最早产生于美国,历史悠久。美国学者认为,所谓社区报,"就是服务于城市中的社区读者、强调其归属性和认同感的报纸",社区报的唯一标志是它"对某个特定社区的服务性和归属感"。中国人民大学新闻学院教授喻国明认为:我国的社区报只涉及方圆3公里或5公里的范围之内。笔者觉得喻先生的说法合乎中国实际。三五公里,一般居住一万多,至多三五万人,这就是当下一般社区的规模。在这个特定的范围内,人们才有归属感和认同感。

我国从21世纪初出现社区报。早期的一些社区报,逐渐被居民忽视,印刷量越来越少,不得不停办,原因主要是概念不清,定位不准,并没有服务于特定的社区。最典型的例子,就是号称"中国第一张社区报"的长春《巷报》,定位为"立足长春市,面向东北三省"。这种过于宽泛的定位,使其终于难免流产的命运。

《北京社区报》一直坚持了多年,而且主管部门批有刊号,发行量也可观。但它不在我们讨论的社区报范围之内,因为它同《北京晨报》、《京郊日报》一样,是面对北京市特定读者的报纸,倒是同一般都市报的社区版类似。

二是立足服务,注重实用。

社区报是小报,不仅指其版面小,更因为它是一种"小众化"、"小区域化"的报纸。社区报最忌"小报大办",内容要贴近本社区居民。服务与实用,是其两大基石。与本社区居民攸关的医疗、养老、教育、治安、环境、卫生、文化、邻里关系、物业管理、社区好人好事,乃至社区内的蔬菜等必需品价格和品种等资讯,应成为社区报的主打;批评社区内的某些不良现象,进行舆论监督,是其职责之一;养生、医药、育儿、有关法律政策等本社区居民关心的常识,也可以成为报纸的内容。但有的社区报照葫芦画瓢,按照并不成功的党报的样子办,端着个大报架子,稿件空洞无物,怎能引起居民的兴趣?仅仅为了社区的面子和宣传基层干部的"政绩"而办报,更不可取。以笔者所在社区的报纸为例,内容距离读者太远,最重要的版面充斥街道办及上级干部"莅临"视察等活动,而且写得毫无新意。而社区办起托老所、社区新增医保卫生中心、上级医院派医生来坐堂、又一所公办幼儿园招生等居民关心的事,却上不了报,当然居民不会感兴趣。

三是量力而行,逐步发展。

我国的社区报,是随着改革开放和城市的发展而产生的。一方面,城市中出现一个个有一定规模和认同感的社区;另一方面,从 20 世纪 90 年代开始,我国机关、企事业单位逐步改变"办社会"的状况,把一些工作生产以外的任务剥离出去。人们从"单位人",逐步变为既是"单位人",又是"社区人"。他们在社区生活,有了相互交流的需求,这是社区报产生的前提。但是,也应看到,我国社区的功能还未得到充分发育,居住在社区的公民凝聚力不够,对社区的归属感不强。因此,我国的社区报有些先天不足,筋骨脆弱。这是许多社区报办得不理想,不受社区居民待见的客观原因。

此外,许多社区报资金缺乏,只能靠街道办、居委会的少许拨款支持和社区内商家的赞助式广告维持,步履维艰。社区报缺少专业办报人员,一般由退休人员义务采编稿件、安排版面,虽然他们热情可嘉,但办好报纸困难重重。因此,社区办报不能勉强,要量力而行。

据说,美国约一万份报纸中,社区报占 90% 多。从长远看,社区报将成为我国一种重要的传媒业态。社区报也需要具有专业能力的人员来办,并且走市场化的道路。新闻出版主管部门是否需要制定不同于其他报纸的政策,支持有条件的地方逐步发展社区报,是一个值得研究的问题。

(原载《青年记者》2013 年 7 月下)

实践:当前新闻教育的短板

又到一年一度大学毕业生就业季。今年就业形势更加严峻,被称为"最难就业季"。其中,新闻传播专业(下简称"新闻专业")学生就业难问题特别突出。从新闻教育本身来说,多数院系培养的学生动手能力差,知识面窄,不能适应社会需求。实践,已成为新闻教育的短板。

据统计,我国高校新闻专业院系,像脱缰的马一样飞驰,已从20世纪80年代初的几所院系,高速增加到800多所。目前在校本科生超过17万,硕士研究生超过4万,新闻专业毕业生供大于求的情况非常严重。而尤其令人忧虑的,是这些年来突击上马的新闻专业教学点,不了解新闻学和新闻教育的特点,教学质量很低。

新闻学,是研究新闻事业和新闻工作规律的科学,既有"学",又有"术","学""术"结合,相辅相成,实践性强。新闻学的这一特点,决定了新闻教育的特点。

20世纪20年代,我国从西方引进高等新闻教育时,就重视其实践性。特别突出的是陈望道先生从1941年开始主政十年的复旦大学新闻系。陈望道不仅是我国修辞学的开拓者,而且曾主持《新青年》杂志的编辑工作,主编和参编过多种刊物,深谙新闻学的特点。他提出"好学力行"四个字,作为复旦大学新闻系的系铭,十分注意培养学生的实际操作能力。为解决学生实习困难,他恢复了原有的复旦新闻通讯社,亲任社长,出版刊物,由学生当编辑,免费为各大报社供稿。他还创办了"新闻馆",内设编辑室、印刷所、图书室以及收音广播室等,为教学实习提供了一个良好的基地。陈望道说:"现在中国新闻教育机关急需解决的问题似乎有两个:一个是如何充实教学的设备与内容,使有志新闻事业的青年更能学以致用。二是如何与新闻事业机关取得更密切之联系,使学与用更不至于脱节。"此话今天听来,犹如直指当前的现实问题。

补上新闻教育实践的短板,笔者以为需要做好以下几点。

首先,要增加教师的实践能力。新闻教育最发达的美国,许多院系都延请资深编辑记者任教。新中国成立后,具有丰富新闻实践经验和学养的恽逸群、安岗、王中、甘惜分、丁树奇、陆灏等从新闻单位调入上海、北京的新闻院校主持工作、任教;21世纪,从新闻单位退下来的范敬宜、邵华泽、赵启正等出任清华、北大、人大等重点学校的新闻学院院长,加强了学院的力量。但是,目前绝大多数的新闻院系教师,不了解社会,更没有新闻工作的体验,理解不了教材,讲课照本宣科。增强教师的实践能力,需要改变多数院校只招聘博士任教的做法,应适当选择高水平的媒体人员担任教学工作。在校年轻教师,可以轮流到新闻单位实习,或在指导学生实习过程中,自己也参与实习。

其次,要增加在校实验设备。新闻专业被称为"文科里的工科",实验设备十分重要。目前复旦大学新闻学院SMG演播中心拥有三个演播室(共2000平方米),配有完善的灯光系统和音响设备等,可以满足各种类型的节目录制、后期制作及播出。中国人民大学、武汉大学及中国传媒大学等也有相应的设备。但是,这在全国800多所新闻院系中,可以说是凤毛麟角。多数新闻院系学生在校期间连老式摄像机都难以摸到。既然招新闻专业学生,就要舍得花钱增加必要的设备。

第三,要建立校外实习基地。新闻专业与工科一样,实习是一个重要的教育环节。过去,新闻院系学生一般由教师带领到固定实习基地实习。现在许多学校都变成了"放鸭子",让学生自己想办法找单位实习,结果是有关系的可以实习,而不少学生得不到实习机会。办好新闻教育,必须取得新闻单位的支持,建设好实习基地。

补上新闻教育实践的短板,关键在端正办学思想。许多学校热衷于上新闻教学点,出发点并不是为社会培养相关人才,而是赚取学生人头费,因此根本不愿投入,导致师资、设备等办学条件严重短缺。有的办学较早的新闻专业,教学质量尚且难以得到保证,那些近年草草挂牌招生的教学点,其质量更是可想而知。现在看来,绝大多数新闻院系要在短时间补上实践的短板,是做不到的。因此,笔者主张对现有新闻院系进行整合,一个省集中教育资源重点办好一两所,至多三四所合格的新闻院系,以期真正适应社会需求。

(原载《青年记者》2013年6月下)

改进领导活动报道不仅是减少数量

新一届中央八项规定提出改进新闻报道，进一步压缩领导活动报道的数量、字数、时长，已经取得显著效果。现在荧屏和版面上，领导的身影确实减少了，群众的声音增多了。但是，某些媒体似乎又出现了另一种值得注意的现象：对中央领导同志的活动应该报道的也不予报道，应该突出的也没有加以突出。

"五一"前夕，习近平在京同全国劳动模范代表座谈，强调充分发挥工人阶级主力军作用，依靠诚实劳动开创美好未来。他指出必须牢固树立劳动最光荣、劳动最崇高、劳动最伟大、劳动最美丽的观念，崇尚劳动，造福劳动者，让全体人民进一步焕发劳动热情、释放创造潜能，通过劳动创造更加美好的生活。

在当前的背景下，这是一个极有针对性的重要讲话。根据有关专家的研究，在中国改革开放的前20年里，劳动力的价值增长了20倍，而资本则增值2000倍。正如有的媒体所指出的：这个数据表明，劳动力的价值增长速度远远落后于资本的价值增长速度，许多劳动者很难通过劳动致富；与此同时，社会地位不高、权利不充分、所得报酬过低的人很难得到周围群体的尊重。习近平这一讲话对重塑劳动光荣的价值共识，意义重大。但是，这个讲话，不仅一些主要都市报未刊用，连有的党报也没有刊用，或发的位置很不突出。

习近平在海南视察时讲了一句给人留下深刻印象的话："小康不小康，关键看老乡。"此话关系全局，举重若轻、通俗质朴。但有的报纸竟然在刊登视察新闻时，删去了这句重要的话。

改进领导活动报道，是个老话题了。小平同志1992年在南行讲话中说："现在有一个问题，就是形式主义多。电视一打开，尽是会议。会议多，文章太长，讲话也太长，且内容重复，新的语言并不很多。"小平同志批评的现象目前仍然存在，改进领导活动报道，确实要减少数量，但并不仅仅是简单地减少数量。

无论在国内还是国外，领导活动报道都是新闻报道的一个特别重要的方面。由于领导身处特殊地位，掌握更多的全局情况和话语权，其活动的重要性和显著性强，所以有更高的新闻价值。在我国，党领导的媒体有传达党中央声音的责任；

从另一方面说,报道领导活动也是公众知情权和监督权的需要。中央八项规定中提出的"工作需要、新闻价值、社会效果",是我们衡量领导活动报道的标准。需要减少的是那些不符合上述标准的稿件,如一些地方媒体对干部迎来送往的报道,某些领导干部仅仅是"收音机"、"传声筒"的没新意的讲话。

改进领导活动报道,不仅需要抓住要点,还要写出个性特色。习近平上任以来,有许多内涵丰富、个性鲜明的话语,反映了中央的声音和政策动向,如"空谈误国,实干兴邦"、"捍卫宪法尊严,就是捍卫党和人民共同意志的尊严"、"把权力关进制度的笼子里"、"苍蝇老虎一起打"、"鞋子合不合脚,自己穿着才知道"、"和平犹如空气和阳光,受益而不觉,失之则难存"……许多媒体在报道中突出了这些精彩的话语,有些还上了标题,获得极好的效果,被广为传播。但也有的媒体缺乏敏感,或习惯性地按照死框框办事,对这些话语未予重视,使报道大为逊色,不能不让人感到遗憾!4 月 7 日习近平总书记在博鳌论坛讲演时警告说:"不能为一己之私把一个地区乃至世界搞乱",表明了中国在当前局势下的严正立场,不少中外媒体都在标题中对这句话加以突出,可有的媒体似乎视而不见,仍然照旧标了个"老爷题"。

领导同志也是人,也有丰富的感情。长期以来,在报道中,一些领导同志常给人一种不苟言笑、正襟危坐的刻板形象,这与媒体直接有关。如何写出领导人的真情实感,写得有血有肉,也是改进领导活动报道的一个方面。2 月 4 日,习近平来到兰州的一家养老餐厅为七旬老人端饭。1 月 5 日,李克强在北京与来自最基层的 18 名乡村医生座谈,听取意见。座谈会结束后,李克强侧身说"请'最美乡村医生'先走",并请身有残疾的周月华医生走在最前面。可惜这些细节,多被一些媒体"过滤"掉了。

西方媒体人尚且提出了"亲近性新闻"的概念,主张从平民视角报道领导人的活动。我们对执政为民的领导的报道,为什么不能真正做到贴近群众,提高亲和力,使其获得公众的普遍喜爱呢?

(原载《青年记者》2013 年 5 月下)

发布虚假医药广告是为虎作伥

2013年“3·15”期间,15位院士联合倡议打击虚假医药广告。在全国两会上,人大代表、中国工程院院士钟南山爆料,他曾于一天之内在三家媒体上看到自己“被”代言的药品广告,而且都是假药广告。经过一番调查之后,钟南山发现了一个令人触目惊心的数字,仅去年,在媒体上刊登的虚假药品广告就多达17.9万条次。而据1月21日原广电总局的通报,去年违规医药广告竟占医药广告总量的近60%。

许多人都厌烦广告,其实广告不仅是媒体的经济支撑,也有引导消费、助推经济发展的重要作用。新中国成立之后,商业广告凋零,“文革”期间更被禁止,1979年3月上海《文汇报》刊登一则瑞士雷达表广告,引起轰动,这可以说具有里程碑意义,从此商业广告日趋繁荣。

但是,医药广告不同于一般广告,因为医药关系到人们的健康甚至生命。发布虚假医药广告相当于图财害命。特别是老年人和一些农村人,缺乏辨别能力,病急乱投医,看到听到那些虚假医药广告,信以为真,就像抓住了救命稻草,不惜东借西凑,花重金治病,结果病无好转,债台高筑。就连有些年轻人也会遭遇虚假医药广告之害。有一位31岁的未婚女士受虚假广告吸引,在上海一家医院被诊断为不孕症,检查结果尚未出来就将其推上急诊手术台,不到24小时,花去医药费近4万元。她又将其妹妹介绍到该院,也被实施同样手术,两人共花去8万元。而经正规医院检查姐妹俩身体并无大碍。这还是损失轻的,重的则弄得家破人亡。

据笔者观察,时下中央主要媒体虚假医药广告已经极少。而地方生活类报纸、没上星的电视台,特别是省级及以下的广播电台,是虚假医药广告的主要载体,有些实际上是以虚假医药广告收入为生。不少电台每天有一少半时间是所谓《健康讲座》之类的节目,播放的大都是虚假医药广告。

我国《广告法》规定:广告不得含有虚假的内容,不得欺骗和误导消费者;药品、医疗器械广告不得利用医药科研单位、学术机构、医疗机构或者专家、医生、患者的名义和形象做证明。而目前许多虚假医药广告忽悠人的主要手法,就是用专家、医生、患者的名义和形象证明疗效。这些“患者”往往是他们专门请的“托”;做讲座的所谓“神医”,也是扮演的。今年央视3·15晚会曝光,“降压神贴”广告中扮演“神医”的一名演员,自称是做了几十年机关的“退休干部”,被朋友介绍参与拍摄。对着镜头,“退休干部”很快进入角色,说着广告词:“三个月拿下高血压,一辈子不用吃降压药,就像治感冒一样简单,治一个好一个,不会出现无效的情况……治不好,我告老还乡。”简直是天方夜谭!

笔者亲耳在广播中听到一名“教授”在多家广播电台做讲座,吹嘘用其“方剂”可治百病,高血压、心脏病、糖尿病、胃肠病、各类骨病、眼病,等等,无不药到病除。有的打进热线的“患者”脑出血,瘫痪在床几年,竟也能站立行走了,“患者”血压、血糖变得平稳者,更是比比皆是,这对于那些忍受着病痛的人,煞是有诱惑力,难免上当受骗。

虚假医药广告屡禁不止,媒体难辞其咎。一则医药广告出炉,要经如下环节:广告主(药厂、医院),广告经营者,广告发布者(主要是媒体)。卫生、工商、药监部门、新闻出版广电部门则是监管者。去年国家有关部门出台的《大众传播媒介广告发布审查规定》,特别强调了广告发布者——媒体的责任:若广告发布者违反规定,不履行审查责任,要对其领导进行问责。媒体是医药广告最后的审查者、最终把关人,发布虚假医药广告,无异于为虎作伥、助纣为虐。欧洲有的国家完全禁止媒体发布医药广告。美国虽然允许发布,但同时发动公众监督,如果发现媒体发布的广告违法,要处以远高于利润、往往是天文数字的罚款。而且在他们的市场信用体系中,曾在行业内有不良记录者,几乎没有再次踏足的可能性。我国香港地区的做法大体与美国相同。

孔老夫子说:“人而无信,不知其可也。”法国著名作家左拉也说:“失信就是失败。”媒体的成功,最主要的就是取得公众的信任,眼睛不能只盯着广告收益。不讲诚信,屡屡发布虚假医药广告,不仅祸害公众,也必然损伤自己的公信力。有些媒体,一边宣扬诚实守信,一边发布欺诈广告,这种“两面”做法,岂不是黑色幽默?

(原载《青年记者》2013年4月下)

改作风，不是简单“跟风”

新一届领导集体作出改进作风、密切联系群众八项规定，习近平等中央领导同志身体力行，率先垂范。各级各地纷纷效仿，取得立竿见影之效，令人欣慰。改作风也成了媒体报道的一个重点。这有助于引导舆论，促使党风进一步改进。但是，笔者注意到，报道中也有一些杂音，反映了某些媒体本身的作风问题。

个别媒体我行我素，依然故我。举一个突出的例子：某电视台报道当地一所大学帮贫困学生购买了寒假回家的火车票，学校把几十名学生代表叫到会议室，坐好。拉了横幅，上写“赠送贫困大学生火车票仪式”，然后又是领导讲话，又是采访领导和学生代表，并合影留念。向贫困学生赠送车票当然是一件好事，但值得如此突出宣扬吗？这不是报道学校领导作风改进，恰恰与中央改进作风规定的精神相悖。

还有更多的地方媒体虽然报道了当地干部改作风，但是存在简单“追风”的问题，说穿了就是做表面文章，以形式主义反对形式主义。

改进作风的报道，贵在求实。某报曾报道一天仨会没摆一朵花，把这作为新风宣扬。其实，所报道的会议算不上什么重要会议，其中两个是个别部门的某一专业会议，另一个连会议都算不上，只是与一所大学的签字仪式。不仅如此，头版还把这条新闻与另外两条不甚相关的新闻归在一起，标了一个大标题《××新风》，更有过度宣扬之嫌。有的地方的一个会不组织宴请、不发纪念品，报道中计算比以往节省了多少经费，实在勉强。有些钱本来就是不应该花的，只能说浪费得少了，何谈节约？

有一篇报道说，改进作风中提出领导干部要深入基层调研不少于30天。结果好多干部一窝蜂下基层去了，大批干部到基层走马观花，不仅影响机关的正常工作，也给基层带来干扰。这不是实实在在的宣传改进作风的报道，而是宣扬做表面文章。

改进作风报道，贵在求新。新闻总是要追求新的东西，才能吸引人，起到应有的作用。全国农业工作会议的一项重要日程，是为全国粮食生产先进集体和个人代表颁奖，今年改成了会议通报表彰名单，先进集体代表和个人不再进京，省了一大笔差旅费。新疆改工作作风，规定工作餐不超45分钟，并逐步换国产车，等等，就颇有新意，对其他单位和地方也有启发。可不少改进作风的报道雷同，省里的领导下去调研，报道轻车简从，不让迎送；市里的领导下去，也报道轻车简从，不让迎送；县区的领导下去，同样报道轻车简从，不让迎送。这不仅是简单地照葫芦画瓢，而且给人一种“媚上”的感觉。

改进作风的报道，贵在求深。岁末年终，一些地方关于两会改会风的报道，不仅注重了会议不扰民，减少浪费，还提出一些有深度的问题，如：会议压缩了时间，却增加了内容，提高了效率；政府组成人员在审议政府工作报告时，虚心听取代表委员的意见乃至批评，接受监督；代表委员敢讲真话，力戒空话套话等。但是也有些报道没有明显的改进，有的地方两会报道仍然混同一般往下部署工作的会议报道，报道领导干部代表的发言，还是对下发指示。有的地方大量报道有领导身份的代表的讲话，“排排坐吃果果”，几乎每一位领导发言都要上报，而内容依然陈旧，可基层代表的意见却得不到应有的重视。这些都不符合宪法精神，也违背党中央改进作风的要求。

由于陈旧思想观念的束缚和利益固化的藩篱，改进作风是一项长期的任务，不可能一蹴而就，要打“持久战”。近来曝光的一些事实充分说明了这一点。如中共中央要求基层调研不安排迎送宴请。但到年终岁末，一些地方又迎来了接待高峰期。有个地方年底接待更忙，一位副县长一天陪泡八次澡。有些宴请从高档酒店转入驻京办事处餐厅，每桌价格竟达一万八千元……因此，改进作风报道任重道远，不能满足于做过一些报道，更不能津津乐道于那些皮毛的报道。

我们的媒体是党领导的，与中央保持一致是最高的政治纪律，不能有半点含糊。但是，这与“大跃进”和“文革”时期的“紧跟”有本质的不同。中央要求的改进作风，不是一阵风，新闻报道也不能简单地“追风”。要接受以往“追风”的教训，深刻理解八项规定的含义，从实际出发，善于思考，使报道取得公信，确有实效。

（原载《青年记者》2013年2月下）

是创新,还是新闻规范缺失

先引某报一条新闻稿的开头:“10 月 18 日上午,济南市人社局副局长、就业办主任黄厚安及相关处室负责人接听 12345 热线,并通过济南政府网、市长信箱及 12345 短信平台与市民进行沟通、交流。记者从接听过程中了解到,济南市大学生创业孵化中心将于年底前全面启动,将成为济南市首家市级大学生创业孵化中心。符合条件的可以向济南市就业办提出入驻申请。”

这样的新闻导语,完全不合格。拐那么大个弯儿有什么必要?其实,从第二句开始写,开门见山,就可以突出新闻事实了。

新闻导语,是消息的特殊开头。它以简要的文句,突出最重要、最新鲜或最富有个性特点的事实,提示新闻要旨,吸引读者阅读全文。写好新闻导语,是新闻写作的重要一环,但不讲究新闻导语的写作,成了时下新闻业务规范缺失的一个方面。

新闻业务规范缺失还有其他许多方面。比如:

不交代新闻来源。新闻来源,即新闻材料的来源。交代新闻来源,有助于受众判断新闻的可靠程度,是取得受众信任的重要条件之一,也有助于受众对新闻机构的监督,避免记者、编辑道听途说和主观臆断,以维护新闻的真实性。但不注意交代新闻来源的情况并不鲜见。如某报刊登的《十八大期间修改报告稿 19 处》没有作者、出处(此稿是摘自新华社的《党的十八大诞生记》)。某报报道习近平任总书记后首次考察深圳,这么重要的新闻,也没来源,只在末尾署名“宗合”。

消息头不规范。与上述问题有关的,是乱用消息头(电头)。“本报讯(电)”表明是报纸自己的记者采写的新闻,可是有些从其他媒体转载的稿件,也带上“本报讯(电)”。莫言在斯德哥尔摩领奖,某报并未派记者前往采访,其新闻的消息头却是“本报斯德哥尔摩 10 日讯”。某报以文件形式刊登党委常委会公报全文时,却在消息头中加上该报记者的署名,令人莫名其妙。

缺少主要新闻要素。新闻要有五个 W,这本是新闻的 ABC。当然有些简单新闻不一定五个要素都要齐全,但是,主要要素如时间、地点、人物(单位),一般是必须有的，这样才能把事情说清楚。可时下有的新闻往往忽视这一点。有时交代了，也是模糊的，比如没有特殊原因就随意用“某人”、“某地”、“某单位”代替，让读者看后留下疑问。

不注意交代新闻背景。新闻背景是衬托新闻的事实材料。其作用是解释新闻，深化新闻主题，表达作者的看法和倾向，增加知识性。传播学界早就指出新闻已经进入解释的时代。但不重视或不善于运用背景材料，仍然是某些新闻的缺陷，结果使一些新闻难以理解，或不能巧妙地通过背景表达意见，或削弱了新闻的知识性、趣味性。

忽视标题的逻辑关系。标题要准确、简要、引人，需要注意复合式标题的逻辑关系。某报有如下一个标题：

（主题）明年3月初开全国两会
（副题）将选举国家主席　审议机构改革方案

这个标题的主题和副题搭配不拢，选举国家主席和审议机构改革方案的是全国人大会议，而不是“两会”。复合式标题，要以主题为核心，引题、副题各司其职，形成一个符合逻辑的整体，但有些标题的引题或副题与主题搭配不当，逻辑混乱。

随意发表议论，或滥用形容词、副词。凡“调查”必“深入”，凡学习必“认真”，凡“推进”必“大力”，凡“过问”必“亲自”，凡“重视”必“高度”……这些不仅是套话，也是滥发议论的一种形式。随意发表议论，违背了用事实说话的基本原则。

……

上面说的这些似乎是老生常谈，但它们反映了共同的新闻规律。没有规矩不能成方圆，失范会影响新闻的真实、客观和媒体功能的发挥。出现上述问题，一个重要的原因，恐怕是混淆了创新与不遵从规范的界限。相当长时间以来，新闻“八股”枯燥、死板，惹人厌烦。近年来，虽然已有很大改进，可许多问题仍然存在，我们的新闻业务确实需要不断改革创新。但是，如同泼洗澡水不能连孩子也泼掉一样，新闻改革创新、摈弃新闻“八股”，绝不是连最基本的规范也不要了。

中央作出了改进作风的八项规定，其中就有改进新闻报道一项，中宣部又发出改进文风的通知。改变新闻规范缺失的状况，是其中的应有之义。

（原载《青年记者》2013年1月下）

对媒体人改进文风的鞭策

11 月 15 日，笔者在电视机前，聆听了习近平在新一届中央领导集体记者见面会上的简短讲话，觉得不仅内涵丰富，而且语调沉稳，平实亲切，通俗易懂，没有官话，彰显平民化作风，像一股春风迎面扑来。

据央视报道，这个讲话的文风，也得到了许多好评。英国广播公司称，此次讲话体现了新的风格，使用语言平实、通俗，强调人民对美好生活的向往就是中共奋斗的目标。美国华尔街日报网站称，习近平赢得了善言的中国网民的赞誉，他也成为社交媒体时代的首位中共中央总书记。在向全国人民发表讲话时，他几乎不用政治术语，看上去显得轻松，且平易近人。香港大学学者钱钢认为这次讲话“很正面”、“很亲切”、“很实在”。

习近平身体力行重视文风由来已久。2003 年在浙江工作时，他就曾用“哲欣”的笔名，在浙江日报辟《之江新语》专栏，到 2007 年一共写了 232 篇短文。这些短文都体现了他实事求是的文风。其中有一篇题为《文风体现作风》的文章说：最要反对的是空话连篇、言之无物的八股文，那种“穿靴戴帽”、空泛议论、堆积材料、空话连篇、套话成串、“大而空”、“小而空”等弊端，都要防止和克服。他还说：当长则长，当短则短，倡导短风，狠刹长风。“凫胫虽短，续之则忧；鹤胫虽长，断之则悲。”为文也是这个道理。

2010 年 5 月，当时习近平作为中央党校校长，在中央党校的讲话中，强调要树立短、实、新的文风，说话要入心、入脑、入耳。

文风反映作风。党的领导干部的文风反映党风，关系到党的路线方针政策的真正落实、党与群众的关系。中央党校教授秦刚认为：用平实的语言才能表达真感情，我们党是为老百姓做事，就得说老百姓的话。这样更表达了一种真感情，也是摆脱过去那种官僚主义、形式主义做法的开始。

习近平这次记者见面会上讲话的平实文风，不仅给各级领导干部树立了榜样，也是对新闻人改进文风的鞭策。中央人民广播电台一位工作人员说，习近平在记者面前的这番讲话，是特别好的广播稿的典范。新闻人确实需要好好学学习近平的文风。

新闻人主要用文字做工具报道新闻、引导舆论(广播、电视新闻一般也有文字稿),文风的重要,显而易见。当前的问题,仍然是要继续克服假大空,反对形式主义。就在不久前,某报头版显要位置刊登了这样一张照片:7 个“民兵哨所的女哨员们”,各自捧着一份报纸,刻意展露着刊登十八大新闻的头版,煞有介事地呈读报状,文字说明赫然写着:她们“正在学习党的十八大会议精神”。如此明显“导演”摆拍的虚假新闻,出现在十八大闭幕不久,简直不可想象!这完全与十八大精神及习近平总书记的讲话背道而驰,难怪在网上引起一片指责。当然,这样极端的假报道毕竟是少数。但是,有意或无意夸大渲染事实的,却屡见报端和荧屏。

“大”和“空”突出反映在某些会议和领导活动报道中。会议和领导活动,本来多是公众关注的新闻重要来源。但是,一些媒体所报道的这类新闻缺少新的事实和思想,套话、大话连篇,以会议落实会议、以文件落实文件、以讲话落实讲话的现象并不鲜见,小平同志当年批评的“照抄照转”、“太长”、“内容重复”、“新的语言并不很多”等问题依然存在。会议报道和领导活动的报道,都有一定的模式,鲜活、有价值的材料往往被过滤掉,或淹没在枯燥的一般过程之中。

中央政治局 12 月 4 日出台的八项改进作风的规定,有一项专门要求改进新闻报道。规定指出:中央政治局同志出席会议和活动应根据工作需要、新闻价值、社会效果决定是否报道,进一步压缩报道的数量、字数和时长。这也是对各地领导活动和会议报道的要求。各级领导干部要认真落实,媒体也要自觉按照新闻规律办事,负起应有的责任。

文字是写出来的思想。新闻人改进文风,从根本上说,需要革新理念和转变思想作风。要弄清新闻和宣传的区别,改变自上而下地单线灌输的老思路,善于用新闻事实做宣传;要摆脱“眼球效益”的束缚,真正把服务社会放在第一位;要克服形式主义和浮躁的作风,深入实际、深入群众调查研究,尽量捕捉第一手的新闻事实,彻底改变靠到网上掏新闻、靠从别的新闻中套“新闻”的做法,写出真正有价值、有真情实感的新闻作品。只有这样,才能为公众喜闻乐见,媒体也才会有公信力。

(原载《青年记者》2012 年 12 月下)

也说通稿

朱德泉先生在《青年记者》撰文《仅靠通稿是不行的》指出：长期以来，处理突发性事件、灾难事故的信息披露惯例是由有关部门发布新闻通稿。在互联网没有大规模普及应用之前，这种舆论控制方式屡试不爽，也由此造成很多舆论掌控者根深蒂固的惯性思维和路径依赖。但随着网络时代传播方式的急剧变化，“官方通稿”越来越受到“网民统统搞”的挑战，如果不能及时变化，通稿的信息发布效果会大打折扣，甚至起到相反的效果。

笔者认同朱先生的看法。同时认为，由于传统媒体的权威性与可信度，即使在互联网普及的今天，一些地方过多的指令性通稿，仍然起着不可忽视的消极作用。

通稿，是提供给各家新闻单位共用的稿件。这类稿件由来已久。在我国最常见的是新华社的通稿。新华社是国家通讯社，有“消息总汇”之称，每天发稿数量很大，权威性强，而且专业素质高，写作符合新闻要求。所以，尽管用还是不用、如何用，由媒体自己决定，新华社通稿仍然是媒体特别是平面媒体国内外新闻的主要来源。

官方通稿，笔者以为称指令性通稿更合适。指令性通稿是为了统一口径，指令媒体必须刊用，而且不能改动的通稿。在我国的新闻体制下，这类通稿在报道个别特别重大、高度敏感、需要保密的事件时，是需要的。中央授权新华社发的极少数要求各级媒体照用的通稿，就属此类。

值得注意的是，一些地方存在滥用指令性通稿的情况。这样的通稿，常是突发事件、严重事故和比较重要的领导活动等报道，由主管部门撰写，指令当地各家媒体必须刊用，而不能另作报道。滥用通稿，往往会产生多种负面作用。

有些指令性通稿成了封锁消息的工具。除了朱先生提到的蓟县大火的报道外，《检察日报》还曾披露，营口市辽河大桥垮塌之后，当地官员对前来采访的记者如临大敌，现场遭警方封锁，即使那些被允许进入现场的本地记者，也都接到了“只能采用新闻通稿，不得擅改一字”的通知。在信息如此发达的今天，这种“鸵鸟政策”，只会导致信息混乱，引起公众不满，影响政府和媒体的公信力。蓟县和营口的教训值得记取。

有些指令性通稿起到了地方保护的作用。新闻是提供信息为公众利益服务的，必须全面、真实、客观、公正。媒体要从全局出发，宣传党的路线方针政策，反映人民的意愿。而某些地方部门的通稿，往往注意的是如何传达自己的观点、态度，从地区和小团体利益出发，影响了报道的客观公正，有时甚至掩盖真相、歪曲事实。一些舆论监督的报道，也因此被封杀。

由主管部门撰写的某些指令性通稿，由于作者不熟悉新闻规律，惯于按照一定的格式写新闻，把真正有新闻价值的内容淹没在名单、一般化的讲话、迎来送往的过程中了。再加文字枯燥、刻板，让人生厌。某地今年国庆电影招待会的报道，电子媒介和纸媒都用同一通稿，文中有一段“文革”及稍后几年常有的套话：与会者回顾什么，畅谈什么，决心如何，一看就是作者照抄以前的报道。这样的稿件能有什么吸引力？

指令性通稿过多，会造成多报一面，抹杀不同媒体的特色。不同的媒体有不同的定位，记者会选取适合自己媒体的角度，写得有声有色，独具风格。多种媒体在大方向一致的情况下百花齐放，可以发挥各自不同的作用，有助于取长补短，使传播更加丰富多彩。

不适宜的指令性通稿，还会影响媒体和记者的主观能动性和创新精神。前几年退下来的李岚清同志，以音乐爱好者身份到各地大学讲音乐知识。有一个地方只许用通稿，把一条丰富生动的文化新闻，写成枯燥的政治新闻，而且违反了退下来的同志参与政治活动的规定。受到读者批评后，记者感到冤枉，因为他本来写的就是生动的文化新闻，但最后他的稿子遭枪毙，刊用了通稿。一些稿件由政府部门包下来，记者的任务就是取回现成的通稿直接上版面，那样只会培养一批无能的懒记者。

在改革开放不断深入的今天，仍然有这么多不合时宜的指令性通稿，其原因是复杂的。毋庸讳言，某些地方部门新闻执政能力欠缺、媒介素养不高，不尊重公众的知情权，是重要的原因。媒体也并非无一点责任。媒体人是专业人员，发现问题应该按照程序提出意见，这不是违反纪律，而是责任意识和职业精神的表现。

（原载《青年记者》2012 年 11 月下）

关爱老人:媒体义不容辞的义务

关爱老年人是一个社会文明的标志,也是媒体义不容辞的责任。作为一个老年人和媒体人,笔者对此有所感悟。

一

《中华人民共和国老年人权益保障法》规定,老年人是指60周岁以上的公民。根据国家统计局的数据,2011年末我国60岁及以上人口为1.8499亿,占总人口的13.7%。老年人有着发挥余热和传授经验、稳定社会的作用。同时,"未富先老"也带来不少社会问题。

这些年我国老年人事业有长足的进步,这是"以人为本"执政理念的体现,是关注民生的一个重要方面。20世纪80年代,面向老年受众的媒体也有较快发展,但是,仍不能满足老年受众的需求,后来甚至有萎缩的现象。

"一个话匣子,听遍天下事。"广播本来是方便老年人使用、得到老年人喜爱的媒体,前几年,一些电台改版,强调满足多元化需求(这本身没什么错),节目更多面对年轻听众,可就是忽视了老年人的需求,老年人节目有所减少,老年广播市场不断萎缩。比如,上海文广新闻传媒集团将老年节目从一个频率缩减为一个栏目,从全天播出18小时减少到播出1小时。

央视办了18年的王牌栏目《夕阳红》,备受老年观众欢迎,该栏目于2010年告别荧屏,后来在央视10套复出,受关注度大为降低。地方台倒有一些老年节目,但有的安排的时间考虑不周,如有一档节目在晚上22:30播出,恐怕没有多少老年人能够等到这么晚观看。

在为数不多的老年人报道中,老年人的形象不够积极,好像都是被动求助的,有的报纸甚至有不尊重老年人的情况,如有的媒体竟把阿尔茨海默病(俗称"老年痴呆症")患者蔑称为"老糊涂"。"情人节"报道热热闹闹,"重阳节"报道冷冷清清。一些都市报在用语上很少想到老年人的特点,不常见的网络用语过多,有时候甚至夹杂外语词汇,不少老年人根本看不懂。

有些老年人的报道存在夸大和形式主义的毛病。过度宣扬某些老年公寓的成绩就是一例。领导到老年公寓看望而不解决实际问题、青年人一遍遍到公寓做重复的好事,很大程度上是作秀,有的媒体却不厌其烦地做宣传。有一所号称最好的老年公寓,硬件条件相当完备,但是服务极差,与媒体的报道反差很大。

二

关爱老年人,是中华民族的优良传统。古人把敬老看作天经地义之事。“老吾老以及人之老”,长期以来是中国人提倡的行为规范。历史上关爱老年人的事例不胜枚举。但是,这些年来,似乎被淡忘了。在农村,常有因为不愿赡养父母而兄弟姐妹反目、对簿公堂的纠纷;在城市,公交车上给老年人让座,也成了争论的话题……

关爱老年人是人道主义在对待老年人态度上的体现。联合国多次吁请各国政府和世人重视老龄问题的人道主义方面。有的人以为发达国家不讲爱老,这是一种误传。西方国家文化与我国不同,家庭亲情不如我们深厚,但是他们从人道主义出发,很重视老年问题。不说某些高福利国家在医疗和创造适合于老年人生活环境等方面的好做法,不少国家的媒体也很重视服务老年人。美国有800多家老年广播电台。法国广播公司设有一家专门为老年人提供服务的老年电台,老年人在生活中有什么难处,都可通过电台热线电话请求帮助,电台能解决的都尽力派人及时提供免费服务。而在这方面,我们存在不小的差距。

关爱老年人不仅是个人道德,也是社会公德。根据我国的社会经济发展实际,推动关爱老年人,是全社会的责任,也是媒体的重大使命。

三

某些媒体忽视关爱老年人的报道,是由于走入了若干误区。

一是看不清老年人的社会价值。老年人不仅在年轻时为社会做出了贡献,进入老年后仍然在各方面发挥着不可或缺的作用。老年人是智慧和经验的象征,可以说是社会稳定与和谐的“定神针”。

二是对我国“未富先老”带来的社会问题估计不足。在我们这样一个处于发展中的老年人口大国,如何满足老年人合理而特殊的要求,并提供必要的管理和服务,给予他们以关爱,越来越具有重要的现实意义。人民日报在一篇评论中指出:我国社区的养老助老服务与老年人的迫切需求相距甚远,急需在观念认识、政策法规、基础设施、硬件设备和服务水平等方面加强建设;还要积极解决专业工作人员缺乏、志愿者队伍不足等现状和问题。另外,老年人内部存在着一个惊人的剩余劳动力阶层。如何由“消极人口”转变为“积极人口”，也是我们社会与政府所面临的问题之一。中国能否实现经济繁荣和稳定发展的长期目标，在很大程度上取决于国家能否成功应对人口老龄化。我们必须从社会可持续发展的高度加以重视。

三是对老年媒体的发展潜力缺乏认识，盲目地认为老年媒体一定是效益不好的。有的媒体人把目光只盯在精英媒体上，瞧不起老年媒体。前些年，笔者曾兼任一家报纸的顾问。当时该报因人才缺乏、财力不足，经营不好。笔者考虑到山东没有一家省级老年报（青岛有《老年生活报》），建议办一张服务老年的报纸，但是不少同仁觉得掉身价，最终没办成，这家报纸最终也没办下去。

其实，老年媒体有开发的潜力。老年人喜爱读报、看电视、听广播，作为一个群体，老年人有相当的消费能力。新疆有一份《老年康乐报》，四开小报，覆盖面广，发行量大，连续9年居新疆邮发报刊发行第一位，全疆平均每6位老人就有一份《老年康乐报》，传阅率也高：全疆各单位的活动室、阅览室都订有《老年康乐报》，平均传阅率8人。广告成本较低，“薄利多销”，广告收益相当可观。去年全国老年报负责人曾聚会乌鲁木齐，研讨该报的经验。退一步说，即使老年媒体经济效益稍差一些，作为社会舆论的引导者，媒体难道能够只顾赚钱，忽视自己应尽的社会责任？

近来，笔者欣喜地看到，央视新闻中心推出公益活动“我的父亲母亲”，报道护理阿尔茨海默症病人的故事，介绍有关知识，并在网上征集投票，呼吁为有歧视倾向的“老年痴呆症”更名。期待媒体在关爱老年人方面不断有新的作为。

（原载《青年记者》2012年10月下）

难能可贵的道歉

媒体在报道中出现差错，在所难免。问题在于，如何认真对待差错，及时纠正差错。

七八月份，接二连三发生媒体公开更正、道歉的事情。这本不应算新鲜事，但在许多媒体有错不纠的当下，实在是难能可贵。7 月 30 日《都市时报》的一则标题，妄言 17 岁举重选手周俊在伦敦奥运会失利，是“中国女举最耻辱一败”。翌日，该报郑重其事地刊登《给周俊的致歉信》。这封致歉信诚恳、亲切，给人留下深刻印象，我舍不得删节，全文转载如下：

亲爱的周俊妹妹：

17 岁的你，站在世界瞩目的舞台，要用 17 岁的双手举起比 53 公斤要重很多很多的负荷。

17 岁的你的同龄人，或许还在暑假的被窝中，等待爸妈烹制的美味佳肴。

只有 17 岁的你，坦然承受三次抓举的失利，神情肃然，但淡定。

我们有过 17 岁，但已经不再 17 岁，想当年，我们可能因为生活中的丁点挫折，已泪流满面。

遗憾的是，由于编辑部的工作失误，我们在昨天的报纸上做了一个十分错误的标题，妄言你的伦敦失利是“中国女举最耻辱一败”。

其实，我们已经知道你足够努力，我们更知道你还只是个孩子，但却忽略了胜败乃常事，体育竞技中体现出的追求更高、更快、更强的精神才是最为宝贵的要旨。你既已上场，并全力以赴，已是我们的英雄。

周俊妹妹，我们为我们的低级错误郑重向你道歉，并盼你以后的路越走越好，最重要的是，要快乐，我们会一直为你守望。

特此致歉

都市时报

央视《共同关注》和《厦门商报》也分别对报道中出现的差错进行了更正和道歉。8 月 10 日，央视《共同关注》栏目在报道刘翔伤情的时候，新闻图片使用不当，刘翔受伤的是右脚，结果在新闻图片当中，居然在左脚上打了绷带，引起网友不满。《共同关注》节目组于8月11日在节目的官方网站作了更正和道歉。

西方一些主流大报在出现差错后，往往不仅坦然更正，而且说明原因，向读者和当事人道歉。美国报纸把主动、及时更正差错作为一项工作规范。《纽约时报》长期以来在第一单元显著位置刊出更正专栏，而且规定了更正的规范写法，不仅写明错在哪里，还要准确说出什么是正确的，让读者看得明明白白。

重视更正差错，也是近代以来我国报纸逐渐形成的一个传统。以新记《大公报》为代表的中国近代报纸，确立了以更正为主的报纸纠错机制，自我纠错成为许多近代报人的自觉意识。战争年代，毛泽东曾亲自为报纸写过一些更正。《毛泽东新闻工作文选》中的《书报上的错误必须更正》一文，就选录了他为《北平解放报》写的五条更正。① 可惜，这一传统没有得到很好的继承和发扬。

媒体在报道中出现差错，在所难免。俗话说，老虎也有打盹的时候。在繁忙和紧张的工作中，有时难免发生疏漏。再说，新闻事实有一个发展的过程，最初的报道和评论可能就有不准确之处。问题在于，如何认真对待差错，及时纠正差错。这是对事实负责，对受众负责，对当事人负责。

我国有“闻过则喜”的古训，但是，现实中有多少人能践行“闻过则喜”闻过则赖，却并不鲜见。这些年来，报纸越来越厚，差错随之增加，已经不是“无错不成书，无错不成报”可以概括的了。有的报纸如果把几天的差错都找出来，简直可以拉一张长长的勘误表。可是，除了极少数报纸设有更正栏目外，绝大多数媒体并没有建立起及时更正和道歉的制度。许多媒体明明发生了比较大的差错，也赖着不更正、不道歉。有时迫于压力，不得不登一条更正，也是羞羞答答、扭扭捏捏、语焉不详，尽量掩饰差错，仅仅是交差而已。媒体是给受众提供准确信息和公正评论的，如果新闻和评论中有严重差错，不仅不能起到传播信息、引导舆论的作用，反而会有负效应。

一些媒体忽视更正，恐怕是担心丢面子，影响发行量、收视率、收听率，特别是当前媒体间竞争激烈，更加剧了这种“更正恐慌症”。其实，这是一个大大的误区。及时更正差错并向当事人和广大受众表示歉意，这种做法不仅不会使媒体的可信度、荣誉度下降，相反会给受众一种可亲、可信的感觉。诚如《纽约时报》发行人庞奇·苏兹贝格所说：“我不认为我们会因为承认错误而失去什么，相反，我们这样做只会加强我们的地位。”

（原载《青年记者》2012年9月下）

① 毛泽东：《新闻工作文选》165－166页。新华出版社出版，1983年12月第一版。

“茶水发炎”闹剧重演说明了什么

批评要出以公心和善意，是建设性的，绝不能图一时之快，甚至为了吸引眼球，不顾效果。2011 年曾发生过的“茶水发炎”事件，最近又再次出现。这不能不引发对某些记者职业道德缺失的思考。

2012 年 7 月 29 日，中央电视台《焦点访谈》透露，记者在石家庄男科医院博大医院尿检时，故意做了点文章，送检的样品并不是尿液，而是一小杯绿茶。尿检报告表明，小便里面有白细胞，有细菌、霉菌、杂菌、淋球菌，记者也因此被说成重度肾虚、前列腺炎、附睾炎等。

2007 年，就有记者为了揭露无良医生导演过“茶水发炎”事件。他乔装成患者，用茶水冒充尿液，到杭州 10 家医院化验，其中 6 家检出阳性。这件事引起医疗界和一些媒体的激烈争论。起初媒体占上风，包括人民日报在内的许多媒体载文，纷纷指责医院和医生，但是全国 92 家三甲医院联合以实验得出结论：茶水当成尿液检验，九成化验单呈假阳性，从而说明问题并非出自医院，而是出自少数媒体的“大胆创意”。在确凿证据面前，最终这些媒体败下阵来。人民日报也来了个 180 度转弯，发表题为《“茶水发炎”与媒体责任》的时评，指出：“媒体记者假扮患者、伪造病史的‘游戏’，不仅违背了新闻职业道德，也干扰了医学诊断和治疗的严肃性。”

可是，我们的个别记者似乎记性太差。居然在五年之后又导演了同样的闹剧。这是否说明新闻职业道德建设任重道远？

这次“茶水发炎”事件再出江湖，记者把自己装成患者，用近似诈骗的手段，去证明医院和医生“过度治疗”“高额收费”，这种故意设圈套的“钓鱼式”手段，违背了职业道德，也达不到“高尚”的目的。世界上不少国家都有相关文件，规定记者要严守道德规范，不搞欺骗式采访。美国普利策奖的评委指出：“报纸本身获取新闻时不诚实，怎能为诚实和尊严而奋斗？”CNN 有线电视新闻网规定了采用非常规手段采访的严格条件，俄罗斯新闻工作者职业道德准则规定：“在从事新闻工作中，新闻工作者不得采用不合法和卑鄙的方式获取信息”。在这次“茶水发炎”事件中，记者并不是不能采取正常手段获取事实。最简单的方法，就是先到其他可信的医院，化验尿液，其实那位记者已经这样做了，再拿尿液到这家男科医院化验，从比较中看是否存在问题。五年前的那次事件，如果还可以用记者缺少常识、不够严谨解释的话，那么，这次故伎重演，就难以用同样的理由辩解了。

当前，我国医疗界确实有许多弊端，特别是不少民营医院存在欺诈行为，引起公众不满。记者负有舆论监督的责任，应当选择带有普遍意义的典型事例，进行批评揭露，促进他们改弦更张。这种批评要出以公心和善意，是建设性的，绝不能图一时之快，甚至为了吸引眼球，不顾效果。在医患关系已经比较紧张的情况下，类似"茶水发炎"这种闹剧，只能给医疗界抹黑，并进一步加剧医患矛盾。

"茶水发炎"，从采访方法看，属新闻暗访。批评制造"茶水发炎"事件，并不意味着完全否定新闻暗访。新闻暗访，是记者隐瞒身份、目的，通过秘密手段获取新闻事实的一种必要的调查手段。我国相当长一段时间，是不允许暗访的（至今仍有争论）。这些年随着改革开放的深入，新闻观念更新，暗访也常被使用，而且有不少成功的例子，例如关于揭露地沟油、黑矿主"封口费"的报道等。南京"冠生园"用陈馅做月饼的事实，是记者隐瞒身份，暗暗蹲守了一年时间，才获取的，在全国引起很大反响。可以说，没有新闻暗访，就没有许多重要的舆论监督报道。但是，暗访是在正常访问无法得到真实情况下采取的采访方式，不能随意采用。时隔五年之后再现"茶水发炎"闹剧，除了反映新闻职业道德的失范，还说明某些媒体和记者对什么是暗访，什么是介入式暗访，在什么情况下才能采用暗访手段，以及暗访中应注意之点这些问题，不甚了了。

媒体的公信力，是其核心竞争力。放弃舆论监督的责任，会影响公信力；同样，采用不恰当的手段搞所谓的"舆论监督"，也会损伤公信力。传媒大亨默多克旗下的英国《世界新闻报》由于身陷"窃听门"丑闻而停刊，默多克的"传媒帝国"因此遭受严重损失，急剧走下坡路，连英国首相卡梅伦都受到牵连。我们曾批评《世界新闻报》滥用新闻自由，难道不应从中汲取一点教训吗？

（原载《青年记者》2012 年 8 月下）

我看媒体叫板部委

《审计:还是老面孔,还是老问题!》,这是6月28日,央视《新闻1+1》评论审计署年度审计报告时,用的标题。主持人白岩松调侃说,这是"年年做体检,从来不治病"。另外,他在报告中找到很多虽搞笑但令人不能轻松起来的内容:计生委两千元就能从下属部门购买两辆轿车,文化部车辆近半系超编,民政部原价值77.18万元的客车卖2.2万元。白岩松戏称:"我这直拍脑门怎么没卖给我们呢。"他最后提出:应该用一场问责风暴重塑审计公信了。

这是媒体公开质疑中央部委的一例。这两年,这类媒体叫板部委的事儿,屡屡发生,如关于三公消费、食品卫生、医疗改革等等,媒体都曾根据公众的呼声,对部委的某些具体规定、意见提出过质疑,甚至发生过争论。

给我印象最深的,是2010年12月,媒体报道称"食用油企业大面积停产已现先兆",国家发改委在其官网称媒体报道严重失实,《华夏时报》发表声明,对此加以反驳,坚称:本报记者深入现场,报道提到的食用油企业停产有现场调查、录音及文字记录为依据。有关部委的网站声明也证实:文中提到的汇福粮油集团在报道之时的确处于停产状态……报纸的声明,言之凿凿,十分强硬。

这些对部委说"不"的报道,体现了媒体的相对独立性。西方媒体常强调其独立性,说媒体是第四种权力,其实,没有绝对独立的媒体,他们也常常受到政府、党派、大老板的制约。但是,值得注意的是:西方的制度和中国虽然不同,而媒体具有相对独立性,却是共同的规律。我国民国时期的著名报人张季鸾提出的"四不"(不党、不卖、不私、不盲),也是对《大公报》独立办报方针的宣示,至今对我们认识媒体的独立性仍有启迪。

在以往相当长的时间里,我国的媒体可以说没有太多独立性可言。报道多是单向传播,自上而下地灌输,公众的声音得不到很好的反映,许多"新闻"甚至仅仅是政策的印证,更谈不上对某些政策规定质疑。改革开放以后,新闻观念逐渐更新,舆论环境渐趋宽松,才给媒体叫板部委创造了前提条件。

没有媒体的相对独立性,就谈不上真正发挥媒体的功能。媒体的主要功能,是传播新闻信息、引导舆论。没有一定的独立性,何谈发布独家信息?何谈用新闻手段引导舆论和舆论监督?所以,媒体叫板中央部委,是媒体功能的回归。我国的媒体既是党和政府的喉舌,也是人民的喉舌,是人民利益的代言者,舆论监督主要是代表人民利益对权力的监督。媒体叫板中央部委,可以说是我国社会主义民主建设的发展,是社会的进步。

叫板部委,是否与媒体的党性对立?否。媒体党性的要求,是与党中央在政治上保持高度一致。党的宗旨是全心全意为人民服务。"权为民所赋",近年来,我们不断强调紧紧依靠人民群众,诚心诚意为人民谋利益,从人民群众中汲取前进的不竭力量。特别是当前改革进入深水区,形势复杂多变,不确定性增加。部门的有些具体政策需要在实践中检验,在倾听群众意见中得到完善。在这种情况下,对部委的具体政策提出质疑、批评、意见和建议,反映公众的意见,正是媒体坚持党性原则的表现。

实际上,媒体叫板部委,对政策的完善产生了很好的效果。近期最有说服力的一个例证,是由于媒体的质疑,7 月 6 日删除了著作权法修改稿草案中引起音乐界诟病的条款:"录音制品首次出版 5 个月后,其他录音制作者,可不经著作权人许可,使用其音乐作品制作录音制品",从而堵塞了一个盗版的途径,维护了著作权。媒体叫板部委,对反腐倡廉的作用也不容忽视。监督,是腐败的克星。高层强调要创造条件让人民监督政府,媒体公开对部委的某些具体政策提出质疑和意见,正是监督政府、反庸倡廉的一个方面。

当然,媒体叫板中央部委,必须真实、客观、准确,顾大局,负责任,目的在改进工作,维护人民利益,而绝不能瞎起哄,乱打炮。去年众多媒体齐声炮轰国税局所谓 47 号文件("修改征收个人所得税若干问题的公告"),后经公安机关查明系上海励某杜撰而成。媒体叫板部委,结果却自摆乌龙。这是一个教训。

从一定意义上讲,媒体强,则国家强。就政府部委而言,要提高媒介素质,做到信息公开,善于和媒体平等交流,正确对待媒体叫板,接受媒体监督。

(原载《青年记者》2012 年 7 月下)

从华莱士想到赵敏恒

美国著名记者、主持 CBS 电视节目《60 分钟》38 年的迈克尔·华莱士,4 月 7 日逝世。一代新闻怪杰落幕,引起我国媒体热议。有人发出“中国何时才会有自己的华莱士”之问。而我却想起了大学时未曾接受其面授的国际新闻之星赵敏恒教授。两位新闻奇才,肤色不同,经历不同,风格不同,命运迥异,但他们共同诠释了新闻人的职业精神:求实为本,正义至上。

人们都特别被华莱士近于“审讯”的辛辣主持风格所吸引,其实,这只是他追寻事实真相的一种手段。他在生前还写了座右铭“他粗鲁,但是公正”。求实为本,正义至上,才是他奉行的最根本的东西。

这在他对邓小平的采访中得到了体现。1986 年,对西方来说,中国还是神秘的,不少西方媒体对中国抱着质疑甚至敌视的态度。华莱士向邓小平提出了 20 个问题,包括中美关系、中苏关系、台湾问题、中国的经济和政治改革、干部退休制度,以及邓小平以后的中国会怎样,等等,可以说每个问题都提得尖锐,直指要害,小平同志一一从容作答。华莱士通过他的报道,第一次把改革开放以后的真实的中国,展现给了西方,也凸显了他的严守正义。

华莱士自己说,为了这次对邓小平的采访,事前在中国南方了解改革开放的情况,并读了大量关于邓的书籍和剪报,还同一些见过邓的人交谈,了解邓的性格特点,最后坐下来冥思苦想采访提纲。为了真实和正义,华莱士是从不吝惜付出的。这正是他成功的重要原因。

赵敏恒教授,这位曾蜚声中外的新闻之星,现在恐怕连新闻圈内知道的也不多了。我 1954 年考入复旦大学新闻系后,有时在新闻系办公楼附近的甬道上,见到这位身着西服、体魄健壮的中年人。当时他是新闻采访与写作教研室主任,但好像无事可做,只能担任一点专业英语的教学工作。第二年,肃反运动中,他被警方以“国际间谍”“特嫌分子”罪逮捕入狱,1961 年死于劳改中。一代报坛奇才,就这样被扼杀了。

直到 1982 年,赵敏恒教授被平反、恢复名誉,他的事迹才逐渐流传开来。

赵先生早年就读于密苏里大学和哥伦比亚大学新闻学院,并获硕士学位。20世纪三四十年代,他任职路透社驻华记者时,屡屡创下震惊世界报坛的纪录。据复旦大学徐培汀教授的研究,举其要者:

最早报道“九一八”事变。1931年9月18日,日本关东军在沈阳郊外炸毁南满铁路,炮击沈阳,蓄意制造“九一八”侵华战争。赵敏恒最早作了报道,比南京国民政府早6个小时。

最早报道“西安事变”。1936年12月12日,震惊中外的“西安事变”发生。赵敏恒是全世界第一个报道者。

最早报道“开罗会议”。1943年11月22~26日,中、英、美三国政府首脑在埃及开罗开会,讨论对日作战,要日本无条件投降。赵敏恒得知同盟国的元首们聚集开罗,立即断定开罗在开国际重要会议。他多方采访,写成一条开罗会议新闻。据南京大学教授陈玉申考证,赵敏恒得到确凿证据后,才发出新闻,比美联社、合众社、国际新闻社早14小时公布开罗会议消息,轰动了整个世界。

抗战时期,赵敏恒奔忙于各个战区之间,揭露日军侵华阴谋和罪行,报道了大量的抗战消息。他不顾国民党的压力,及时报道了震惊中外的皖南事变,并指责国民党政府不顾大局,做出了亲者痛仇者快的事。对此,周恩来同志曾向他表示感谢。

报道开罗会议后,赵敏恒绕道非洲南部回国途中,在西非亲眼见到英国在非洲的殖民统治,非常气愤,写了不少揭露英国在非洲殖民统治的通讯,在重庆《新民报》陆续发表。这一下子触怒了英国政府,他们要路透社开除赵敏恒,并不准将这些报道汇编成书出版。他们还要赵敏恒写检讨,但遭到赵敏恒严词拒绝。他毅然辞去路透社的工作,拒领退职金。不久后,应陈望道之邀,到复旦大学新闻系任教。

赵先生不仅具有高度的新闻敏感和惊人的捕捉新闻的能力,他的拳拳爱国心和坚守真实正义的精神,更令人崇敬。

赵敏恒半个世纪前已经离开我们,华莱士也已离去,但他们的职业精神,对当今的新闻人来说,是宝贵的遗产。让我们把赵敏恒和华莱士当作一面镜子,拂去非专业主义的灰尘,挣脱旧的新闻观念和新闻过度商业化的束缚,以高度的社会责任感,不懈追寻事实真相,坚守正义至上。

(原载《青年记者》2012年6月下)

不畏艰辛:做好记者工作的起码要求

一

我 1958 年复旦大学新闻系毕业后,分配到新疆日报工作。在 30 年的新闻生涯中,多数时间是做夜班编辑,同时也多次外出采访,曾四下边远贫困的南疆喀什、和田、克孜勒苏柯尔克孜自治州,每次几个月到一年左右的时间,亲身感受到了记者工作的艰辛。

如实报道新闻事件,是记者的天职。不畏艰险,是记者必备的素质之一。战争年代的军事记者往往是在枪林弹雨中采访。我国著名记者范长江当年只身深入险地采访,面对随时都有可能送命的威胁,毫不畏惧,最后写出了《中国的西北角》,第一次报道了红军长征。谈到这段经历时,他说:"记者本亦视生命如草芥之人,唯总觉得必须保持生命到完全将观察所得报告给读者为止,始不负此行。"

记者顶着"无冕之王"的光环,似乎很风光,其实记者工作既是艰苦的脑力劳动,也是艰苦的体力劳动,甚至是有风险的职业之一。我第一次去外地采访,就是到远离报社 1500 公里的南疆喀什。"不到新疆,不知中国之大,不到南疆,不知新疆之大"。正值数九寒天,零下 30 多度,我和同行的人们,乘坐大卡车,晓行夜宿,经过六天的旅途,才到目的地,虽然脚踏厚毡筒,下车时脚都冻得没有知觉了。倒霉的是,我有晕车的毛病,路上一直恶心难受,3 天内几乎米水未进。在以后的日子里,我曾骑马摔在马下,遭遇过洪水围困,也有过乘车遇险的经历:一次乘车过天山大坂,汽车在山坡的窄道上快速下行,突然,刹车失灵,很可能滚下深谷,导致车毁人亡,乘客纷纷叫喊着要跳车逃生……所幸,驾驶员迅速采取紧急措施,才把我们这一车人从鬼门关拉了回来。

这段经历,使我初尝了记者的艰苦滋味。

二

"涉浅水者得鱼虾,涉深水者得蛟龙",记者采访需要不畏艰辛,真正深入第一线,尽量捕捉第一手的材料。在我的记者生涯中,印象最深的,是对民丰县惊天动地的“8·18”水利工程的采访。

民丰是新疆最边远的一个县。地处塔克拉玛干大沙漠南端，南越昆仑山与西藏改则县接壤，气候恶劣，每年250天有沙尘，严重干旱，不仅农业上不去，人们饮水也困难，当地维吾尔老乡走亲戚，常常送一葫芦水。从1966年开始，民丰人民以“愚公移山”的精神，依靠一把铁锹一双手、一把大锤一杆钎、一盏油灯一只桶，历时五年，投入30余万人次，挖运土方5.1万立方米，在昆仑山麓岩石峭壁中凿山引水，开凿出一条长5656米(加运送土方隧道共7120米)、宽1.8米、高1.9~2.35米不等的人工隧道和33公里明渠。工程创造了堪比红旗渠的壮举，一举改变了民丰县缺水的状况，实现了粮食自给有余。

20世纪70年代初，工程即将收尾时，编辑部派我和几位年轻记者，乘长途汽车迎风沙，冒酷暑，来到这个沙漠边缘仅有万余人的小县。由于去工地路途艰难，我们考虑过请建设者到我们的住处交谈。但是，最终还是决定克服困难，直接到现场去采访。首先遇到的问题，是如何进入正在修建的隧洞。那里本来没有路，只有一条人们在陡峭的山坡中踏出来的勉强可以过去的小道，山下是深谷，听说有的老乡从这里掉下去而丧命。我们每天要弯着腰一步一步挪动到隧洞。担心我摔下去，一位年轻记者总是在我身旁保护着。采访都是在黑暗的隧洞里进行的，靠一盏油灯照明。我们在和田日报一位优秀翻译的帮助下，采访了数十位参与工程的农民和干部，亲眼见到了隧洞的情况，掌握了大量材料，包括一些生动的细节，完成了报道任务。经报纸宣传，民丰“8·18”精神成为全疆自力更生、艰苦奋斗修水利改变面貌的榜样。2011年，民丰还举行活动隆重纪念工程通水40周年，弘扬“8·18”工程彰显的民丰精神。全国许多媒体作了报道。

当然，用今天的眼光来看，这个工程并不算大，修这样的工程，不仅要有“愚公”，还要有“智叟”，可以用现代化机械完成。但时光不能倒流，民丰农民的精神仍然是可贵的。我们作为记者，这次深入现场，不仅完成了报道任务，而且从朴实勤劳的民丰农民那里受到了一次深刻的教育。

三

在十一届三中全会之前，我们的思想受到禁锢，农业报道往往是年年唱“四季歌”，工业报道则是“开门红”“双过半”“完成计划”等内容循环往复，缺少新鲜的群众生动实践；所有报道几乎都是报喜不报忧，极少有提出新问题的，更谈不上舆论监督，新闻写得刻板、公式化，缺少吸引力。我当时经常有头条稿子上报，一时间被称为“王头题”，但是，遗憾的是，没有留下多少像样的新闻作品。当然，教训也是财富，它成了我逐步认识新闻规律的反面教材。

这些年,我国记者的整体素质大幅提升。2008 年汶川大地震发生后,中央和各地媒体的许多记者奔赴前线,参加了抗震救灾这场没有硝烟的战斗。许多人都经受了生死的考验。还有许多记者冒着风险,揭露"黑窑主"、毒奶粉、地沟油等事件,维护了人民的利益。他们以自己的行动,诠释了新闻记者职业精神的内涵,让我这个"老记者"自愧弗如。

媒体是破浪前行的社会大船的守望者,新闻记者被誉为灵魂工程师。当前我国改革进入深水区,国际形势复杂多变,国内各种社会矛盾凸显,多元文化、不同价值观在碰撞博弈,急需媒体进一步提高舆论引导水平,推动社会进步。在这种情况下,上面说的不畏艰辛,只是一个起码的基本要求。记者不能只是"跑腿的"(英语"reporter"的谐音,旧时有人曾以此称"记者"),还应该是思想者、政治家。要有坚定的信念,坚强的社会责任感,坚持真理的精神,按照新闻规律办事,把一篇篇真实、客观、全面而又引人入胜的报道,捧给受众。

但是,时下新闻单位仍存在机关化问题,一些记者也比较浮躁,懒于动腿动脑,常常出入于会议和机关单位,凭第二手、第三手的材料写稿子,即使到基层,也是蜻蜓点水。从网络上"淘"稿子,从别人的报道中"套"新闻,凭道听途说甚至向壁虚构写报道。用空话套话代替事实,成了某些人写稿的捷径,导致媒体上屡有不实新闻、空洞稿件出现,影响了媒体的公信力。

某些传统的"长官意志"设置的框框,还在束缚着记者的头脑;媒体的过度商品化,又成了干扰按新闻规律办事的重要因素。有的为了追求"眼球"效应,炒作"新闻",夸大事实,有的搞"有偿新闻",有的回避某些有价值的报道,更不敢搞舆论监督,削弱了媒体提供新闻、引导舆论的作用。

2011 年,中央倡导记者走基层、转作风、改文风。这项活动具有激浊扬清、正本清源的现实和深远意义;是新闻界打基础、树正风、育新人的一个重大工程。开展"走转改"以来,涌现出大量鲜活的反映人民心声的新闻,记者作风明显改进。相信随着"走转改"的常态化,我们的记者队伍将更纯洁、职业素质更高。

(原载《青年记者》2012 年 5 月下)

媒体“卖活动”和媒体的公共性

媒介“已经发展到了卖活动的阶段”。这话是人大新闻学院教授喻国明首先指出的。我理解喻先生的意思，是说了不少生活类报纸的实际状况，并不是力推“卖活动”。近年有的媒体策划的活动和对活动的报道越来越多。如何把握好媒体搞活动的报道和媒体公共性的关系，是一个值得思考的问题。

把策划活动单纯与“卖”连在一起，是媒体过分追求商业化的倾向。组织和开展活动，直接服务社会，本是媒体的一个传统。早在19世纪，美国报纸就曾为建造自由女神像发起募捐活动。后来我国媒体也有类似活动。邹韬奋创办的《生活》周刊曾发起向抗日的东北义勇军捐款的活动。战争年代，党报延安《解放日报》及重庆《新华日报》常有活动，而且对公众的服务既直接又具体。

20世纪80年代中期崛起的都市生活类报纸，社会功能更加多样，特别是由于市场化程度提高、竞争激烈等原因，形形色色的活动可以说不胜枚举。凡做得好的，不仅服务了公众，而且扩大了自身的影响。如前些年针对农民工找工作难的问题，《齐鲁晚报》首次发起的农民工专场招聘活动，《华西都市报》为了送被拐卖的孩子回家发起的“孩子回家活动”及其报道，都取得了极好的效果，让人至今难忘。《生活日报》近年策划的福利院领“福娃”回家过年活动，也使“福娃”受益，并让人感到社会的温暖。

媒体报道自己策划的活动，必须明确媒体的公共性，防止走入误区。

公共性是媒体的基本性质之一。所谓公共性，指媒体是社会公共资源，要全面准确客观地为公众提供其需要的新闻信息，并以此影响社会舆论，担当起应有的社会责任。我们不多用“社会公器”这个说法，其实，从为公众服务的作用来看，它确实是“社会公器”。我们党领导的媒体是党和人民的耳目喉舌。这与“社会公器”的说法并不矛盾。“权为民所赋”，在我国，党的根本宗旨是为人民服务，“为公”，最根本的就是“为人民”。

但是，也有的媒体活动及其报道，忽视公共性，在很大程度上把为“公”服务，变成了为“私”服务。试举几例：

随意夸大活动的效果,以宣扬媒体自己。有的活动报道与事实的新闻价值严重背离。如某报发起的一项老年登山活动,连续报道了6天,占据了大量版面,实际上参加登山的只有100人,而且多数是年轻人。区区小事,有多少人关注?两会本来是人们关注的大事,不久前全国两会举行期间,有的媒体却不止一次把自己策划的一项活动的预告消息,用大字标题发在头版头条,而把两会的重要新闻甩到后头。

媒商联姻,共同获利。不久前某媒体举办一场演唱会,报道中宣传是公益演出,其实,只有部分门票是赠送,多数门票却是出售的,且最高票价高达800多元。演出现场,"赞助商"的宣传也多得让人心烦,商业味浓重,公益性大打折扣。

把"为公"变成为少数人。某报曾开展"新婚送号外"活动,在新人结婚时有偿替新人制作一张大幅带有报纸名称的"号外",内容主要是新人的恋爱经历等。它曲解了"号外"的含义,仅仅是为少数人服务。此项活动并未继续搞下去,却在内部被评为"公众服务奖"。这个奖项的名称,显然是从普利策新闻奖的"公共服务奖"拿来的,真可谓"东施效颦"。普利策新闻奖公共服务奖,并不是奖励什么活动的报道,如获2011年度公共服务奖的,是《洛杉矶时报》曝光加州贝尔市官员挪用公款给自己发高额工资。这是一条"负面新闻",从广义上讲是为公众服务的。

媒体活动发生这些问题,暴露了某些媒体严重的眼球情结和过度的逐利倾向。活动是媒体事先策划的,对活动的报道又是自己进行的。在信息传播过程中,信息和信道重叠,当中缺少"把关人"。如果忽视公共性,把社会效益置于脑后,握有话语权的媒体就容易"自说自话",把吸引眼球和经济效益当成最高追求,产生上述变"公"为"私"的问题。

媒体不同于其他部门和组织,其服务公众,主要是为他们提供有用的新闻信息。媒体自己策划的活动报道多了,真正的自然状态的新闻就少了。媒体通过活动报道过度宣传自己,不仅收不到扩大影响力的效果,反而有损公信力。提高新闻报道质量,才是媒体提升核心竞争力的根本途径。因此,活动不宜太多,关于活动的报道不能过滥,要防止这种媒体过度商业化的倾向。

(原载《青年记者》2012年5月下)

杀人，媒体可能也是凶手？

3 月 27 日，央视《新闻 1 + 1》节目评论哈医大医院杀人事件，引起舆论广泛关注。许多媒体转载时，标题都用原题《杀医生：我们可能也是凶手》。这不是耸人听闻，是对我们媒体人的提醒。

3 月 23 日，哈医大医院发生一起令人震惊的杀人案。17 岁的嫌犯李某某，误认为医生不给他看病，心生不满。来到医生办公室后进门就对四名医生行凶，导致一死三伤，死者系正在实习的硕士研究生王硕，一位风华正茂的未来医生，就这样离开了人世。搜狐网在转载这个悲剧的报道后，征集读者投票，结果显示 65% 的投票者竟然是“高兴”。其中一条评论是“应该举国欢庆啊！鞭炮响起来！小酒喝起来！音乐开起来！”

哈医大医院杀人事件，不是一起医疗纠纷。因为嫌犯杀死的医生跟他的治疗没有关系，而且医院的治疗也没问题。医生是一个肩负着治病救人使命的高强度、高风险职业，绝大多数医生都在兢兢业业地为患者服务。笔者有许多亲身经历可以作为例证。几年前，笔者所在的城市也发生过病人杀医生的事件。在精神卫生中心，一名精神病患者残忍地杀死一位颇有成就的给他治病的医生。第二天，笔者去这家医院拿治失眠的药。医院的气氛有些紧张，但是医生们仍然坚守岗位，令人尊敬！我不是说，时下没有医患关系问题，但原因比较复杂，如社会诚信的缺失，医疗体制问题导致的看病难、看病贵，个别医生的态度不好或技术欠佳等，都是原因。

这些年发生的几起杀医生的事件，多是偶发的个例，并不都是医患关系问题，某些报道的“破窗效应”叠加了这类事件的负面影响，加剧了医患矛盾。正如《新闻 1 + 1》主持人白岩松所说：“媒体也应反思。在过去许多事件当中，媒体应该就事论事，而不应当在报道中有意识地用吸引眼球的方式，确立一种仇恨，甚至在鼓励一种仇恨。”时下某些市场化程度高的媒体，把商品交换的游戏规则融入新闻报道领域，一切向钱看，点击量、收视率收听率、发行量，成了他们最主要的追求目标，社会效益只是挂在嘴上的东西而已。这是某些报道产生副作用的主要原因。

加剧医患矛盾是媒体报道负面效应的一个突出的方面,此外还有其他许多方面。除了片面追求眼球效应以外,缺乏辩证的观点,是另一个重要原因。

新闻报道的社会效应,是一个复杂的问题,需要辩证地全面地加以考量。“负面新闻”和负面效应、“正面新闻”和正面效应不完全是一码事(这里的“新闻”指新闻事实,下同)。“负面新闻”报道由于议题设计不当等原因可能产生负面效应,但也常常产生正面效应。如一些恰当曝光不良现象的新闻,产生了极好的舆论监督作用,甚至影响了政府的政策。“正面新闻”报道常常产生正面效应,也可能产生负面效应。大跃进时代,那些歌功颂德的“放高产卫星”报道,是“正面”的,但有些地方发生缺粮,甚至饿死人的事,和报道也不无关系。再如,在一般情况下,宣传带病坚持工作、少年见义勇为,也会产生副作用。

新闻报道的正面效应和负面效应不是绝对的。事件本身的性质、此报道和相关报道的关系、国内外的形势、各层次读者的心理等因素,都会影响报道的效应。对新闻报道效应的估量不能简单化。有些事件的报道,不仅有正面的效应,也有负面效应,如果预估到负面效应大,又不易消除,就不宜报道或不宜过度宣扬。如最近某报头版用大标题《他们,凭啥这么牛?》,突出报道一人驾无牌“保时捷”被查后逃跑,就可能助长“仇富”心理。其实,无牌驾驶“保时捷”逃跑,与无牌驾驶小“奥拓”逃逸,性质是一样的。

避免负面效应,还要注意报道的平衡。美国报业发行人协会所订的“具有特殊成就的报纸”四项标准中,有一项就是“必须顾及各种新闻的平衡”。平衡,不仅指报道领域、地区的平衡,更重要的是不同新闻来源提供的事实的平衡、不同观点的平衡。这种平衡法,有助于接近事物真相和让人们公正客观地辨别是非,从而避免负效应。

杀人,媒体可能也是凶手,这是极而言之;但报道产生负面影响,却是时有所见。信息公开透明,是民主监督的前提,媒体要满足受众的信息需求,但不等于“有闻必报”,要特别重视导向,避免产生负面社会影响。

(原载《青年记者》2012 年 4 月下)

请媒体善待草根明星

近年来,我国涌现一批草根明星,被称为“中国的苏珊大叔”的山东农民歌手朱之文,就是其中的佼佼者。媒体给草根明星提供了展示的平台,对他们的成长和走红起了至关重要的作用。但是,值得注意的是,也有一些媒体,不顾社会责任,只讲眼球效应,对他们造成伤害。

朱之文出生在一个非常贫困的家庭,自幼失去父亲,小学二年级就辍学。他有一副音域宽广、音色浑厚洪亮的好嗓子,从小喜爱唱歌。在极端艰难的情况下,二十多年如一日刻苦自学,成为出色的“中国最会唱歌的农民歌手”。去年 3 月,他在山东电视台唱《滚滚长江东逝水》,似杨洪基美声再现,技惊四座,引起轰动。后来又走进央视春节晚会的大舞台,红遍大江南北,不仅有全国各地乃至欧美的大量粉丝追捧,还受到权威声乐教育家金铁霖、马秋华夫妇和著名歌唱家杨洪基、李谷一、蒋大为、乔军、于文华、韩红等的高度评价。

被称为“大衣哥”的朱之文,不仅歌唱得好,坚持追逐自己梦想的执着精神令人感动,而且淳朴、善良,有爱心。他用在比赛中得到的第一笔奖金,给村里安装了变压器和健身器材。有人出百万让他代言,被他拒绝。在白岩松主持《新闻年鉴 · 中国 2011》中,他被称为“美丽中国人”,真可谓“德艺双馨”。作家彭学明专门为朱之文写了一篇题为《一株玉米的歌唱》的文章。文中说他唱得“极为专业!又极为乡土!乡土与专业如此完美地交融,就既有了品位,又有了真切!说实在话,我是看演出比较多、听歌比较多的。无论专业歌唱家还是业余歌手,我还真很少听到有人唱歌唱得如此美妙、如此震撼。当那些专业的歌唱家靠音响来装饰声音时,当那些明星歌手靠假唱来欺骗观众时,一个农民歌手真实地道而又专业美妙的声音,着实能让中国所有的专业男歌手黯然失色!”

对这位可亲可敬的农民歌手,有的媒体却向他大泼脏水。一家省电视台,为朱之文作了一期节目,那位脱口秀者,竟然口出不逊,说朱之文完全是炒作出来的,任何人都可以唱出他那样的水平,他的大衣和绒帽,不过是道具而已。这简直不值一驳,其实,看看他最初的视频,那张带着菜色的脸庞和长满硬茧的手,以及他家中的境况,就可以说明一切。

在东方卫视的一档节目里,一位资深媒体人慷慨激昂地驳斥“炒作说”,指出他一个人默默无闻地在一个小农村里厚积了多少年,等到他出现在我们的视野的时候,我们顶级的歌唱家都震惊于他的嗓音与歌唱,这才是我们中国传颂的锋从磨砺出!

就像发现了金矿,多家媒体竞相挖掘,不顾朱之文的疲劳。在北京,有一天上午竟然有五家新闻单位采访他,下午又有两家电视台请他录节目,把他累得回到酒店就躺下,嗓子也嘶哑了。还有过分溢美的,竟把他称之为“歌神”,把他唱的叫“神曲”。以上那些溢美之词,不正是当年鲁迅先生说的“捧杀”吗?

再就是歧视。朱之文当上了菏泽市政协委员,可以说是实至名归。因为无论其影响力、代表性和做人的品格、在人们中的口碑,他都有这个资格。可能程序上粗糙了一些。至于有无参政能力,也用不着怀疑,他很重视这件事;由于走南闯北,已有相当的积累,绝不会成为“摆设”委员。政协有这样的人参加,有助于扩大代表性,充分发挥参政议政的作用。有家媒体发了篇评论,说朱之文当委员,是“政治之殇”,好大的帽子!

所谓“草根”,是与“精英”相对而言的,他们之间,有专业上的差距,却没有社会地位的高低之分,也没有绝对的鸿沟。阿炳(原名华彦钧)不就是一位地道的“草根”吗?双眼失明的他,刻苦钻研,从民间汲取营养,创作了200多首歌曲,《二泉映月》成为杰出的传世之作,深受国内外的赞誉。“精英”和“草根”可以取长补短。“草根”需要提高文化素养和专业水平;专业歌唱家更需要学习“草根”的质朴,多接地气,贴近生活,而不能以傲慢的态度歧视“草根”。

每位草根明星都有自己奋斗的艰难过程,但就这个群体的出现而言,是改革开放以来贯彻“双百”方针、文化繁荣的一个表现。草根明星要不断发展,让梦想走得更远,需要个人奋斗,还需要社会的关爱、媒体的支持。善待“草根”,支持健康向上的朱之文们,是媒体特别是娱乐媒体的责任。

(原载《青年记者》2012年3月下)

从一次新闻学术讨论会说起

20 世纪 80 年代初,西北五省(区)举行了一次新闻学术讨论会。当时正是中央号召解放思想、拨乱反正的时候,会议充分发扬民主,开得非常活跃,给人留下深刻印象。

讨论会是 1980 年 5 月在兰州举行的。兰州军区和甘肃省委对会议十分重视。兰州军区司令员兼政委肖华、中共甘肃省委第一书记宋平(后任中央政治局常委)亲自与会。著名儒将肖华在大会上做了一个精彩的报告,鼓励新闻工作者深入基层,写出反映时代、群众喜闻乐见的好新闻作品。大会不设主席台。抗战时期曾任重庆新华日报编辑部秘书长的宋平,和其他与会人员一起坐在台下听会,还不断记笔记。中宣部新闻局的两位负责同志也到会。

参加会议的包括我国杰出的新闻理论家复旦大学王中教授(带着研究生李良荣)、中国人民大学甘惜分教授(带着研究生童兵),以及中国社科院新闻所研究生院、暨南大学新闻系、北京广播学院(今中国传媒大学)的专家学者。全国共有四十个单位的人员参加会议。各省、市(区)、报(台)与会的多数是总编、副总编,台长、副台长。新疆日报对这次会议也很重视,当时主要领导离不开,只好由我这个刚上任的副总编辑带队,和我一起赴会的有 4 位资深主任。

会议讨论的问题十分广泛,可以说基本上囊括了新中国成立以来特别是 1957 年以来一直争论的所有理论问题,如报纸的性质任务、新闻与宣传、新闻事业的党性和人民性、新闻的本质真实和现象真实、新闻自由、报纸上的批评等。

最可贵的是会议贯彻"双百"方针,在小组会和大会发言中,各抒己见,畅所欲言,进行了热烈的讨论和争论。特别是关于新闻事业的党性和人民性问题,争论最激烈。多数人主张党性和人民性是一致的,但是,也有的鉴于文化大革命的教训,认为党性和人民性有不一致的情况;有的认为人民性高于党性,有的则认为党性高于人民性,甚至说新闻事业不应有人民性的提法……

这次新闻学术会议规模之大、思想之活跃,在我国都是空前的,可以载入中国新闻学术史。但是,理论上准备不足,讨论不深入,也是明显的缺陷。以我们的发言为例，我们阐发了党性和人民性的统一，基本观点是对的。但是，现在看来，那篇论文基本上是从概念到概念，没有根据党报长期以来单向传播、忽视表达人民意愿的实际，强调人民性的重要性。

新闻学是研究新闻事业规律的科学。新闻事业是有客观规律的，正如马克思所说："必须承认它具有连植物也具有的那种为人们通常所承认的东西，即承认它具有自己的内在规律，这些规律是它所不应该而且也不可能任意摆脱的。"（据马恩全集第二版新译文）同时，新闻学又是一门年轻的科学。长期以来，存在"新闻无学"的说法。粉碎"四人帮"之后，新闻学研究受到重视，西方大众传播学的引进，丰富了新闻学。国家把新闻传播学列为一级学科，各地办起了新闻研究机构和专业刊物，新闻学研究取得一些新的成果。但是，新闻到底是不是一门独立的学问，仍然被许多人怀疑。这和我们新闻学界和业界本身有关。以马克思主义的立场、观点、方法，对我国党报的实践经验（包括新中国成立前民办报纸的实践经验）进一步进行总结，上升到理论高度；对西方的传播学真正鉴别和消化吸收，融进新闻传播学，都是需要不断深入解决的问题。

每一门科学的发展，都要以充分发扬学术民主、贯彻百家争鸣方针为推动力。这早已为春秋战国时期的历史所证明。新闻学与政治关系密切，有其特殊性，但是，政策不能代替理论，而要以理论做指导。新闻学理论的发展，也要通过讨论、争鸣，要以发展媒介批评来助推理论建设。而目前，这方面的学术民主仍然不能令人满意，媒介批评没有得到很好的发展，有些"批评"简单粗暴，有些则无原则地溢美。这几年新闻教学点大量涌现，但大都是草台班子匆匆上马，连基本课程都开不起来，更谈不上新闻学研究。新闻业界的研究工作有所发展，但不少单位的研究气氛并不浓厚。①

新闻实践要靠理论的指导。回顾三十多年前的那次会议，我最主要的体会就是，需要真正把新闻学当作一门科学，重视它的建设，充分发扬学术民主，培育媒介批评，使新闻学理论研究达到新水平，从而提高媒体人的业务能力和管理者的媒介素质，把我们的舆论引导能力提升到一个新高度。

（原载《青年记者》2012 年 2 月下）

---

① 据《马克思恩科斯全集》第二版新译文。

矫枉不能过正

小悦悦事件已经过去三个多月了。这个惨痛事件引发的道德讨论及对媒体报道的反思，余波未了。但经过时间的沉淀，人们的认识更加理性了。笔者认为，对媒体最初的小悦悦事件报道进行反思是必要的，但是矫枉不能过正，小悦悦事件报道对唤醒社会的道德意识的积极作用，不容否定。

事发后，全国媒体集中报道评论，呼吁挽救社会道德。但是，有些报道也存在值得反思之处。如：

不谴责碾压小悦悦而且逃逸的司机，不指斥未负起保护幼童责任的父母，只把路人冷漠当成唯一的批评对象。

将 18 位路人统统列入炮轰的对象，也是不公道的。其实，当时，光线不够明亮，不是每个人都看清了孩子被碾轧而故意见死不救；同时，也许有的路人由于现实生活中的确发生过公民因为救人而惹上麻烦的事，使得在伸出援手之前有了顾虑。

有的评论以此得出整个社会道德沦丧的结论，更为不当。

有人说，电影是遗憾的事业，其实，新闻也是遗憾的事业。在当前这个比较浮躁的时代，正确反思这次报道，对于提高引导舆论的能力，是有益的。

但是，在反思声中，夹杂着一些令人不解的议论，完全否定媒体报道小悦悦事件引起国人的强烈共鸣，从而对社会道德建设发挥的引领作用。

有一种说法，似乎是媒体制造了小悦悦事件中的冷漠。其实，冷漠，在小悦悦事件中是客观存在的。例如，有一位路人从小悦悦身边走过去，看了看，又离开了。后来，他对自己的一念之差表示十分懊悔。再如，一位店主说过，当时对面的店里有人走出来，看了一眼，又回去了。国务院新闻办公室原主任、人大新闻学院院长赵启正不久前答记者问时说："有个电视节目把小悦悦被轧后八分钟的录像全部播出来，我看到路过的人基本上都看见了，但是他们没有管，假装看不见。当时我的心都被磨碎了，可以说是心如刀绞。不要说人，动物都不该如此。"这话反映了许多人的共同心情。

有人认为,小悦悦事件是一个偶发的个案。不对。偶然之中有必然。其实,类似的见死不救事件时有发生。当然,世上还是好人多。但是,在事实面前,我们能够否认某些方面道德滑坡的冷峻现实吗?

应当说,正是媒体关于小悦悦事件的报道,唤起了社会对加强道德建设的警醒。汪洋在广东省委常委会议上讲到小悦悦事件时呼吁,我们每一个人,都要用良知的尖刀来深刻解剖自身存在的丑陋,忍住刮骨疗伤的疼痛,唤起社会的警醒与行动。广东省各界开展了"谴责见死不救行为,倡导见义勇为精神"的大讨论。有人认为 2011 年是道德建设年,许多媒体年底盘点道德建设情况时,都不约而同地把小悦悦事件作为第一条,不是偶然的。

矫枉不能过正,是我们的古训。早在唐代,文学家、政治家张说就提出:"矫枉过中,斯害人也"。① 他说的"矫枉过中"和今天常用成语"矫枉过正"同义。但是,多少年来流传着"矫枉必须过正,不过正就不能矫枉"的说法,给我国的经济、文化带来多大危害! 反思小悦悦事件报道,也应该看到如果矫枉过正,会带来消极影响。

首先,会影响舆论监督对道德建设的作用。加强社会道德建设,当然靠积极的正面引导,同时也需要舆论监督。我们反对过分炒作负面新闻,但是舆论监督对道德建设是不可或缺的。网络作家慕容雪村说得有道理:"一个小悦悦事件就让许多人明白了父母的责任和路人之所应为。"许多人在媒体报道小悦悦事件中的冷漠后,扪心自问自己如果是路人会怎样,这正说明这个"负面消息"产生的正面效应。时下监督难是个普遍问题,否定媒体揭露小悦悦事件中的冷漠,会给监督增加难度。

其次,会模糊人们对社会道德现状的认识。《求是》杂志最近发表文章说,我国社会道德状况在总体上获得巨大发展进步,主流是进步、光明、向善的,同时,道德考验也将是长期的、复杂的、严峻的。六中全会更严肃指出:"一些领域道德失范、诚信缺失,一些人的人生观、价值观扭曲。"不能准确把握社会道德现状,就难以遵照六中全会的要求,用社会主义核心价值观引领社会思潮,巩固全党全国各族人民团结奋斗的共同道德基础。

"防止一种倾向掩盖另一种倾向",还是让我们记住毛泽东同志的这句名言吧。

(原载《青年记者》2012 年 1 月下期)

---

① 唐代的张说《吊陈司马书》。转引自《成语词典》。

事实准确:写好评论的前提

打靶要有清晰的靶子,写时评针对的事实要准确。但是,时下,事实不准,无的放矢,已经成为某些时评的一种常见病。

据新华社 10 月 25 日报道,记者近日从国家互联网信息办公室网络新闻宣传局获悉,前不久网上流传的所谓“国家税务总局 2011 年第 47 号关于修订征收个人所得税若干问题的规定的公告”,经公安机关查明系上海励某杜撰而成。公安机关对在网上伪造国家相关文件并传播的励某,依法作出行政拘留 15 天的处罚。这桩“公案”终于尘埃落定。

但是,当国税总局 8 月 15 日在官网上宣布所谓 47 号文件系伪造,将依法行使追究伪造公文者法律责任的权利时,却遭到众多媒体的时评异口同声地炮轰。如有的时评说:如果有人伪造国税总局的公告,那也一定是通过国税总局的渠道透露给新闻媒体。如是,则国税总局岂能逃脱干系?所以,不少人怀疑是国税总局由于某种不便为外人道的难言之隐,只好倒打一耙,贼喊捉贼,谎言欺世。有的时评则说这个“47 号文件”是国税总局放出的“试探气球”,是国税总局的“阳谋”。一时间,这种歪曲事实的评论,成了压倒一切的舆论。

有的时评虽然评论的对象是存在的,但评论中有的事实却模糊。如有一家报纸在评论卡扎菲之死的时评中,有这样一段话:“曾声言要‘像烈士一样’战死疆场的卡扎菲,据说也躲在洞中喊出了‘别开枪’,这与萨达姆被抓捕时的场景颇为相似。他留恋权力,更留恋生命,这都无异于常人。一旦扔掉权杖,面临生死抉择,他也能简单地权衡利害轻重,而不像之前那样偏执。”这段话的评论对象——事实不一定准确,关于卡扎菲死亡情况说法很多,他是不是说过“别开枪”,值得怀疑。因为该报其他版面就报道卡扎菲到底是如何死亡的仍然是个谜,所谓卡扎菲喊“别开枪”,只不过是执政当局方面一个士兵的说法而已,不足为凭。由此得出卡扎菲怕死的结论,也站不住脚。

一些时评对广电总局的所谓“限娱令”的批评,则是另一种情况:先对广电总局的文件加以片面理解,再在此基础上进行评论。本来广电总局下发的是《关于进一步加强电视上星综合频道节目管理的意见》,提出电视上星综合频道要提高新闻类节目播出量,同时对节目形态雷同、过多过滥的婚恋交友、才艺竞秀、情感故事、访谈脱口秀真人秀等类型的节目播出实施总量控制,以防止过度娱乐化和低俗倾向,满足广大观众多样化多层次高品位的收视需求。而有的报纸的时评,不顾事实,指责广电总局忘了广大电视观众的权利,以一己之好恶代替广大观众之好恶。提出“电视观众的遥控器谁说了算”的问题。说:“在法律法规允许的范围之内,电视台怎样办节目、播节目,包括娱乐节目在什么时候播、播多少次,对于这些‘小事’,主管部门其实不必过于操心。”从而完全否定了主管部门的正当职责。

时评是一种比较老的新闻评论形式,最早见于民国初的《时报》。20 世纪 90 年代初再次崛起,可以说是我国新闻评论史上一个新的里程碑。时评短小快捷,新闻性强,是对热点新闻事实的评论,往往因事而评,缘事而发,寓事于理。以平民的视角,批评社会不良现象、进行舆论监督,是时评的共同特点。这种评论形式受到受众的欢迎,在引导舆论中发挥了重要的作用。

时评有两大要素:事实——评论的对象,和评论。没有事实,就成了空论。事实准确,是写好时评的前提。事实不准确,炮口打歪,不仅失去了它的作用,还会造成误伤无辜和以讹传讹的不良后果。

时评是要讲究时效的,一般要对当天的新闻事实做出评论,这就给写作带来难度,因此也更要求写作者冷静地分析、核对事实。那种网上一个消息传出,媒体不顾事实是否准确,一窝蜂仓促评论的做法,从一个方面反映了写作者的非理性和浮躁。

(原载 2011 年《青年记者》12 月上)

独立思考，敢于担当

——从一件往事想到新闻人的职业精神

一个电话，让全国报纸倒版甚至重印

20世纪80年代初，笔者刚刚就任新疆日报社副总编辑，主管夜班工作，做了一件影响全国报纸的事情。当时没有想得太多；现在分析起来，对理解新闻工作者的职业精神，有新的体会。在记者节到来的时候，与同行们分享。

有一天，到后半夜了，新华社发来一篇重要稿件，注明“甲稿”。当时，正是拨乱反正的重要时期，新华社发的重要稿件多，地方报纸不好掌握。为避免各地报社总打电话向人民日报问版面，新华社常常对需要各报发头条的稿件注明“甲稿”。这天晚上，新华社发了一些一般性稿件后，通知“等稿”。我们预计又有重要稿件了。

过了好久，来了一篇关于一个全国性会议的“甲稿”。我看过电讯稿后，觉得其中一段内容可能不利于民族团结、社会安定。此事关系重大，我先电话向新疆党委负责同志建议给新华社提意见。得到他的支持，又直接打电话给新华社。过了好长时间，他们回电：经请示上级（请示的是谁，我不得而知），决定撤销此稿。

由于当时新华社已经截稿，传稿使用的“海尔机”已经关机，新华社只好一家一家分别给中央和各省市区报社打电话通知撤稿，然后再请省报通知地市报。这时天已大亮，许多报纸肯定不得不倒版甚至重印。过了几天，新华社又专门来电对我们表示感谢。

宽松的政治环境鼓起了我提意见的勇气

现在分析起来，当时做这件给全国报社增添了麻烦，却避免了报道失误的事情，不是偶然的。有开明的领导，才有敢于提意见的下级。当时政治环境宽松，思想活跃，是促使我打电话提意见的重要原因。

20世纪80年代初，粉碎了“四人帮”，批评了“两个凡是”和毛主席的晚年错误。邓小平、胡耀邦号召解放思想，实事求是，提出对提意见者实行“三不”主义

(不扣帽子,不抓辫子,不打棍子),党的政治生活趋于正常,人们的思想大为活跃。对许多报人来说,出于办好报纸的目的,给上级提意见已经没有多少顾忌。在这次给新华社打电话之前,笔者已经多次就稿件处理向上级党委提过意见,也纠正过新华社来稿的某些差错,都被接受了。

特别是对中央领导人王震一篇讲话的处理,更使我增加了给上级提意见的勇气。一次,在新疆极有威望的王震同志(时任中央政治局委员、国务院副总理)来新疆考察工作,有一个讲话送到报社发表。由于是即席讲话,未经整理,有的提法不适合公开见报,还有不少文字问题。当晚,笔者看了稿子,觉得为了对王震同志负责,对报纸及读者负责,不宜按照原样刊出,即打电话给他的秘书。秘书很为难地说,王老年高体弱,已经休息了,不好打扰他。怎么办?我与秘书商量,先改出一个稿子来,再请王老审定。秘书同意。我们俩就在电话里,逐句逐段地往下顺,经过近一个小时的反复斟酌,最后请那位秘书喊醒王老审阅同意,按照修改稿发表了。

还有一个重要原因,当时我已在新疆日报工作20多年,真切感受到"汉族离不开少数民族,少数民族离不开汉族"(胡耀邦语)。民族团结、国家统一,是一切工作的根本保证。认识到在民族区域自治地区,既要反对大汉族主义,又要反对地方民族主义;那段时间,正确贯彻民族政策,反对地方民族主义,应该是主要倾向。正是基于这些实际感悟,使我能够发现其他省市报纸同仁难以发现的问题。

独立思考、敢于担当是新闻人的重要职业精神

分析上述举动,得出的另一个体会是:新闻工作者必须具有独立思考、敢于担当的精神。

苏联著名生理学和心理学家巴甫洛夫说:"问号是开启任何一门科学的钥匙。"凡事问一个为什么,善于独立思考,对每一个领域都是需要的。而把它看成新闻人的重要职业精神,这是新闻工作的特点决定的。新闻人肩负着社会守望者的重任,正如人们熟悉的普利策的比喻中说的:"倘若一个国家是一条航行在大海上的船,新闻记者就是船头的瞭望者,他要在一望无际的海面上观察一切,审视海上的不测风云和浅滩暗礁,及时发出警报。"为了对纷纭复杂的社会现象和变动不居的新闻事实做出正确的判断和报道,我们就要不断地观察、分析、质疑、选择,如果没有独立思考、敢于担当的精神,而是人云亦云,唯书唯上不唯实,那就不是一个称职的新闻工作者。如果没有这种职业精神,《华盛顿邮报》两位记者曝光"水门事件"的惊天新闻以及我国记者揭露黑矿主"封口费""毒奶粉"等有影响的报道,就不会出现,媒体的舆论监督作用也难以充分发挥。

在我国，新闻事业是党领导的，党报是党的耳目喉舌。新闻工作者要遵守党的纪律，服从上级的指示，特别是要严守我们的最高纪律——在思想上政治上同党中央保持一致。但是，党的民主集中制告诉我们，遵守纪律并不是简单服从，更不是盲从。党报要和党的领导机关呼吸相关，息息相通，不仅需要服从，还需要独立思考，敢于担当，发挥工作的自主性。时下，某些新闻单位把与上级主管部门的关系，混同于企业中领导和员工的关系；有的新闻人看到了上级指示的不足，怕惹麻烦而不提出；有的地方，一些部门发出的"通稿"，明明存在严重不妥，也一字不改，照登不误，这不是真正的党性的要求，而是不负责任的表现。

服从领导和独立思考二者并不矛盾，这一点，胡耀邦讲得很清楚。他强调：我们的新闻工作者一定要有高度的积极性、主动性、创造性，一定要有独立负责的精神，一定要在党的领导下发挥工作的自主性。只有这样，才能不间断地用大量的言论和事实，来强有力地宣传党的主张。所以，新闻事业作为党的喉舌，同发挥自己的积极性、主动性、创造性，在根本上是完全一致的，认为强调作党的喉舌就会束缚新闻界的积极性，是不对的。(《关于党的新闻工作》)

毛泽东同志也曾指出："记者的头脑要冷静，要独立思考，不要人云亦云。不要人家讲什么，就宣传什么，要经过头脑、要冷静。记者，特别是记者头子，头脑要清楚，要冷静。"他的意见，特别是对"记者头子"即报社负责人提出的要求，今天仍有现实意义。

（原载《青年记者》2011 年 11 月上）

摒弃套话，回归新闻本质

“八一”前夕，某军区和省、市举行文艺晚会庆祝建军84周年。当地主流媒体的报道中，有这样一段话：晚会开始前，军地领导同志互致问候、亲切交谈，大家畅叙军民鱼水深情，共商双拥发展大计。大家表示，要更加紧密地团结在以胡锦涛同志为总书记的党中央周围，深入贯彻落实科学发展观，努力推动科学发展，促进社会和谐，不断开创经济文化强省建设和党的建设新局面。要着眼全面履行新世纪新阶段军队历史使命，以推动国防和军队科学发展为主题，以加快转变战斗力生成模式为主线，扎实推进军区战略预备力量的建设，为实现中华民族伟大复兴做出新的贡献。

这段话内容完全正确，而且用词十分严谨，但是，它不是记者从采访的材料中概括出来的，而是根据事先预想的内容杜撰出来的。试想，一个文艺晚会，没有人发表讲话，大家就是看节目，与会者匆匆到场（有时可能先到休息室稍事休息），遇到熟人，一般会有简短的问候，最多对当前的形势或军民关系说几句赞叹的话，怎么可能讲出这么一套大道理，而且用语如此准确？再说，又不是座谈会，人们哪有时间“畅谈”和“共商大计”？

这样的“表态段”，始作俑者是“文革”及以后一段时间的中央媒体。当时，不仅建军节文艺晚会，春节等重大节日的军民联欢文艺晚会、电影晚会新闻也有这样的段落，各地媒体纷纷模仿。后来，随着新闻改革的推进，中央媒体早已经抛弃这类不切实际的套话了，许多省市媒体也有改进。今年举行建军节晚会的省市似乎不太多，笔者在网上搜索了一下，几家地方媒体关于当地建军节文艺晚会的新闻里，都没有发现这样的“表态段”。

新闻是新近发生事实的报道，其最本质的要求就是新鲜和真实。上述新闻可以说是新鲜的，但是这个“表态段”，违背了真实是新闻的生命的根本原则。

我们的新闻观，首先是强调具体事实的真实，有些还要求符合事物本质的真实；而离开具体事实的真实，就谈不到本质真实。请问这条新闻的采写人员，您能举出哪一位与会者表达了“表态段”中的内容吗？

可能有人以为,有这么一段话,才能显示新闻的思想性。这是一种误解。不少政治新闻,是要讲求思想性的。但是,思想性不是外加的,而是渗透在对有价值新闻事实的真实报道之中的。比如,报道军民共庆建军节本身,就有思想性;晚会上的节目体现了人民爱党爱军、无私奉献的精神风貌和军民血脉相连的鱼水深情,对这些节目作如实报道,也可以体现思想性。而硬加进去"表态段",不仅不能增强新闻的思想性,反而有损新闻的真实客观,影响媒体的可信度。

所以,还是抛弃套话,回归新闻本质吧。

(原载 2011 年《青年记者》28 期)

“远攻近交”:某些地方报纸的痼疾

不久前,生活日报转载了关于长沙内涝的两篇稿件。由于编者选择、处理得好,产生了特殊的效果。

一篇是6月25日长沙一份报纸的报道《几经暴雨,长沙为何免于内涝》。该报道开头先是指出北京、武汉因暴雨造成内涝,给居民生活带来严重影响;然后对长沙城市下水道建设及清淤工作大加赞赏,说长沙不会发生内涝。另一篇是两天后新华社的报道:从6月28日中午开始的一场大雨,使长沙主要街道积水成河,不少地方交通阻断。网友嘲笑:“世界领先的水陆两用公交车在长沙诞生”。两者巧妙对照,简直像一幅讽刺漫画,暴露了地方媒体报道中的一个相当普遍的问题:“远攻近交”。

“远攻近交”,语出两千多年前的战国时代,是各诸侯国为壮大自己、削弱对手常用的一种战略手段。如今人们常说的“远攻近交”,则是当今我国许多地方媒体的一种现象,即尖锐的批评报道,都针对外地的人和事,而对本地的“负面新闻”尽量回避,即便偶有报道,也是无关痛痒的。所以,坊间流传着这样的话:要想了解外地的“坏事”,请看本地报纸;要想了解本地的“坏事”,请看外地报纸。

此类事例可以说举不胜举,“远攻近交”已经成为一种痼疾。

这种现象不能全归罪于地方媒体。地方主管部门的一些人员还存在“地方保护主义”,为了维护面子限制报道“负面新闻”,或者媒介素养不高,在这种情况下,“远攻近交”是难以避免的。有时媒体不得不用批评外地人和事的迂回做法,达到启迪当地的作用。

当然,这种迂回的做法,在舆论监督的力度上是要大打折扣的,也违背了客观报道的原则。不仅如此,由于是隔山打炮,一些媒体批评外地时,事实不准确,甚至夸大事实、强词夺理、无限上纲的情况也时有所见。这些,都有损于媒体的公信力。

“远攻近交”、舆论监督的炮口一律对外,是一种不正常的现象。有人甚至认为是权力异化的表现,也不无道理。因为在某些地方掌权者的眼里,媒体并不是社会舆论工具,而只是他们的一种自我宣传的工具;舆论监督不是媒体代表人民对权力的监督,不是转变作风、改进工作的推动力,而是丢他们的脸,同他们唱对台戏。更有甚者,极个别违法者,用引诱和打压手段封媒体的嘴。如腐败分子、山东泰安原市委书记胡建学曾对当地媒体蛮横扬言:我出十万元,让你说什么,你就得说什么!

当然,这不是说,这些地方媒体就没有责任。有的观念陈旧,唯上不唯实,有的怕惹麻烦,多一事不如少一事,放弃媒体的社会责任,等等,也是导致“远攻近交”的原因。

令人欣慰的是,近年,有些地方媒体已经逐渐摆脱“远攻近交”,开始对本地需要曝光的重大问题敢于揭露,进行批评监督。笔者期待,随着政治体制改革的有序推进,干部执政能力的提高和媒体社会责任的增强,地方媒体“远攻近交”的不正常现象将逐步减少。

(原载《青年记者》2011 年第 24 期)

遵守纪律并非简单服从

——泰山余脉山火报道反思

4 月 19 日，长清泰安之间发生山火，由于危及"双遗"（世界物质文化遗产和非物质文化遗产）泰山，受到包括中央媒体在内的众多媒体关注，而本地报纸却均发了两条公报新闻。反思这次报道，对于改进突发事件报道，也许有益。

据新华社、央视、人民日报以及其他媒体提供的材料，4 月 18 日上午，济南和泰安交界地区发生多处森林火灾，由于风势较大，火情向泰山方向蔓延。附近一千多居民被撤离。事发地多个山头都有火情，连泰山桃花峪景点也着火。当地立即组织 5000 多人进行扑救。国家森林防火指挥部抽调 M－26、K－32 直升机各一架支援山东火场。国家森林防火指挥部总指挥，国家林业局局长贾治邦对火灾扑救工作作出具体部署，国家林业局副局长张建龙率领工作组于 4 月 19 日中午赶到火场指导扑火。中共山东省委书记姜异康、山东省省长姜大明等也亲赴督战。截至 4 月 18 日 21 时，森林火灾尚未得到控制，火线蔓延约 5 公里。泰安方面设隔离带以防火情继续向泰山蔓延。到 4 月 19 日，经万余军民一昼夜连续备战和直升机空中洒水，终于使火势得到控制。4 月 21 日凌晨，利用有利的气象条件实施人工增雨，山区普降小雨，灭火人员适时进行排查作业，复燃隐患已基本消除，天火工作取得决定性胜利。

对这场发生在重要地点的山火，新华社的连续报道最为详尽，人民日报平日很少报道此类事件，但对这场山火也较重视。发生山火的第二天，就在 6 版右上方发了消息，标题是《济南长清突发山火火势向泰山蔓延》，毫不掩饰山火对泰山的威胁。

而在济南出版的报纸，只发了两条极简短的公报新闻（各家报纸均用同一通稿），第一次报道山火的小"豆腐块"，发在极不显著的位置，而且回避火势向泰山蔓延。第二次报道山火得到控制时，才提到泰山，说"泰山景区安全"。齐鲁晚报把第二次的公报新闻导读发在封面头条，可见此次山火的严重，但前面叙述的新华社等报道的大多数情节均未提到。

为何对本省的一场严重山火如此尽量掩饰、大事化小？

因为泰山名气大,怕报道此事,影响本地形象和旅游业?

当今是信息爆炸时代,信息传播途径大增,传播更加迅速,想掩饰也掩饰不了,发生山火不久,新华社等的报道就被全国各家媒体转用,传遍各地,网上还流传大量“泰山大火”的并不十分准确的信息。事实证明,封锁消息只会导致小道消息甚至谣言四起;而及时传播,对澄清事实和应对灾害是有益的。如实报道,不仅不会影响脸面,还会展示开放的形象。相反,掩盖事实,才有损于政府和媒体的公信力。因担心影响旅游业而回避火情危及泰山,把游客的安全置于何地?媒体作为社会的“守望者”,具有预警的作用,所以对突发事件应当及时如实报道,让公众趋利避害。当然,事关国家机密的事情及某些敏感问题,是需要严格遵照规定,不作报道的。

二

以上这些,早已不是什么新鲜道理,报社从业人员都熟知。发生这样的问题,原因恐怕在有关主管部门。但是,作为媒体,有无可以反思之处呢?笔者以为有。专业新闻工作者有责任向主管部门的同志说明情况,反映意见,以便及时准确报道突发事件。一般情况下,他们是会采纳媒体的正确意见的。约半年前,上海胶州路高层居民楼发生失火惨剧,烧死 58 人,市民纷纷前往献花哀悼罹难者。起初,主管部门不准地方媒体自己采写报道,只允许用新华社的通稿,引起媒体和受众的不满,后来他们接受了媒体的意见,让各家媒体根据自己的特点报道。上海市领导还亲自参加了十万人的大规模追思活动。

在山东也有类似的事情。前几年“非典”时期,各家报纸用的一条报道山东发现首个输入性病例的通稿,是一条不合格的新闻。此稿前面用不少文字流水账似地写了山东如何做好“非典”的预防工作,稿件最后才说发现一个输入性病例。所有报纸均一字不动地刊用此稿,只有大众日报把发现首个输入性病例这一最重要的事实提到开头。大众日报的这一改动,并没有遭到批评,反而受到赞扬。

毛泽东同志曾指出:“盲目地表面上完全无异议地执行上级的指示,这不是真正在执行上级的指示,这是反对上级指示或者对上级指示怠工的最妙方法。”①我们的报纸是党领导的,必须遵守宣传纪律,但又要独立思考,为了人民的利益敢于提出自己的意见,而不能简单服从。这就是反思泰山余脉山火报道得出的结论。

(原载《青年记者》2011 年 16 期)

---

① 毛泽东:《反对本本主义》,人民出版社 1964 年版。

跟风滥用"给力",不给力!

近来,网络词语"给力"成为许多报纸追逐的一个热词。据不完全统计,2010年11月11日全国有约十家报纸的标题中出现"给力"。笔者经常阅读的一家报纸,接二连三在标题中用"给力",有一天竟有两个大标题中出现"给力"。如此赶时髦滥用一个词语,"不给力"!

一些报纸追风滥用"给力",源自11月10日人民日报头条标题中用了"给力"。人民日报的标题是:

引题:改革攻坚迸发动力 政策创新激发活力 厚积薄发释放能力

主题:江苏给力"文化强省"

人民日报标题中出现"给力",引起了一场争论。其实,这是一个不错的标题,凝练、不落俗套,也很好懂,这里的"给力"就是它的字面含义,整个主题可理解为"江苏给予建设文化强省以强大的力量";如果联系引题,主题中的"给力"就更明确了。江苏记者站的原标题《文化强省看江苏》,与之相比,则显得太一般化了。

但是,一些评论,却对这个标题中用"给力"做了误读,把它夸大成是人民日报一改严肃的面孔,开始走平民化道路了,是党报贴近群众的一个"标志性事件",不仅是用词造句上的文字突破,更是意识上的突破,是一个改革文风的信号,是一个打破传统僵化思想的信号,是一个意识形态上的突破……

其实,正如人民日报的一位编辑说的:这不过是一个普通的标题而已。我们不必神经过敏,大惊小怪。

"给力"原本属于网络词语,据说最早出现于日本搞笑动漫《西游记:旅程的终点》的中文配音,系东北方言和日语的混合产物,词性为形容词,是"牛""酷""很棒""很刺激"的意思。今年南非世界杯时盛行于网络。而人民日报标题中的"给力"却是动宾短语当动词用,意思与网络用语完全不同。如果说是网络词语的话,那是借网络词语"给力",改其意而用之。如此而已。

这个标题并没有改变中央党报严谨、庄重的风格。人民日报确实需要进一步改革,改变过于刻板的面孔,从内容到形式更贴近群众。张研农社长提出的"十六字”方针正在落实，但是人民日报的语言文字风格、版面风格，什么时候也不会变得与通俗报纸一样。作为党中央的报纸，庄重的风格更有助于体现其权威性。西方重要主流报纸，特别是纽约时报，至今也仍保持着严肃的风格。人民日报在以往的标题里，也出现过“雷”这个已经约定俗成的网络词语，但诸如“神马”“浮云”“潮人”“驴友”“打酱油”“鸭梨”等网络词语，恐怕不会出现在头条报道的新闻标题中。

正是由于对人民日报标题出现“给力”的误读，导致了一些报纸跟风滥用“给力”。这也从一个方面反映了某些新闻人的肤浅和浮躁。

语言是思想的外衣。随着社会的发展，总有许多反映新事物的新概念、新词汇出现；当前我国处在变革时期，新词出现的频率会更高。网络词语是新词的一个重要来源。最近教育部和国家语委公布的年度 396 个新词中，就有“蚁族”等网络词语。报纸担负着维护祖国语言纯洁性的责任，同时又是广泛传播新词的主要平台，要把握好两者之间的关系。

笔者并不反对报纸标题适当用网络词语，但是，选用新词，包括网络新词，宜取慎重的态度，一要恰当表情达意，与表达的内容、风格相契合，否则会不伦不类；二要让多数读者能看得懂。网络词语“给力”在网民中已经比较流行了，但是，报纸的不少读者还很生疏。笔者曾询问过中学生、中年知识分子，他们也说不出应该是什么含义。读者连看都看不懂，还谈什么贴近群众？三是不宜追风频用一个词。到处滥用，不仅显得思想贫乏，新词也会流俗。

（原载《青年记者》2011 年 1 期）

从“给力”一词古已有之说起

据《长江日报》昨日报道，经中南财经政法大学高海波博士考证，“给力”其实是一个古词。

高海波说：在中国社会出版社出版的《中国政治制度词典》（1990 年版）中就有“职官给力制度”的词条。这里的“给力”是中国古代官府给官员支付薪俸的一种方式。即以力役的形式向官员支付薪俸。朝廷根据官员的等级，拨给数量不等的劳役，为官员免费耕种田地或提供家政服务。据高博士考证，秦汉以来，历代朝廷都制定法律规定，百姓除纳粮外，成年男子必须为朝廷服力役和兵役。服力役的百姓，有“力”“事力”“吏力”“力人”等不同叫法。所以朝廷向官员供给劳役就叫作“给力”。即使在力役制度取消后，朝廷仍然按给力人数，折成钱粮后然后支付给官员，这笔费用往往超过官员的工资。①

由此可见，“给力”并不是个新词，古已有之。但是，那时的“给力”与当今的网络热词“给力”，词性、含义均不同，近年在网上流行的“给力”与古词“给力”没有什么渊源关系。

至于 11 月 10 日人民日报标题中用的“给力”，只是借用网络词语，并不是真是表意“牛”“棒”“酷”的网络词语。可是，这个标题却成了网络词语在各种报纸上大行其道的“通行证”。许多报纸纷纷跟风，网络词语“给力”大量出现在版面上。有人统计，十多天内，全国报纸的标题中竟出现“给力”600 多次。有一家网站对 2010 年的网络热词进行盘点，“给力”居首位。

语言是活的，它经常处在新陈代谢之中，新词的出现是必然的，而网络词语是当今新词的一个来源。报纸完全杜绝网络词语是不可能的，那样做，就会脱离时代，远离受众。但是，报纸又要做维护祖国语言纯洁性的示范者。选用网络新词要慎重，宜适当采用那些能够明确表意，约定俗成，多数受众看得懂的。盲目追赶

---

① 《长江日报》2010 年 12 月 19 日。

时髦滥用“给力”之类的网络词语,反映了某些报人的肤浅和浮躁,也会使一些新词成了陈词滥调。

（转自 wjk1936 的博客）

党报进入市场的探索值得重视

据央视《新闻联播》和新华网报道，辽宁日报进入沈阳市内1000多家报亭、报摊。在不到两个月的时间里，日销售量从不足千份，跃至万份以上，目前稳定在1.4万份左右，创造了省级党报直接面向市场零售发行的奇迹。辽宁报业传媒集团探索引导舆论大市场的报业改革，改变了多年来群众对党报“视而不见、见而不阅”的状况，辽宁日报作为地方主流媒体的舆论影响力不断提高。

辽宁日报进入市场，绝不是简单地把报纸拿到报摊上去卖。记得前几年，也有一家党报做过“走入市场”的尝试，但是，内容和形式改革的力度不够，在报摊上没人买账，不久，这种探索也就流产了。

而辽宁日报进入市场，是以内容和形式的变革为前提的，是用崭新的面貌吸引读者。报纸版面变瘦了、变靓了。报幅由780毫米缩为国际流行的720毫米，版面全部采用彩色印刷。过去连篇累牍的会议新闻、领导活动报道大大压缩。辽宁省委专门下发文件，规定省委、省政府重要会议报道控制在1500字以内，省委、省政府主要领导重要活动报道控制在1200字以内。报纸的信息量大大增加了，头版报道总数从8条左右增至15条左右，并且主推政经新闻、热点新闻、发现新闻、服务新闻、评论新闻等五大新闻体系，增强权威性、指导性与可读性、服务性。抚顺县委书记郑学伟说，就像从一个身材发福的老年人，变成了苗条的大姑娘，而且有内涵、有魅力了。

辽宁日报的改革探索，对我们很有启迪。

党报进入市场的改革势在必行。号称主流大报的大多数省级党报，目前主要靠行政经费和行政手段组织发行，有的甚至还要摊派。许多报纸发行量虽然也有二三十万份甚至三四十万份，可实际的阅读人群却与此有很大差距。正如辽宁报业传媒集团社长姜凤羽所说，发行“数字泡沫”意味着党报被边缘化，空守着庞大的骨架，却有丧失舆论主阵地的危险。

党报主动参与市场竞争，要转变观念，真正按照新闻规律办事，也就是辽宁日报说的办“新闻党报”。所谓按新闻规律办事，最重要的，在于采写编各个环节重视新闻价值。新闻价值这个概念，是舶来品，它是随着报纸进入市场而产生的。说到底，重视新闻价值，就是重视读者的需要和兴趣。党报是党的重要宣传阵地，其宣传作用不容忽视，但是，这种宣传作用，是通过新闻手段发挥的。你的报纸不注意以新闻价值为取向，缺少有价值的新闻信息，充满空话、套话，枯燥、死板，必然会造成“订阅党报的人不看党报，不订党报的群众更看不到党报”的局面。人家不看你的报纸，如何发挥宣传作用？这个道理其实很浅显。

要扩大读者面，拉近与普通群众的距离。传统的说法和做法，党报是面对干部的，哪一级党报就针对哪一级干部。这实际上是把自己的影响力限制在一个圈子里。这样，怎么能发挥报纸团结群众、教育群众、传播先进文化的功能？而要扩大读者面，占领更多的舆论阵地，不仅是把报纸拿到报摊上去卖，而且要人家愿意买来读，这就要充分考虑如何满足广大读者对信息的需求。辽宁日报改革后，减少了会议和领导人活动的报道，除继续重视政经新闻外，还重视热点新闻、发现新闻、服务新闻、评论新闻，版式也更加便于读者阅读和吸引读者，正是出于这种考虑。当然，党报的读者对象与其他报纸还是有区别的，其核心读者仍然是干部，但要以此为核心，尽量占领舆论的大市场。

要改变狭隘的指导性观念。我国传统的新闻理论强调新闻的“指导性”，报纸确实有指导性，但以往我们说的“指导性”太狭隘，是自上而下的“指导”，导致党报居高临下，单向传播，像文件一样，主要是指导工作，业务性太强，可读性缺乏，外行看不懂，内行不愿看。近年来，“指导性”的说法少见了，但狭隘的“指导性”观念实际上还在起作用，会议报道和领导讲话过多过滥，就与此有关。这就使得报纸面孔不亲切，内容单调枯燥。党报不仅是党的喉舌，也是人民的喉舌，中央提出要把党的声音和人民的意志统一起来，把正面引导和舆论监督统一起来，但如何更好地落实到新闻实践中，真正提高引导舆论的能力，仍然是一个问题。

党报进入市场，对廓清报纸的性质任务，提升主流媒体的舆论引导水平，很有意义。辽宁日报的探索值得重视。

（原载《青年记者》2010 年 2 月上期）

报业论战与“品牌焦虑”

主持人：赵金

嘉宾：

范以锦：暨南大学新闻与传播学院院长、博士生导师

王建珂：山东师范大学新闻系教授

8月上旬，竞争激烈的北京报业市场波澜再起，北京晚报和新京报在报纸上进行了一场论战，论战围绕的主题是谁的公信力高，谁的发行量大，谁是北京报业市场老大。究竟孰是孰非，我们不去判断论证，值得探讨的问题是，报社该怎样自我宣传？同城竞争，能否实现互相尊重、和谐发展？

过于“直白”的宣传是兵家大忌

赵金：范院长：您好！

8月5日，北京晚报在二版发表长篇文章《北京传媒公信力调查》，宣称“北京晚报在读者覆盖率和性别覆盖率的调查中位列第一，其绝对公信力也高居前列”。8月6日，新京报在四版刊登文章《647份样本如何调查出北京媒体公信力?》，点名批评北京晚报所做的《北京传媒公信力调查》缺乏权威性和科学性。北京晚报随即又发文《数据与事实是揭露谎言的利器》，指责新京报不具备社会调查的常识，长期夸大发行量，缺乏公信力。

互为对手的报社在自己的报纸上展开论战，之前在一些地方也出现过，您怎么看待这种现象？

范以锦：这种论战方式并不新鲜。早些年，在报业高速发展的成长期，广州等地就曾发生过。当时，南方日报、羊城晚报、广州日报有广州报业“大三国”之称，三大报业各自的系列报南方都市报、新快报、信息时报则称为“小三国”。由于南方日报是省委机关报，一直扮演“老大风范”的角色，一般不会在报上与同行论战。然而，另5家却在报上打“口水战”，尤以羊城晚报、广州日报、南方都市报为甚。

广东省委宣传部为此还专门召集几家报业集团的负责人进行协调,后来还出台了相关规定:对恶意贬损兄弟新闻单位的报社要予以公开见报批评,尤其是带头挑起事端者。后来,“打架”现象渐少,几家报业集团及其负责人之间也比较和谐了。这不只是“规定”在起作用,还由于广东地处改革开放的前沿,新闻人对新闻规律、市场规律的领悟快一点、深刻一点。市场经济的规律告诉了广东的新闻界:自吹自擂,其实是自欺欺人;靠贬损他人,无法赢得市场,无法赢得读者和广告客户的尊重。因此,这些年来大家都比较理智了。

当年广州等地的报业打“口水战”,是在报业正处在高速发展的态势下发生的,是为了尽快扩大市场份额,也就是为“增量”而战。值得我们探究的是,这次北京发生的“口水战”却是上半年尤其是第一季度,报业很不景气的背景下发生的。这不能不使人感到,这是为守住市场、为守住“存量”而战。

赵金:在传媒业日益市场化的今天,媒体对自身的宣传越来越重视,有的甚至把这看作是塑造自身品牌的一个重要途径。大家都知道,发行量、读者覆盖率、公信力,这些都是构成媒体的品牌形象和竞争力的重要因素,直接影响到媒体的经营。但是,这种自我宣传,究竟会对读者和广告客户产生多大的影响呢?

范以锦:从报业经营的角度来看,强调自己的覆盖率、影响力,其直接动机和目的无非是想获得广告客户的认同,以得到更多的广告投放。但从报业多年的实践来看,影响力是营销出来的,而不是吹出来的。广告客户投放广告绝非像早些年那样可被人忽悠。有过这样一个故事:某报社对广告客户说他们的发行量最大,不信带你到报摊上看看。一看,最好销售的果然是他们的报纸。另一家报社也如法炮制,广告客户一看,这家报纸亦最好卖。广告客户起初有点犯糊涂了,后经细细分析发现,两家报社走的路径不同,一家专走老城区,另一家专走新城区。老城区老读者多,对某报情有独钟;而新城区多为新一代居民,在20多岁至40多岁之间。由于后一种正是广告客户要争取的主流读者,因此广告客户在平衡广告投放时,会往这家报社多投一些。另一家报社知道这一情况之后,找到了自己的不足,加强了在新城区发行的力度。此事说明,现在广告客户越来越精明,花钱越来越看重回报。他们自己有市场营销部门,他们不仅不会盲目相信报社自行公布的材料,而且对某些调查公司公布的数据也会打一个问号。他们扎实的功夫,并非我们坐在编辑部里可以想象出来的。

我们的报业经营者对自身的状况是了解的,毫无疑问,对自身拥有的发行量都有一个准确的数字统计,对自身在行业中的口碑和读者中的公信力也清楚。出于推销自己以唤起读者和广告商关注的目的,报纸利用媒体排行榜进行宣传也可以理解。不过,我们要明确的是,现今的“排行榜”鱼龙混杂,是否完全真实反映报纸的现状,无论读者还是广告客户都会打个问号。广告客户投放广告后都会对广告效果进行监测,对各报的市场表现完全心中有数。因此,那些并非真正权威的第三方监测机构,一旦把并不科学公正的研究结果和数据通过传媒来传播,势必引发同行的质疑,还有可能造成弄巧成拙的被动局面。对于排行的炒作除了引起知情者的讪笑和同行的不快之外,往往无甚效果。另外,用自己的媒体自说自话,往自己脸上贴金,从传播的效果来看,引发的是受众和客户的反感,而不是认同。新闻人应该清楚,过于“直白”的宣传是兵家大忌。

其实,一家报社能否吸纳更多广告的关键在于持续的“影响力”。影响力包括:社会影响力和市场有效影响力。社会影响力,就是它的美誉度,是读者对它的持续忠诚度。社会影响力是报纸吸纳广告的基础,也是最重要的条件。没有社会影响力,报纸鲜有人知道,或者曾有过影响力但呈现下降的趋势,广告客户怎会认同?市场有效影响力则包括三个方面:总发行量、精准发行量(即广告客户认同的读者)和广告客户投放广告后测定的有效回报率。没有一定发行量就不可能有社会影响力,但也不是发行量越多影响力就越大,还要看你影响到的人群结构如何。从广告经营的角度看,就是要影响到广告客户认准的目标读者。比如,如果中产阶级不看你的报纸,你的广告效果就会很有限。因为这一阶层的人比较年轻、比较有钱,他们要买车、买房及相关的配套设备,有较强的消费能力和消费需求。

因此,我们要紧紧抓住营造社会影响力和市场有效影响力来做好营销工作。这种营销不是简单的销售,它包括采编、印刷、发行、广告、售后服务等各个环节。营销到位了,影响力也就出来了。

论战折射出报纸经营者的“品牌焦虑”

赵金:有人说,在报业竞争激烈的大环境下,媒体,尤其是同城媒体之间的竞争不可避免,这种针锋相对的论战也不可避免。同城媒体真的不可能实现和谐发展吗?

范以锦:报纸之间打架,在现代报业发展史上并不少见,但这种打架对报业来说有害无益。19世纪末美国“黄色小报”论战史和民国初年的党报攻讦史已经证明,打嘴仗不仅不能带来报业的繁荣,反而降低了报业的信誉度。作为一个行业的成员,互相之间有竞争,这是正常的。但我们不能忘记行业的总体信誉,是我们生存和发展的根基。必须共同维护这种信誉,才能达到双赢,实现共同发展。无论学界、业界,还是广大受众也期待报业观点的交锋,但却不愿看到情绪化的攻击。这种攻击一旦成为常态,带来的绝不是个别媒体的衰退,而是整个行业的崩溃。

从客观上来看,论争又会让我们反思一些问题。目前在报业竞争越来越激烈的态势下,又面对新媒体强有力的挑战,报业之间的"口水战"正是行业重压下显示出来的一种浮躁,在各方压力下,有的报纸在对市场份额的抢夺中一时失了风度也就不奇怪了。但浮躁之后,我们要思考在新媒体这个共同的强大对手面前,传统报业应有的营销策略:与其相互拆台,不如共同研究对策,联手将报业做强做大。在同城的媒体对手面前,报纸应该善于寻找自己的不足,下决心抓好内容创新,打造良好的新闻品质。以良好的品牌形象赢得媒体公信力和行业口碑,从而也赢得影响力。

笔者不赞同北京报业此次的论战方式,但对他们强烈的品牌意识却是认同的。现在业内人士普遍明白,报纸要在激烈的市场竞争中脱颖而出,通过品牌塑造、品牌经营和品牌延伸是唯一可行的办法。然而,反思一下,我们又会看到,报纸营销普遍存在着"品牌焦虑",原因无非有二:一是目标读者群严重重叠。以北京为例,北京七大日报都是以城市主流居民为目标读者群,都在争夺所谓的"高学历、高收入、高消费"等中青年市民、白领等人群。报纸是具有排他性的消费品,一个人面临着七份报纸的选择,各报的竞争压力可想而知。二是广告客户严重重叠。广告客户围绕读者而动,由于读者的重叠,广告客户势必也要重叠,这是媒体的"二重市场"特质所决定的。在双重重叠形势下,报业的读者市场和广告市场都存在着激烈竞争,陷入"同质化"泥沼的报纸难免给读者品牌模糊的观感,"品牌焦虑"成了报纸经营者每天都要面对的问题。

和经济危机相比,报纸的公信力危机才是致命的威胁

赵金:今年报纸的发行季节已经到来,发行大战中,通过宣传自身期待读者的认同是一种很常见的做法。您对此有何建议?

范以锦:各报之间应"和为贵"。在新媒体的强大压力下,日报在营销中唯有开展异质化竞争和强化公信力才是自救之道。近年来网络强势崛起,新媒体分流了报纸的大量广告客户,这给日报带来了极大压力,业内也一直存在着"报纸是夕阳产业"的论调,而不合时宜的经济危机被认为是压在骆驼身上的最后一根稻草。数据显示,2009 年美国报业遭到重创,已有 100 多家报纸倒闭,裁员人数达到 1 万多人,第一季度报纸广告销售同比下滑了 30%,在美国前 25 家大报中,有 23 家订阅量下滑了 7% ~20%。美国报业的"多米诺骨牌效应"表现强烈刺激着国内报业经营者的神经,报纸又要面对来自新媒体的步步紧逼,双重压力逼迫下,同城媒体的竞争日趋惨烈。危急关头,"竞争的姿态"是否已经不再重要?事实上,国内纸媒的好日子远未到结束的时候,危机中存在着机遇,报纸完全可以通过营销报

纸的品质将品牌做大,将危机从容化解。

在营销影响力方面,有两个方面是需要下足功夫的。一方面,要维护好报纸的公信力。公信力是一家报纸生死存亡的基础,也是报纸外在形象和内在品质的支撑点。本来新闻业作为一个备受尊敬和期待的行业,是有其深厚的公信力基础的,但如果我们的从业人员不去强化它,反而去损害它,久而久之就会失去公信力。比如,我们的报纸常以权威媒体自居,然而在公开性和透明度方面却略逊于网络,如果我们在面临这种挑战的形势下,自己又在互相打架、贬损,其公信力更会遭到质疑。与经济危机给我们带来的困境相比,报纸的公信力危机才是致命的危机。另一方面,要通过发表高品质的新闻和负责任的言论来强化报纸的品质,与新兴媒体竞争。由于网络媒体没有新闻采编权,报纸拥有远比新媒体宽敞的新闻操作空间,新媒体和报纸在新闻品质上的竞争暂时不在一个层面上,报纸还有很大的提升空间。

除此之外,一个健康的媒体市场也是个百家争鸣的言论市场,在“和谐社会”的共识下,不同媒体各具特色的办报方针也有利于将市场细分,各家报纸之间有竞争,也是异质化的求同存异的良性发展。

过度自我宣传会影响报纸的公信力

赵金:王教授:您好! 您是一名报业前辈,在新疆日报工作多年,后来又从事高校新闻教育工作,退休后,依然很关注业界情况。您怎么看待现在媒体的自我宣传现象?

王建珂:报纸进入市场以来,一些报纸,特别是市场化程度高的都市报,利用自己掌握的版面过度宣传自己的现象,相当普遍。除了前面说的宣传自己发行量最大(事实证明不少报纸公布的发行量都有水分)以外,还有其他许多表现。如:大张旗鼓宣传和庆祝自己得了某项排名或荣誉,甚至把过去的排名当成目前的排名,不断加以宣扬;高规格大肆报道以自我宣传为主要目的的“策划新闻”,并夸大“策划新闻”的事实;一件事情,经多家报纸报道取得效果后,大家纷纷争功,都说成是自己的报道引起重视,才使问题得到解决;“凡是对手反对的,我就要拥护”,拼命争个是非高低,甚至在版面上互相攻讦,贬低对方,宣扬自己等等。

过去相当长一个时期,强调报纸不宜宣传自己。而进入市场的报纸,是一种特殊商品,也要有“品牌意识”,也要有公关活动,因此适当宣传自己,是无可厚非的。但是,上述过度自我宣传的做法,实际上是一种因报纸激烈竞争引发的焦虑症。它从报社的私利出发,违背新闻规律,不符合报业有序竞争的游戏规则;对报纸本身,过度焦虑、浮躁、炒作、煽情,不仅无助于品牌的塑造,反而会影响自身的公信力。

报纸是报社自己的吗

赵金:如今,“品牌为王”的思想已经深入社会各个行业,传媒业也不例外。打造品牌媒体成为一件大事。塑造品牌离不开自我宣传,而媒体在宣传上有先天的优势:话语权掌握在自己的手里。但也由此引发出一些问题。比如媒体适不适合在报纸上对自己进行宣传?如果有,有没有宣传的底线?

王建珂:报纸过度自我宣传,有悖报纸性质。报纸是什么?一般的说法,是社会的舆论工具,我们的报纸则是党和人民的喉舌。西方学界称报纸为“社会公器”,我们不提倡用“公器”这个说法,但如果理解为它是通过真实客观公正报道新闻为社会公众服务的,则并无不可。

我曾提出过一个问题:报纸是报社的吗?这个问题看起来似乎有些可笑,报纸当然是报社的啦——报社负责采写、编辑、出版、发行,报社要组织广告,搞好经营管理;报纸的发行情况、经济效益与报社人员的利益密切相关,所以报纸好像是报社的。但是,面向社会公开发行的报纸,就其功能和本质说,是属于社会的。报纸只是人民或公众的代言者,任何时候都要把社会公益摆在第一位。报纸并不是报社的宣传工具,不能想怎样宣传自己,就怎样宣传自己。报社人员在编发新闻时,不可避免地要渗入自己的意图,但最终不能违背报纸固有的规律。当年张季鸾在《大公报》提出的“不党、不卖、不私、不盲”的“四不”原则,体现了他对报纸性质的理解,今天仍有可借鉴之处。

报纸同其他社会组织不同,其他社会组织是借助媒体宣传自己,而报纸则握有话语权,是利用自己掌握的版面宣传自己。这当中一个不可回避的问题,就是信道和信源重合,在自我宣传的新闻中,报纸既是新闻的当事者,又是事件的报道者,传播过程中缺少“把关人”,弄不好就可能“王婆卖瓜,自卖自夸”,导致其报道的客观性受到损害。一些报纸利用握有话语权这一有利条件大肆宣传自己,而最后收到的结果,却是影响了自己的公信力。有些报纸往往在这方面是“灯下黑”,自以为大量夸张的自我宣传,会提高报纸的美誉度,以为自我宣传的调门越高越好,这是走入了一个误区。

报纸涉及自身形象宣传的活动,应以服务社会公益为第一目标,把树立报纸形象放在第二位

赵金:那么,怎样恰当地进行自我宣传,才有助于塑造报纸品牌?您能否举例说明?

王建珂:首先,这种宣传必须真实客观,不拔高、不夸大。读者在这方面是十

分敏感的，你有丝毫不真实，都会引起他们对报纸的质疑甚至反感。其次，自我宣传的数量和规格宜从严掌握。南方都市报的版面上很少见到宣传报纸本身的内容，连两度获得全国都市报晚报综合竞争力第一名，都未见怎么报道，但该报以其新锐的风格在读者中赢得较好的口碑。再次，报道报纸直接参与策划的活动，需坚持以服务社会公益为第一目标，把树立报纸形象放在第二位，并且报道的规模和规格不能背离事实本身的新闻价值。这样，才可能获得"一举两得"的效果，否则会适得其反。前几年齐鲁晚报参与策划并报道的"民工招聘会"，反响很好，直到今天，人们仍有印象，就是一个很好的例证。

报纸的品牌最终靠其内在的质量支撑，而广大读者是报纸质量的鉴定者。一张有公信力的、受读者欢迎的报纸，必须按照新闻规律办事，以高度的责任感和职业的良知，维护人民的利益，反映人民的意愿和呼声，用一个个精彩的版面、一篇篇真实、客观的报道和公正的评论，满足人民对信息和认知的需求，肩负起引导舆论、监视环境的重任。桃李不言，下自成蹊。打造品牌媒体，练好内功才是最重要的。

赵金：谢谢两位前辈！

链接

历史上的中国报业笔战

《中国日报》与《岭南报》的笔战

《中国日报》是兴中会1900年1月5日在香港创办的第一份机关报，1902年《中国日报》与保皇派的《岭南报》展开了第一次笔战交锋。

《民报》与《新民丛报》的论战

20世纪初，资产阶级革命派与改良派之间发生了持续的论战，其中革命派的《民报》与改良派的《新民丛报》围绕着要不要进行革命、平均地权等问题，进行了旷日持久的争论。双方作者包括陈天华、汪精卫、胡汉民和康有为、梁启超等名人。

1906年7月，《新民丛报》求和，《民报》不允，《新民丛报》勉强支持到1907年11月停刊，以彻底失败而告终。

辛亥革命前夕革命派报刊与保皇派报刊的两次大论战

第一次大论战发生在同盟会成立前，主战场在美洲。保皇派的主要报刊有1899年5月创刊于新加坡的《天南新报》，1900年4月创刊于檀香山的《新中国报》（梁启超任主笔）。革命派的主要报刊有《檀山新报》、《大同日报》、《中西日报》等。

第二次大论战发生在同盟会成立后，主战场在南洋的新加坡。对垒的报刊，一方是革命派的《中兴日报》，另一方是保皇派的《南洋总汇报》。

这一场持续了三四年之久的大论战，其规模之大、问题之多、时间之长都是前所未有的，写下了中国报刊史上光辉灿烂的一页。经过这次论战，保皇派气势锐减，保皇党之登报退会者相继不绝。

"革命文学"论战与报刊的新旧之争

1928 年爆发的"革命文学"论战，既是不同文学观念的交锋，也是新旧报刊对话语权的争夺。

《新华日报》与《大公报》的三次论战

20 世纪 40 年代，《新华日报》与《大公报》在 5 年的时间里进行了 3 次论战，论战时间持久、内容精彩、阵容强大。第一次针锋相对的交锋发生在 1941 年 5 月，争论点是中国共产党的军队是否在抗战中做到了积极应战。第二次论战围绕战争与和平、独裁与民主展开。第三次发生在 1946 年蒋介石撕毁"停战协定"后，周恩来指挥并参与了这场论战。（《青年记者》综合整理）

（原载《青年记者 2009 年 9 月上》）

专栏小评论的选题和说理

人民日报和湖北人民广播电台联合举办的“今日谈”“广播漫谈”新闻短论征文评奖于6月底揭晓，12篇作品获奖。这次活动引起了全国新闻界和广大读者的关注，对推动新闻短论进一步繁荣会有不小的影响。

“今日谈”“广播漫谈”这类新闻短论，我们叫它专栏小评论。它发表在一定的栏目里，有自己的“字号”，如“今日谈”，篇幅又很短，一般只三五百字，是一种短小的专栏评论，常常简称小评论。

专栏小评论，是我国评论园地里的一枝新花。它是党的十一届三中全会以后才兴盛起来的。现在，几乎所有的报纸和不少电台都设有小评论栏目，专栏小评论已成为数量最多的一种新闻评论。别看它在版面上是“豆腐干”，读起来只需一两分钟，其作用不可小看。人民日报负责同志说：人民日报的各种言论形式当中，“今日谈”是个很重要的形式。

社论、评论员文章和短评等评论，主要是编辑部的专业人员写的，而专栏评论则是广大业余作者的园地。许多通讯员长期生活在第一线，对实际有真切的了解，这是写评论的有利条件。只要有一定的思想理论水平，掌握写作规律，完全可以写出好的专栏小评论。

一、专栏小评论有什么特点

专栏小评论除了新闻评论的共性以外，还有自己的特点，主要是：

1. 作者广泛。专栏小评论是个人署名文章，有专家学者，也有工人农民，有领导干部，也有普通百姓，作者十分广泛。人民日报和湖北电台这次征文，共收到来稿4万多件，作者遍及全国30个省市自治区，还有港台同胞、海外华侨和留学生的来稿。在小评论专栏里，不管什么人都以普通人的身份出现，对问题有不同看法可以平等讨论，绝少指令性的口气。

2. 题材多样。专栏小评论的内容涉及社会生活的各个领域。从国家的方针大计到百姓的衣食住行，从如何保持社会稳定到一个汉语词汇怎样正确使用，都成为议论的话题。既宣传党的政策,又反映群众的心声。这种评论社会性强,内容贴近群众,与人们的思想、学习、生活、工作密切相关,有广泛的读者。

3. 新闻性强。新闻评论都有新闻性,专栏小评论的新闻性更强烈,因此有人叫它新闻小言论。它都是针对当前现实生活中的问题而发,有的还直接评论新近发生的新闻,有的本身就包含了新鲜事实甚至颇有价值的新闻。这样的评论自然要注重时效,时过境迁,就不起作用了。

4. 短小精悍。专栏小评论有人叫它微型评论,只有几百字,却要立意新深,有说服力,所以要小而精粹;题目小,内容单一,主题集中,材料纤巧,议论精当。

5. 风格多样。大型评论一般很少有个人风格,而专栏小评论由于作者和评论的内容都十分广泛,风格也就多种多样,或庄重严谨,或活泼生动,或朴实无华,或优美抒情,或尖锐犀利,或循循善诱。有的重在说理,有的寓理于事,有的情文并茂……风格如此多样,使专栏小评论色彩斑斓,这也是它引人爱读的一个原因。

二、写专栏小评论怎样选准题目?

写专栏小评论,首先遇到的一个问题就是写什么,也就是选什么题目。这是个关键。题目选不好,写出来的东西自然没多大意思,缺乏发表的价值。目前,不少报社编辑部小评论来稿利用率比较低,首先就是因为一些来稿选题不当。

专栏小评论选题有哪些需要特别注意的呢?

1. 既要围绕宣传重点抓重要问题,又要注意扩大选题面。

报纸、广播的宣传吸点,往往是党和政府强调的重要问题,群众普遍关心的问题。写小评论首先注意这方面的选题,才能很好地发挥舆论导向的作用。人民日报和湖北电台这次征文期间刊用的稿件,有相当一部分谈的是诸如维护稳定、治理整顿、干部联系群众、学雷锋等这样一些有普遍意义的重要问题。获得征文一等奖的《稳定才能出成果》就抓了一个颇有分量的问题:只有稳定的政策、稳定的环境,才能稳定人心,从而使生产稳定,协调发展。密切联系群众是当前的一个宣传重点,人民日报“今日谈”专栏以此为话题的小评论也比较多,如《可敬的不私亲干部》、《析一个问号》(赞扬新疆维吾尔自治区主席铁木尔·达瓦买提的廉洁作风)、《办公室续谈》(就上海市副市长俭朴的办公室谈干部不能脱离群众)以及《地头·炕头·心头》、《关键是同心》、《还是要到群众中去》(强调干部下基层要真正深入到群众之中,放下架子,与群众同心)。以为小评论只能谈小问题,很难谈得上为配合中心宣传发挥作用,这种看法显然失于片面。

社会存在多方面的问题,读者也要求报纸就多方面的问题及时发言。专栏小评论正好可以在这方面发挥自己的特长。因此,它不必像社论那样只评论重大问题,选题面宜宽,可以触及社会的各个方面。许多日常遇到的问题,虽然并不重大,但有普遍意义,写出来对人们有启发,有利于两个文明建设,也可以成为小评论的选题。常有这样的情况,有些问题需要加以评论,但又不宜或不便于用代表编辑部的发言方式,写成个人署名的专栏小评论则比较合适。比如,我国居民重名的现象比较多,给邮电、公安等许多工作带来不便,有必要提醒人们注意,但如果郑重其事地写一篇"应当避免重名"之类的社论或评论员文章,则未必得当。一位农村作者写了一篇小评论《重名多了麻烦多》,用他们村的典型事例说明重名的弊端,论据扎实,语言生动,很有可读性。此稿发表在人民日报"今日谈"专栏里,还在征文评奖中得了二等奖。其他如《公厕无灯之憾》《避孕药具何处寻》《孩子生日怎么过》《"小二黑"结婚添新愁》《贴报栏莫成广告栏》《请把字写工整些》(均发表在人民日报),从标题就可以看出都属这类选题。专栏小评论在选题方面的这种拾遗补阙作用,不仅使报纸对社会发言的面大大拓宽,而且使评论园地呈现大小结合、轻重结合、绚丽多彩的局面。

2. 选题的针对性要强。

新闻评论的选题都要有针对性,否则就谈不上指导性,谈不上引导舆论的作用。专栏小评论只有几百字,更要有的放矢,一矢中的。要触及现实生活中的迫切问题,或提出一个亟待解决的有普遍意义的问题,或澄清一个模糊认识,或提醒人们注意一种容易忽视的现象……如果没有针对性,就如同白开水一杯,没有什么味道。人民日报5月23日发表的《"脚跟政策"要不得》批评了一种以权谋私的情况:有的单位在进行分房等工作时,制定的办法以制定者的利益划杠杠,这实际上是把谋私合法化。评论切中时弊,在征文评奖中获得二等奖。

针砭时弊的小评论要有针对性,赞扬、倡导式的小评论也要有针对性。赞扬先进是为了鞭策后进,倡导先进的目的在于推动一般。在征文评奖中获一等奖的《何必辨中心核心》就是这样一篇小评论。它赞扬河南省周口味精厂厂长、书记团结一心,振兴企业的事迹,针对的是当时工厂中普温存在的一种现象:厂长和书记为"中心"和"核心"争辩不休,不能很好地团结共事,影响了企业的管理和效益。

3. 选题的角度宜小。

专栏小评论篇幅很短,难以全面论述一个什么问题或条分缕析地阐发某项政策,因此选题的角度不能大,否则会流于空泛,什么问题也说不清。怎样做到选题角度小而有思想意义?可以采取"以小见大"和"大题小做"的方法。

"以小见大"就是"滴水见太阳",通过一件小事讲明一个大道理。国家开始治理整顿以来,形势发生了明显变化:经济过热得到遏制,物价猛涨的"野马"被勒住了缰绳,一些不正之风逐步得到纠正。如果要论述一下这种喜人形势那绝不是一篇专栏小评论所能胜任的。4月17日人民日报“今日谈”发表的小评论《看“变化”》,从家庭和个人的变化看国家的变化,只有300多字,言简意赅,给人以启迪。

所谓“大题小做”,就是把一个大问题分解开来,从一个个小角度分别作文章。比如,用“怎样看待中国的穷”这样的题目来写一篇小评论是很困难的,人民日报一月份发表了一篇长文章加以阐述。用小评论怎样谈论这个问题呢?这家报纸连续发表了四篇小评论:《要为“穷母亲”争气》《“穷根和“富路”》《人穷志不穷》《幻想无济于事》,每篇只谈论一个侧面,题目小,主题集中,话虽不多仍然说得比较清楚,几篇合在一起,可以帮助读者对怎样对待国家穷的问题有一个比较全面的认识。

专栏小评论的题目从哪里来?一是来自中央和上级党委的新精神,如文件、指示、领导同志的讲话、重要会议的精神等。二是来自群众的意见、要求、反映、呼声,实际生活中的问题和矛盾。三是来自新闻报道。新闻报道中的典型事例,甚至一句话都可裁为选题。这三个来源是不可分的,归根结底还是来自实际。因为中央和上级党委的精神也是从实际中来并用以指导实际的,新闻报道则是实际的反映。只有认真学习领会中央和上级党委的精神,深入实际,了解社会,用心体察群众的意愿和情绪,才能产生有价值的专栏小评论选题。

三、专栏小评论怎样说理

新闻评论是论是非、讲道理的文章,说理是新闻评论写作的重要一环。专栏小评论当然也要说理,但有自身的特点,它往往不是靠深入的剖析、严密的论证说服读者,而是用具体事实讲道理。这种说理方法适应小评论篇幅短、题目小的特点,而且具体实在、亲切自然,易于为读者所接受。具体运用起来主要有以下几种情况。

就事立论。这是最常见的一种写法。先叙述事实,然后对这个事实展开议论,引出道理。例如,有一篇题目为《学雷锋怎能要表扬》的小评论,开头先讲了这样一件事:

某中学学生到我们单位帮助打扫卫生。事毕,学生恳切要求我写封表扬信给学校,我为之愕然,细一打听,才知缘由。原来,该中学开展“学雷锋,做好事”活动竞赛,规定:每得一封表扬信,给本人和所在班级各加一分,每得一个奖励镜框各加20分,每得一面锦旗各加50分,得分多者即为优胜。

接着对这件事进行了评论,联系雷锋做好事从来没想到过报偿、荣誉,指出:雷锋精神是一种默默无闻的奉献精神,甘做无名英雄的“傻子”精神,然而这所中学的竞赛活动却给人留下“做好事,为表扬”的印象,这是有悖于雷锋精神,也有悖于我们开展学雷锋活动的初衷的。

即事明理。这种写法叙事的比重比较大，由于事实典型、有说服力，摆出事实，道理自明，用不着很多议论。《稳定才能出成果》就是这样一篇小评论。此文的主要篇幅是三个事例：先举了一个正面的事例：石台县新中村在人均二分地的石头山上，人均年收入近千元。主要经验是生产规划20年一贯制：高山种杉，缓坡栽茶，石头缝里点棕榈，房前屋后是药材和桑麻。村支部书记先后换了三任，始终不改初衷。接着又讲了两个村反面教训的事例，都是“一个将军一道令”，几易“战略目标”，结果山河依旧，穷困未改。事实胜于雄辩，三个事例摆出来，用不着多加分析，读者就不难得出这样的结论：只有稳定的政策、稳定的环境，才能稳定人心，从而使生产稳定，协调发展。

以本证论。先摆出论点，然后用事实证明。比如《重名多了麻烦多》这篇评论，先提出重名多了麻烦多这样一个观点，接着列举两个生动的事例加以说明：

一个叫孙召芳的，亲戚给她寄来250斤煤票，结果邮递员给了另一个孙召芳。这个孙召芳不辨真假，喜出望外，把煤买来烧了。时隔半年，那个亲戚问第一个孙召芳收到煤票咋没回信，她恍然大悟，找到另一个孙召芳，你一言我一语地争吵起来，为此两家至今互不搭腔。还有一次，一个外乡报丧的人跑到一家说：“你家亲戚死了，让你去人情。”那人说：“我那地方没亲戚，你胡说什么，还不快滚蛋，你瞎眼找错门了。”说着抡起木棒就往外赶。报丧人知道是找错了重名人，连连道歉。

这两个事例很能说明问题。小评论接着从一个村引申到全国：如果把全国重姓名的统计起来，恐怕难以计数，难怪海外侨胞来信，害得绿衣使者踏破铁鞋，问门神拜灶君呢！

还有一种情况，开头引叙一个事实，但这个事实不是议论的对象，也不是证明论点的论据，而只是一个由头，文章是借题发挥，讲另外的意思。

叙事在专栏小评论说理中有重要作用，因此精心选择事实就很重要。小评论的事实要力求有新意、典型，如果用作论据，要与论点有必然联系，能够说明论点，如果当作由头，要能够自然地引出下文，做到顺理成章。否则，南辕北辙，思路混乱，道理也就难以讲清。有一篇题为《输棋与谏》的小评论，开头先说了一件“输棋”的事，然后引申到“纳谏”：

日前，我与一位六年级小学生下象棋，不想在本单位也算得上一流棋手的我竟几战几输，心里很不是滋味，总觉得一个大人还不如一个孩子，同志们说起来时，面子上也有些过不去。由此想到，我们个别领导干部，工作中主观独断，对部属提出的一些合理化建议不予采纳，总以为自己要比别人高一尊，若接受了部属的建议，就感到自己掉了价，失了面子。这样的领导与下棋输给孩子的我有什么两样的呢?

在这里,把部属同小孩相类比,把领导干部主观独断、不接受群众合理化建议同因下棋输给小孩感到脸上无光相提并论,显然有些牵强。这篇小评论由于事实选择不当,给人一种硬凑一个由头的感觉,反而影响了说理。

专栏小评论是一种灵活多样的评论文体,事理结合的方式也多种多样,以上讲的几种只是主要的。还有的小评论是夹叙夹议,事理完全融为一体;有的小评论中的事并不是具体事实,而是概括事实,有的不是新鲜事实而是历史典故,有的引用一句谚语、格言、诗词来作为由头。此外,还有一种完全务虚的小评论,或从思想上回答现实中的一个问题,或直接批驳一个错误观点、澄清一种模糊认识。评论作者可以从表达内容出发,选择恰当的说理方式和结构,不能硬套某一种框框。

(原载《当代传播》1990 年第 5 期)

力求内容与形式的完美统一

——报纸版面编辑工作漫议

版面是报纸的“面孔”，把它打扮得漂亮一些，给人的“第一印象”好，能够吸引读者；如果“面孔”丑陋可憎，则可能无人乐于问津。所谓“面孔”，还有另一层意思：编者的喜、怒、哀、乐都表现在上面，它反映编辑部的意图，体现编辑部对新闻事件的褒贬抑扬，是报纸的一种特殊的评论手段。因此，版面编辑，对于办好报纸，是一项举足轻重的工作。当今的社会节奏加快，人们读报的时间短促，而审美的要求越来越高，报纸要赢得读者，不能不在版面上下更大的功夫。

十一届三中全会以后，我国报纸工作进入了一个黄金时期，版面也有了明显的变化，变得活泼、美观、多彩了。现在的报纸版面，不仅同“文革”时那种单调、呆板、虚张声势的版面不可同日而语，比“文革”前也有了进步。但是，在这同时，由于编辑队伍新成分骤增等原因，版面编辑也出现了一些新问题，需要加以研究。

内容和形式

每个版面编辑都希望编出好版面，但是，什么样的版面才是好版面？对这个问题，并不是都能做出准确回答的。

举个例子，一家报纸去年9月25日一版被编辑部门评为好版面，评语是：“处理大方，位置恰当，图文搭配得当”。其实，这个版面从政治上考虑，存在严重缺陷。上部横通包框安排十二届五中全会公报，这是正确的，可以说“位置恰当”。但是，对中顾委五次全会公报和中纪委六次全会公报，处理得却不恰当。中顾委和中纪委都是中央领导机构，两个会议的内容又都是增选领导成员，按说应该差不多处理。而在这个版面上，两个会议的公报悬殊：中顾委会议公报五栏题居版面中部，中纪委会议公报在右下角（版面上最差的位置），标题不足四栏。看来这样安排是为了把几张照片错开，使版面浓淡均衡。

这种情况不是个别的。再如，也是为了均匀、“好看”，在有的版面上，报道某一事件的文字稿安排在右下角的一个栏目里，而同一内容的照片却远居左上方；

几条国内新闻中间毫无道理地夹着一条国际新闻;领导人会见外宾的消息竟同一个罪犯被判刑的新闻对角编排……

还经常听到这样的议论:这个版面好——条数多,那个版面应当受表扬——对称,等等。

以上这些,反映了一些同志心目中好版面的标准。应当说,其中确有一定道理。浓淡均衡,布局匀称,活泼多变,无疑是版面美的要求;但是不顾内容,孤立地追求均衡、匀称、活泼等,是编排不出好版面的。

内容决定形式,形式服从内容;形式对内容又有强大的反作用。好版面应该求得内容和形式尽可能完美的统一。所谓版面美,最主要的是形式和内容的和谐美。版面编辑是一项技术性强的工作,更是一项政治性强的工作。安排版面,首先要从政治上考虑。为了恰当地表达内容,体现宣传思想,也要努力寻求与内容相适应的形式美。忽视版面的形式美,不利于内容的表达,是不对的,不惜损害内容去片面追求形式美,更不可取。还应当清醒地看到,组版究竟不同于美术创作,版面美化不可能不受到新闻内容、宣传思想的限制,不宜勉为其难,过分求美。比如,恰当地安排照片、标题、线条等,使版面浓淡均匀,疏密有致,可以给人以美感,但这必须服从内容,至少不能有损于内容。前面谈到的那个版面,就是由于不适当地追求浓淡均匀而损害了内容。同一天《人民日报》一版从内容出发,把中顾委和中纪委全会公报对等竖在中央全会公报下面,标题高度和字号相同,两个会议的照片并排横放在下面,这个安排是恰当的。版面上的四张照片连在一起,其中三张全在右边,但由于左边有两个黑体字大标题,仍然比较均衡。再如,对称可以给人以美感,许多报纸常常采用灵活多变,适应性强的对角对称式版面。但是,以中心垂直线为中轴的两边大对称(规则对称),由于难以和稿件的内容、篇幅、标题等适应,则不宜多用。"文革"期间,有一家报纸几乎天天搞这种对称,还向其他报纸推广"经验",这种做法是当时形而上学猖獗在版面编排上的一种反映。现在,有的同志仍然盲目欣赏这种版式,其实,它不仅往往削足适履,让内容迁就形式,而且版面呆板。

近年来,报纸上的稿件短了,条数多了,为版面美化提供了有利条件。但是,新闻不仅要短,还要求新,求深,条数多不一定信息量就多,单纯为了活泼,片面追求条数,不顾质量,版面就会失之轻飘零碎。同时,报纸版面应当是一个鲜明体现编辑思想的有机整体,而不是稿件的随意堆砌,条数多了,更需要注意从内容和形式的统一上合理配置,做到多而不杂,活而不乱。

版面与新闻价值

如前所述，一个好的版面应该做到内容和形式尽可能完美的统一，具体地说，不仅要力求布局匀称，浓淡相宜，活泼新颖，美观大方，尤其要重视从总体上权衡轻重，做到主次有序，条理清楚，思想鲜明，也就是让每条新闻，按其新闻价值及其同其他稿件的联系，在版面上适得其所。安排版面，也要考虑宣传方针。有的新闻，其新闻价值较高，但有时从宣传方针考虑，故意做冷淡处理。然而，新闻价值终究是决定稿件分量的基本因素。如果背离新闻价值，轻重不分，甚至轻重倒置，即使外观形式很美，也不是好版面。从当前情况看，在这方面有以下几点需要加以注意。

一、强调对每条新闻进行具体分析，正确认识其新闻价值，在版面安排上既防止任意性，又防止按死框框办事。

有的同志在设计版面时，不做认真分析比较，信手安排，造成畸轻畸重。比如，在一家省报上，主席到葡萄牙访问的新闻是三栏一号字标题，过了几天，到第三世界国家马耳他访问，消息标题只有两栏三号字，西德总理到京，在一版右上，四栏题一号字，挪威首相到京，在三版两栏题三号字。悬殊如此之大，令人难以捉摸。这不仅背离新闻价值，也不符合对外政策和宣传方针。省报虽然不负担对外宣传任务，但是应当准确地向自己的读者进行我国对外政策的教育。这种处理显然是不严肃的。

有的同志脑子里有些现成的框框，比如，会议新闻以什么人出席、讲话，定版面上的位置，报道领导人讲话的新闻，以其职位高低衡量价值；正面报道可以发得显著，反面报道则不能突出，等等。这些不能说没有道理，但是如果把它们绝对化，以死框框代替对稿件的具体分析，就会导致安排不当，冷淡了真正有价值的新闻。新闻人物是决定新闻价值的一个因素，而不是全部因素。领导人的讲话往往有指导性，他们的活动也为读者关注，但每项活动、每次讲话的内容不同，分量就不一样。揭露性的报道，从宣传效果考虑不宜过分集中突出，但有时抓住重大典型报道加以突出，会收到特有的好效果。不久前，在中央直接过问下，抓了三个大案：航天部广宇公司经济犯罪案、上海陈小蒙等强奸流氓案、周而复违反外事纪律事件，显示了中央端正党风的决心，增强了全国人民的信心，许多报纸发在一版显著地位，影响很好。有的报纸考虑到这些都是揭露性报道，发得不显著，效果就差了。

二、遵循新闻价值规律，既重视有直接指导作用的新闻，又重视信息型新闻。

我们的报道有不少是有直接指导作用的，新闻价值较高。同时，许多信息型新闻，与广大读者关系密切，或具有鼓舞、启迪、教育作用（这也是指导性），或能够为读者提供服务,或能够使读者增加见识,也具有较高的价值。现在,有些报纸存在的问题是忽视后者。一些关于经济建设、科学技术的最新信息,包括新的重大建设成就的信息,在版面上得不到应有的重视,至于服务性的新闻信息,更常常遭到冷遇。举个例子,2 月中旬,北方许多省区普降雨雪,春雨贵如油,这对缓和春旱大有好处,《人民日报》除及时在显著地位报道新闻,还在一版右上角刊登北京降雪的四栏大幅照片,给人印象很深,显示了党报和人民群众呼吸相通。而有的省报对这类同广大读者生产生活密切相关的信息都看不上眼,本地久旱之后喜降瑞雪,消息压了好几天才勉强见报,已时过境迁。

信息论的研究告诉我们,第一次传播,信息量大,对受众的刺激大。懂得新闻规律的人,总是力求以第一次信息获取最大的效果,以高度的敏感及时发现其价值,并在版面编排中使新闻价值得以充分实现。但是,这一点有时被忽视。比如,有的报纸对国际上重大突发事件的报道,往往开始时发得很不显著,等见到广播、电视和其他报纸突出报道了,才引起重视,但时机已经错过。处理国内新闻,也有类似情况。乌鲁木齐铁路局客运段北京车队获得“红旗列车”称号,这对当地各族读者来说是一条比较重要的新闻。当地报纸第一次报道时只发了个两栏题,很不显眼。过了些天为此举行命名会,报上又发了一条消息,主标题还是获得“红旗列车”称号这个意思,却发在一版头题,五栏大字标题。显然,第一次的处理缺乏敏感,是失当的。

在版面编辑中,重视有指导性的新闻,这是对的,问题是有些业务性、技术性强的所谓指导性新闻,包括某些会议报道,其实并没有多少指导作用,有的甚至算不上真正的新闻。让这样的稿件充斥版面,甚至占据重要位置,是背离新闻价值原则的。

三、善于根据新闻价值的大小,给不同稿件以不同的强势。当前特别值得重视的,是对新闻价值高的重要新闻做突出的处理,不仅地位要好,而且要调动标题、变栏、加框加线、配图等手段“加重”,有的还可以用集中编排、对比编排等方法,给读者造成强烈印象。在版面上,稿件的强势是相比较而存在的,为了突出重要稿件,对较次要的稿件则需要减弱其强势。现在有的版面条数很多,平均使用力量,应该突出的不突出,显得很平。有的为了节省版面,特别重要的中央文件也与其他稿件穿插,或者一版上安排得太少,大部分转到其他版了,既不突出,也不庄重。近年来,许多报纸注意调动编排手段“加重”头条,这是对的,但是不管什么样的头条一律用制版题或者配图,就区别不出轻重,而且使版面缺少变化。另外,对安排在其他位置的稿件,如何赋予适当的强势,也是值得注意的。

变化和统一

新闻是新近变动的事实的传布,报纸上每天登载的新闻是不一样的,与此相适应,版面也应当不断变化。从心理学的角度讲,新奇的东西容易引起人们的注意。因此,报纸要经常以新颖的面孔吸引读者。

版面最忌凝固化、程式化。有些东西本来是美的,但是天天一个样也就使读者倒胃口。比如,按照"黄金切割率",34: 21 的矩形包框是美的,但是不能每一个包框都是这种矩形,三张照片在版面上摆成"品"字形比较匀称好看,但是不能天天让照片呈"品"字形。因为,那样做,不仅与内容不适应,形式上也失之呆板。相反,近年来,报纸上有时采用细长的直包框和比较矮的横包框,也颇为别致,照片叠在一起,只要处理得当,也可以给人以美感。人们的审美观念是不断发展的,应当从表现丰富多彩的内容出发,着意创新,不断创造出新的版式、标题形式等,满足读者的审美要求。

版面不仅要讲变化,还要讲统一,要做到变化中贯穿统一,统一中包含变化。只讲变化,不讲统一,版面就会杂乱无章。所谓统一,就是要有一致的东西,相对稳定的东西。这方面包括的内容很多,本文不可能一一赘述,笔者认为,从当前一些报纸的情况看,应强调版面在多变中保持统一的风格。版面风格是体现报纸特点的一个重要方面,是联系读者,吸引读者的一个重要因素。一些影响大的报纸,其版面都是独具风格的,如《人民日报》——整齐大方、严肃庄重,《文汇报》——活泼清秀、刻意求新。外国报纸也一样,美国的两家大报《纽约时报》和《洛杉矶时报》风格就迥然不同。风格是在创新中形成的,借鉴值得提倡,但借鉴不能代替创新。如果人家搞个什么栏目,你也跟着搞什么栏目,人家采用什么版式和标题形式,你也照学不误,而不去研究自己报纸的特点,弄得不好,会成为一个"四不像",今天浓妆,明天淡抹,这样,怎么能形成自己的风格呢?

版面如此,栏目也如此。栏目是要有变化的。但是一个栏目既然办起来,就要有自己的性格,个别栏目位置和形式也可以相对固定,以吸引读者。我国一些报纸的名牌栏目就是这样。《人民日报》的《今日谈》,每天都包框发在一版下面,排楷体字,不少读者一拿到报纸就找它看。日本《读卖新闻》的《人生向导》栏目,总是每天一期,千字左右,登在十三版下部,用一问一答的形式回答妇女提出的问题,成为一个很有影响的专栏。日本新闻学者小野秀雄说:"报纸的特点就在于通过定期的连续出版,使读者养成一种阅读习惯。"①上述做法是有利于使读者养成阅读习惯的。但是,有的报纸单纯为了活跃版面,片面追求专栏的数量,而每个专

① 小野秀雄(日本新闻学家):《新闻学原理》,转引自《国际新闻界》1985 年第 3 期。

栏应该有一个什么样的性格却很少考虑,组稿工作又跟不上去,结果有的栏目没有自己的特点,今天这样,明天那样,或者一个版上有两三个类似的栏目,有的栏目三天打鱼,两天晒网,甚至自生自灭,这样,只会失信于读者。

* * *

版面编辑是一门学问,需要探讨的方面很多。比如标题就是一个重要方面,一个版面如果安排得当,外观也美观,但是标题做得不好,版面就不能传神。本文仅就版面安排中内容和形式统一的问题,谈了些肤浅的看法,难免挂一漏万。不妥之处,希望得到同行们的指教。

(原载《当代传播》1986 年第 3 期,署笔名　王宁)

写好新闻——记者的首要职责

一

写好新闻——记者的首要职责，这个命题似乎不应该成为什么问题。但是，当前仍有加以强调的必要。

在新闻改革中，我们的报纸有了很大进步，前些年那种"新闻文章化、报纸杂志化"的状况已经根本改观。但是，同丰富多彩的现实生活比起来，一些报纸新闻少的问题仍然解决得不好。有些冠以"本报讯"的稿件，并没有给人提供什么新的信息，实际上算不得真正的新闻。那种内容相似、主题雷同，只换了个地名的重复报道还不时见诸报端，而事实陈旧、交代不清、提法不准、文字粗糙的新闻，更是屡见不鲜。至于真正写得精彩的"活"而"重"的新闻却不多见。有的报纸一年下来，要评选几条好新闻，掂来掂去，难得有真正满意的。已经入选的好新闻，有的也存在明显的不足。

报纸上新闻的状况不能令人满意，这是一个方面，而特别值得注意的是：在业务指导思想上对新闻仍然缺乏足够的重视，有的同志满足于版面上登了多少多少条，至于质量如何则关心得不多。一些参加工作不久的同志喜欢用文艺手法写长篇通讯或者写报告文学，正像李普同志指出的，有一种盲目向文艺靠拢的倾向。① 他们以为写出一两篇长通讯或报告文学，就可以显示自己有才华，评定业务职称就有了本钱，因而不愿意在写新闻上下功夫。编辑部对他们的业务指导也不力。

近几年新闻写作方面的改革，突出解决了一个"长"的问题，这个成绩当然是不能抹杀的，但是短新闻不一定都是好新闻。许多新闻篇幅是短了，但是缺少新思想，分量不重，写作上没有创新，引不起多少反响。这恐怕是报纸办得"平"的一

---

① 胡乔木：《打锣卖糖　各有一行——在浙江新闻干部会议上的讲演》，载《新闻战线》1984年第一期。

个重要因素。

因此，是进一步要求记者锤炼写好新闻这一基本功的时候了。

二

新闻，是报纸上的主要文字体裁。最早的报纸就是用来传递信息的，登载的都是类似现在的新闻的东西，并没有长篇大论的文字。近代报纸仍以新闻为主角，故名“新闻纸”。现代日语中，“报纸”一词干脆写作中文繁体字的“新闻”（日文中“新闻”一词的概念历史上和中文类似），日本发行量最大的报纸就叫《朝日新闻》。我国无产阶级的报纸也以刊登新闻为主。胡耀邦同志说，新闻工作的最主要的任务“就是要用大量的、生动的事实和言论，把党和政府的主张把人民的各方面的意见和活动，及时地、准确地传播到全国和全世界”。完成这个任务靠什么？主要靠新闻。当前是信息空前活跃的时代，信息已成为重要的资源和财富，商品经济的蓬勃发展，科学技术的突飞猛进，对信息提出了新的要求，信息开发、传递得如何，直接影响着四化建设的进程。报纸是信息的重要传播媒介，新闻是重要的信息载体。新的时期、新的形势对新闻的数量和质量都提出了更高的要求。胡乔木同志 1980 年曾经指出：“报纸本是新闻纸，现在人民每天从报纸上只能看到几条可怜的新闻，这对国家的民主化和四化都很不利。”①胡乔木同志把新闻的多少提到关系国家的民主化和四化的高度来认识，至今仍然值得我们深思。

有的同志说：新闻是时间的易碎品，只有一天的生命。言外之意，写新闻没有多大意思。新闻是时间的易碎品，这从一方面来讲是对的，新闻作为“新闻”，只能在短暂的时间内发挥作用，但是它的重要作用却是别的东西所不能代替的。马克思和恩格斯在从事新闻工作的时候就从来不轻视新闻这种体裁。恩格斯为了把最新消息尽快地告诉大洋彼岸的读者，常常在开往纽约的邮船起航前几小时赶写快讯。他在曼彻斯特写的新闻寄到伦敦后，有时是由马克思亲自乘最快的马车送到编辑部。毛泽东同志在革命战争年代不仅写了许多富有战斗力的评论，还写了许多堪称范文的新闻，这更是人所共知的事。新闻工作的性质和特点决定了记者的首要职责就是写新闻。我们的记者站在时代的前列，用新闻来传播信息，引导舆论，用新闻为人民的利益鼓与呼，为建设四化、振兴中华的大业做贡献，这不是值得自豪的吗？还应当看到，一篇篇单独的新闻可以说是时间的易碎品，不是什

---

① 胡乔木：《打锣卖糖　各有一行——在浙江新闻干部会议上的讲演》，载《新闻战线》1984 年第一期。

么留传百世的大作,而连续不断的无数新闻却组成了鸿篇巨著。今天的新闻就是明天的历史,作为历史的纪录,千百年后仍有其重要价值。我们有什么理由鄙薄新闻呢?

三

采写新闻是一项高水平的复杂劳动,写好新闻要下功夫。有人说,几百字、千把字的新闻写起来还不简单!这实在是一种误解。新闻是事实的报道,但并不是任何事实都可以报道,有价值的事实才能写成新闻,新闻是传播信息的,但并不是纯客观传播信息就完成了任务。许多新闻都要"用事实说话"——阐明一种思想,用以启迪人心,影响舆论。在纷纭繁杂的事物中,掂出各种事实的分量,及时抓住新闻价值高的事实,就要具备一双"慧眼",善于观察和分析问题。这里面是大有学问的,高手和初学者悬殊太大了。1971 年,在我国严格保密的情况下,法新社一名记者于 9 月 15 日首次向全世界报道了"9. 13"林彪叛逃的事件,他的高明之处主要就是有洞察事物的本领,有高度的新闻敏感,能够见微知著。经过多方的观察,他早在 1969 年"九大"时就得出林彪并不忠于毛泽东的判断。1971 年秋,又发现一些蛛丝马迹,紧追下去,终于发现了这条震惊世界的大新闻。对于我们无产阶级新闻记者来说,写好新闻必须掌握辨证唯物主义和历史唯物主义,善于透过现象看到本质,必须通晓党的政策和策略,能够审时度势,选择适宜的报道角度,把握恰当的宣传时机,必须深入实际调查研究。这个要求就更高了。

新闻要短,唯其短,更增加了写作的难度,要在几百字、千把字的篇幅里"浓缩"新闻的内容,而且写得新颖、生动、易读,没有较高的文字功底,是办不到的。新闻具有很强的时间性,一般是在很短的时间内写就的,这就更要有硬笔头。

有的同志把写新闻看成是雕虫小技,这恐怕同一些质量不高甚至不够格的新闻经常占据版面有关。比如写会议新闻,不管什么会议,照例把会上的讲话一摘了事。这样的会议新闻发多了,初学者以为这就是会议新闻的标准模式,依葫芦画瓢就是了,用不着费多大的脑筋。没有严格要求是出不了好新闻的。五十年代,穆青同志在新华社上海分社工作的时候,常常为了一条几百字的新闻和分社的同志一起,从选择角度,写好导语,运用背景材料,到遣词造句,绞尽脑汁,终于写出不少新闻佳作。现在我们需要的正是这种严格要求,一丝不苟,积极进取的精神。

四

强调写好新闻是记者的首要职责，并不是反对写通讯、报告文学等。报纸上各种体裁有其各自的作用，都是不可缺少的。一个成熟的记者应该十八般武艺样样拿得出来。现在好的通讯、报告文学不是多了，而是少了。就以通讯而论，它能够向读者提供较多的事实和背景材料，能够以曲折的情节和生动的描写感染读者，这是新闻所不及的。一些反映典型人物的先进思想和事迹的好通讯，曾经在社会上引起极大的反响，虽然篇幅长一些，读者还是欢迎的，并不完全以长短论优劣。有的时候，新闻和通讯互相配合会有更好的效果，比如最近新疆日报发表的通讯《我们是来交朋友的——记宋汉良同志在新疆大学的一天》，就补充了前几天发表的同一题材的新闻的不足。报告文学也是需要的，隔一段时间有一篇好的报告文学，会给报纸增色不少。

但是，应当指出，新闻可以说是报纸各种文字体裁的基础。通讯是广义的新闻的一种形式，发表在"新闻纸"上的报告文学、散文，甚至评论也无不打上"新闻"的烙印。不懂得新闻规律，缺少新闻敏感，不具备提炼思想、概括事实的本领，是难以写好通讯、报告文学等稿件的。有的同志擅长写新闻，有的同志擅长写通讯或报告文学，这倒也是事实，应当注意发挥他们的特长，但是这些同志往往有一个共同点——具备新闻记者的素质，而培养这种素质最好从写新闻开始。有的初学的同志写一条短新闻，事实都交代不清，却硬要去写大通讯，文中堆砌了华丽的辞藻，充满了细腻的心理描写和大段大段的人物对话，却没有鲜明的主题，这能算得上真正的通讯吗？

五

新闻战线需要改革的方面很多，中心是新闻改革。继续增加新闻的数量，提高新闻的质量，加大报纸的信息量，是其中一项重要内容。看来，需要从各方面做出努力。

第一，在业务指导思想上进一步重视新闻，下大气力改进新闻写作。《羊城晚报》从总编辑、部主任到记者，几乎人人采访新闻，人人研究写好新闻。因此，新闻多，信息量大，不断提出新问题，成为这家报纸的特色，他们还写出了在全国有影响的独家新闻。《羊城晚报》的做法值得借鉴。

第二，对刚参加新闻工作的年轻同志加强职业教育，使他们明确新闻工作的性质、任务、记者的职责，帮助他们提高采访写作新闻的技能。现在新闻界新成分骤增，这件事显得特别重要。

第三，在评价记者的工作，评议专职业务时，应考察其全部工作，新闻采写水平应作为重要依据。

第四，加强新闻采访写作理论的研究。近几年，这方面的研究活跃了，但是阐述现成结论的多，新的探索则不足。应当在总结新鲜经验的基础上，使理论研究有新的突破，用以指导新闻实践。

（原载《当代传播》1986年第一期，署名王宁）

给国际新闻以应有的地位

忽视国际问题的宣传报道，是当前省报普遍存在的问题。试举两例：去年12月2日，设在印度博帕尔市的美国联合碳化物公司农药厂毒气泄漏，使十几万市民中毒，二千五百余人丧生。这个惨剧被人民日报列入1984年世界十大新闻。这一有史以来最严重的毒气外泄事件，使各国人民震惊，也引起人们的深思。一些国家的舆论指责发达国家向发展中国家输出公害，不少发展中国家，甚至西欧国家，都为某些工业部门的安全问题担忧。事件发生后，各国新闻机构纷纷报道，我国新华社也作了比较充分的连续报道。可是，在不少省报上，这一事件的报道却少得可怜。有两家省级报纸只在事件发生几天后没头没尾地摘发了一条几十字的简讯，既没交代事件发生的原因，也没说明这家农药厂属美国一家公司。以后中毒丧生的人数不断增加，报纸却再未提及。另一家省报也只发过一条没有标题的简讯。

1984年11月15日，朝鲜南北双方举行首次经济会谈，也被人民日报列为1984年世界十大新闻之一。新华社作了报道，但许多省报未采用。一年当中，世界上发生的事情很多，“十大新闻”可以说是要闻中的要闻了。这样的新闻却受到如此的冷遇，可见我们一些省报对国际新闻是如何的不重视了。

关于国际问题的宣传报道，是报纸宣传报道的一个重要方面。报纸是传播信息的，不仅，传播国内的信息，还要传播国外的信息，使人们了解当今世界的形势，开阔眼界，增长知识，了解政府的对外政策。当前我国正在进行四化建设，国家实行对外开放政策，国际新闻报道尤其重要。广大读者看报也往往首先是为了了解国内外大事。省报都是综合性日报，发行几十万份，应该给读者提供更多的国际新闻，对国际要闻要发得显著一些，特别重要的还应该上一版。

忽视国际新闻，一个重要原因是对省报的地方性存在片面的理解。省报当然应该有地方特色，应该以刊登本省新闻为主；但不应因强调地方性而排斥国内外新闻。实际上，报纸的地方色彩浓不浓，并不是简单地与地方稿件的数量成正比的。现在有一种倾向，似乎地方稿件越多越好，国内外时事稿越少越好。有些报纸每天只选登新华社的几条国际简讯,有时甚至一天的报纸上连一条国际简讯也没有。长此以往,组版编辑的知识和工作能力能不"萎缩"吗?事实上,一些报纸就因为把国际新闻看作可有可无,组版编辑也就没兴趣去研究国际问题了。有时世界上发生了大事,常常因为编辑缺少新闻敏感而被忽视。省报国际新闻的来源是新华社稿件。过去新华社播发的国际新闻数量不小,但有点无的放矢,采用率不高,现在又消极地适应某些省报的需要,发稿量太少,报道面很窄,报纸很少选择余地。《新疆日报》维吾尔文版比较重视国际新闻,每天有一个国际新闻版,很受读者欢迎。新华社发的稿子不够用,他们只好从别的报刊上选编。看来,新华社应该积极开辟国际新闻稿源,用新闻价值高的国际新闻吸引省报。

为了加强和改进国际问题的宣传报道,省报的国际新闻编辑还是相对固定为好,这样有利于他们钻研业务,提高编辑水平。有关领导要为他们提供更多的资料。大学新闻专业应重视为报社培养国际新闻编辑人才。新闻学研究机构也应把国际新闻编辑列入研究内容。

(原载《新闻战线》1985 年第 5 期,署笔名王宁)

新闻标题琐谈之一
标题要有内容

华北召开中等教育会议

这是1948年9月给毛泽东同志送审的一条新闻标题。

毛泽东同志把这个标题改为：

华北中等教育会议决定改善中等教育的诸项制度

毛泽东同志就此指出："凡新闻，标题必须有内容。原题并无内容，不能引人注目。"①

新闻标题，可以说是新闻的眼睛，它用简练的语言，把新闻的主题、主要内容告诉读者，吸引读者阅读。新闻标题有内容，才能起到标题的作用，才能"引人注目"。但是在报纸上，那种"并无内容"的标题却不时出现，特别是会议新闻、文件新闻，这种情况更多一些。

比如，1983年10月25日，继中共十二届二中全会通过整党决定之后，中纪委召开第三次全体会议，集中讨论纪检工作如何保证中央整党决定贯彻落实的问题。10月26日新华社发表了会议公报。人民日报作的标题是：

中纪委第三次全体会议发表公报

纪检工作要保证贯彻整党决定

一致拥护中央的整党决定，一致同意邓小平、陈云同志的重要讲话，原则通过《加强党的纪律的若干规定》（草稿）

会议认真讨论了抵制和清除精神污染的问题

主题把会议公报的主要精神标出来了，副题则就其他重要内容作了补充。

但是，有些报纸却作了这样的标题：

中共中央纪律检查委员会第三次全体会议公报

两相比较，后面这个"并无内容"的标题是多么缺少吸引力呀！

---

① 《毛泽东新闻工作文选》，第157页。

标题要有内容,换句话说,就是要标出新闻。标题是新闻的一部分,它是新闻事实的概括,最先映入读者眼帘吸引读者。因此它的新闻性应该更加突出,要选取新闻中最新鲜、最重要,也就是最有新闻价值的内容作标题。

1984 年 3 月,中共中央、国务院为转发农牧渔业部和部党组《关于开创社队企业新局面的报告》发出通知。《通知》同意将社队企业这个名称改为乡镇企业,并提出了开创乡镇企业新局面的任务。"乡镇企业",这是个重要的新提法,反映了我国农村打破"三级所有"的框框,多种形式的企业蓬勃兴起的历史进步。人民日报为这一文件新闻作的标题是:

中共中央国务院转发农收渔业部和部党组报告
各地要开创乡镇企业新局面

这个主题无疑是抓住了最新鲜、最重要的内容,其中"乡镇企业"四个粗体字引人注目,这是我国报纸的新闻标题中第一次出现"乡镇企业"这个新提法,它的作用是可想而知的。

而有些报纸却作了这样的标题:

中共中央国务院为转发《农收渔业部和部党组报告》发出通知

这个标题一共二十多个字,折成两行,不仅冗长,读起来费劲,更重要的是把新闻的主要内容忽略了。

怎样才能避免那种"并无内容"的标题,使新闻标题引人注目?首先,在拟标题的时候不要忘记是在做"新闻"标题,而不是给一个工作报告或什么别的文件做标题,不要忘记突出"新闻性"。当然,要真正做到把最新鲜、最重要的东西标出来,还是得经常锻炼新闻敏感,使自己有一个嗅觉敏锐的新闻鼻。

(原载《当代传播》1985 年第 2 期)

新闻标题琐谈之二
让读者一目了然

胡耀|邦全|面阐|述我|独立|自主|对外|政策|和党|与党|关系|准则

我国首座高通量核反应堆成功
地完成了上百个项目运行试验

这两则新闻标题,每则都是二十多个字。第一则题,让读者的视线折来折去,费好大劲才看明白。第二则题,不仅冗长,而且把一句话折成两行,一下子也不容易看懂,初看还以为第一行"我国首座高通量核反应堆成功"已经是一句完整的话呢。两则题犯了一个共同的毛病,就是违背了新闻标题应该精练,让读者一目了然这个要求。

俗话说:"看书看皮,看报看题。"看报是从看题开始的。标题一目了然,才能一下子抓住读者,让他把新闻读下去。如果标题啰唆费解,看了几遍还不知说的啥,除非有特殊需要,谁还有耐心读下去呢?

据眼科医生说,人的两眼在大自然面前,可以扩大到180°,最佳视野是100°。但是在读书看报时,人的视野只有45°,而按通常阅读距离一尺左右计算,最佳视野是20°左右,按照这些数据,报纸上十个字左右的标题,可以在两眼不动的情况下一扫无余。从这里也可以说明,简练应该是新闻标题的重要标准之一。我国报纸有标题简练的传统,新闻史上一些脍炙人口的好标题都是十分简练的。西方新闻学也把句子短作为可读性的要素,认为句子愈短,可读性愈高,这一点对新闻标题同样适用。主题是新闻标题最主要的部分,字号也最大,应该更加简练。有的报纸在新闻改革中提出一般新闻标题的主题,应该"练"在十字以内,这是很有道理的。

有时新闻标题的主题做成两行,目的是为了更简短(一般每行只有几个字)、更醒目,而不是为那些啰唆的题找出路。标题尽量不要折行,非要折行不可的,一般应避免把一个词折到两处,更不宜像前面列举的标题那样,把一个人的名字折成两行。

标题累赘,往往是由于弄不清什么是最主要的东西,结果眉毛胡子一把抓,什么都标上去了。1984 年许多报纸发表了一条消息,主题是:

搞活企业已有必要条件关键在选拔人才
大企业要发挥自己的优势不断增强活力

这个标题显然不理想,一共三十四个字,第一行还是两句话,字数多,又没有标点符号(标题中一般是不用标点符号的),读起来很费力。

其实,只要仔细研究一下当时的情况,加以比较,就可以大胆舍弃一些内容,把标题做得简练了。第一行中"搞活企业已有必要条件"是讲当前形势,不是提出新问题,可以不标。"关键在选拔人才",意思很重要,但不久前邓小平、胡耀邦同志也讲过这个问题而且在报纸标题中出现过,这条消息的文中还有《搞好改革,关键在选拔人才》这样一个插题,因此这个意思也可以不上主题。

再来看下《人民日报》就这个问题所做主题如下:

搞好改革　发挥优势　大企业大有可为

这个题比前面那个题,字数少了一半多,重点突出,易读多了。

把标题做得简练,需要有洞察事物本质的能力、新闻敏感和较深的文字功夫。但只要不断学习、实践,是可以做到的。

(原载《当代传播》1985 年第 3 期)

新闻标题琐谈之三
首先要名副其实

胡耀邦邓小平分别会见自民党副总裁二阶堂进

我们的方针不是收　而是放得更大

这是为胡耀邦会见二阶堂进和邓小平会见二阶堂进两条新闻做的一个标题。看了这个标题,任何一位读者都会以为"我们的方针不是收,而是放得更大"这个意思,是胡耀邦、邓小平同志会见二阶堂进时都讲了的。可是,一看新闻全文,不对了。胡耀邦同志主要谈我国的对外政策,根本没谈到对外开放问题,那句话是邓小平同志一个人讲的。再仔细一看,"而是放得更大"也不完全符合邓小平同志的原意,原话是:"而是继续放,也许今后要放得更大"。

这个标题犯了题文不符的毛病。新闻标题是概括新闻内容的,做新闻标题,也就是为新闻题名,首先要名副其实。准确,是新闻标题的第一个要求,不准确的标题,即使再简练、生动、优美,也不是好标题。题文不符,就是编辑工作出了差错,标题的差错比文中的差错影响更大,而前面列举的那样的重要政治新闻,标题更应该完全准确。

题文不符或标题不准确,有时是因为编辑工作中粗枝大叶,如把"新医二附院"标成"新医",把"城镇居民储蓄"标成"城乡储蓄",把"地方国营农场"标成"国营农场"等。只要仔细一些,多看几遍,这类差错是不难避免的。上面那个标题的差错,则不完全是这种情况。硬把一人的讲话说成是两人的,这有点强加于人。前些年,报纸上有些表态性的新闻,把几个人不同的讲话变成"大家说"、"他们说",违反了新闻真实性原则,效果很不好。新闻不能这么写,标题也不能这么做,制作标题一定要严格依据新闻中提供的事实。

标题字数有限,要高度凝练,一般不可能也没有必要把新闻中的话一字不漏地抄在标题上,应该善于概括新闻中的主要东西,允许有某些省略、跳跃。3 月 25 日,邓小平同志会见美国新闻界老朋友时说:"为了实现社会主义现代化,中国制定了一系列政策,其中最大的政策是对外开放政策和对内开放政策。"《光明日报》和《新疆日报》把这一内容标在新闻的主题上,概括为"实现现代化最大政策是对外对内开放",这样做是可以的,但是,在概括、省略的时候,要注意不能违反原意。有这样一个标题:

国务院办公厅决定

明年午休改为一小时

这个标题字数倒是不多,但它省略了不应省略的东西,导致了题文不符。新闻中说:"从明年1月1日起,在北京的国家机关工作人员午休时间一律缩短为一小时",标题显然把范围扩大了。

新闻标题,不仅是向读者介绍新闻的,而且是对新闻进行评论的一种方式,有时可以不拘泥于新闻中的字句,"跳出"新闻做标题,阐发新闻的意义,表明编者的立场和态度,有时为了使标题更加生动,还可运用某些修辞手段。但是,要防止浮夸、拔高。

南疆铁路正式通车

这是《新疆日报》去年8月8日为南疆铁路通过国家验收的新闻做的主题。文中本来没有这句话,是根据新闻概括出来的,按一般想,这不会有什么问题,既然已经验收,当然就正式通车了。其实不然,据乘坐火车从库尔勒来乌鲁木齐的人讲,当时并未正式通车,旅客还是和以前一样先上车后买票。二十多天之后,又发表了南疆铁路举行通车典礼的报道,导语中说:"8月30日,南疆铁路吐鲁番至库尔勒段正式通车。"可见,前面那个标题概括得不准确,是浮夸了。浮夸、拔高是新闻写作中常见的毛病,有些标题也有这个毛病,这是应该防止的。

(原载《当代传播》1985年第4期》)

新闻标题琐谈之四
突出最有新闻价值的东西

邓小平在全国科技工作会议上讲话时阐述国际国内问题

希望全国人民都有理想有道德有文化有纪律

邓小平在全国科技工作会议上讲话着重指出

一靠理想二靠纪律才能团结起来

在建设具有中国特色的社会主义社会时，一定要坚持发展物质文明和精神文明，坚持五讲四美三热爱，教育全国人民做到有理想、有道德、有文化、有纪律

这都是为邓小平同志在科技工作会议讲话的一条新闻做的标题。前一个标题是《光明日报》的，后一个是《人民日报》的。两个标题都没有错，但是哪一个更好一些呢？显然是后一个。有理想、有道德、有文化、有纪律，是邓小平同志几年前就提出来的，他在这次讲话中又进一步着重指出："这四条里面，理想和纪律特别重要"；"我们这么大一个国家，怎样才能团结起来呢？一靠理想，二靠纪律"。联系当前改革中出现的不正之风和某些无视纪律的状况，显然，把理想和纪律特别加以强调，有十分重要的现实意义。《人民日报》在主题中突出理想和纪律这两条，新鲜、鲜明、针对性强，而《光明日报》的标题，就显得有些一般化了。

新闻标题要用有限的字数提炼出新闻的精髓。一条新闻可以包括许多事实，体现多方面的思想，有时可以从几个方面做标题。怎样才算真正提炼出新闻的精髓？就是要抓住其中最有新闻价值的东西——最新鲜、最重要、最能引起读者关注的东西。这样的标题就有特点、有吸引力，给读者以深刻的印象。相反，如果抓不住最有新闻价值的东西，标题就会缺少特点，流于一般化，没有吸引力。

要突出最有新闻价值的东西，就应当把它标在主题上，因为主题最重要，最醒目。六届人大常委会第十次会议闭会，有的报纸的标题是这样的：

六届人大常委会第十次会议闭会

决定3月27日召开全国六届人大三次会议

人大常委会会议是读者关心的重要会议。一般说来,把闭会作主题也是可以的。但是,人大常委会每年要开多次会议,这次会议不同往常,它是为六届人大三次会议做准备的,而全国人大会议的召开更为全国人民所瞩目,因此“决定二十七日召开六届人大三次会议”是重要的最新信息,新闻价值更高,把它标在主题上,更加引人注目,标在副题上效果就差了。

有时,最有新闻价值的事实,单靠主题还不能充分表达出来,那就要用副题加以补充。第二十八届世界乒乓球锦标赛闭幕,我国运动员获得六项冠军,《新疆日报》的标题是:

我健儿获38届世乒赛六项冠军

这个题标得是对的,但读者还不满足。到底获得了哪六项冠军?哪些运动员获得了冠军?大家都十分关心,而标题上却没标出来。而《人民日报》就在副题中标出我国夺得六项冠军的内容和荣获冠军的运动员名字及项目,还附带标出“男双由瑞典选手获得”。显然,这样的标题更好一些。

新闻要用事实讲话,作为新闻的组成部分的标题,也要用事实讲话。突出最有价值的新闻事实,这是新闻标题区别于其他标题的重要特点。我国报纸的新闻标题有虚实结合的传统,好的虚题可以起到画龙点睛,揭示新闻事实本质的作用,但其目的还是为了突出主要的新闻事实。如果新闻事实本身新鲜、重要,其意义不言自明,虚题就是画蛇添足了。请比较一下这两个标题:

为神州大地增添光彩　为炎黄子孙赢得荣誉

我国女排连克世强勇夺桂冠

奋勇拚搏直落三局战胜美国队赢得“三连冠”

中国女排荣获奥运会金牌

第一个标题的肩题是虚题,第二个标题的肩题是实题,哪个题好?我国女徘赢得世界女排大赛“三连冠”,在世界排坛史上写下了光辉的一页,这是一个重要的鼓舞人心的事实。分组预赛中,我国女排曾输给美国队,决赛中直落三局战胜美国队,也是读者关心的重要事实。把这两个事实标成肩题,显然比第一个标题中那“似曾相识”的抽象概括有力量得多。

标题做得好不好,反映报纸的编辑水平,而编辑水平的提高,靠长期的积累。在做每一个标题的时候,都要反复思考:是不是抓住了并且突出了最有新闻价值的东西?

(原载《当代传播》1986 第 1 期)

新闻标题琐谈之五
站得高一些

党和国家领导人同首都各界五千多人欢聚一堂迎新春

座上清茶依旧　国家景象常新

这是1982年元月25日《人民日报》为春节团拜会做的标题(副题省略)。编者从胡耀邦同志在团拜会上的讲话中选取两句话作主题,展现了在正确路线指引下,领导人作风简朴、励精图治,祖国日益兴旺的景象,十二个红色大字增加了节日的喜庆气氛,读来亲切感人。这个标题站得高,思想性强,使人们至今记忆犹新。

标题不仅是引导读者阅读新闻的,而且是对新闻事实进行评论的一种手段,渗透着作者和编者的立场、观点、倾向、感情。标题做到虚实结合,对新闻进行巧妙的评点,能够充分揭示新闻的思想意义,增强思想性。我们在拟定标题时,应力求站得高一些,用马克思主义的立场、观点、方法观察和分析问题,把握事物的本质,使标题正确体现党的政策和策略,体现人民的根本利益,起到启迪人心,宣传政策,影响舆论的作用。.

在思想性方面,新闻标题有三忌。

一忌就事论事。一些标题平淡无味,就由于犯了就事论事的毛病,没有下功夫开掘新闻的思想意义。如前面提到的1982年春节团拜会消息,当时《新疆日报》等报纸的主标是:

党中央国务院举行春节团拜会

这个标题当然不算错,但比起《人民日报》那则题逊色多了。

近水楼台不得月　管着新房住陋室

昌吉州房管处以身作则严以律己得到好评

《新疆日报》这则标题,点明昌吉州房管处的同志管着新房住陋室,并且上升到“近水楼台不得月”,比就事论事地标“昌吉州房管处住旧房”鲜明,针对性强,是对昌吉州房管处的热情赞扬,也是对“近水楼台先得月”不正之风的鞭挞。

二忌片面性。有片面性,不能准确地宣传党的政策,其思想性自然就差了。例如:

大胆起用有缺点的能人

有一段时间,报纸上强调提拔能人的标题不少,上述标题是其中一例。用“能人”来概括“四化”干部是不准确的。干部“四化”首先是革命化,对“能人”不做具体分析,离开革命化片面强调选“能人”,同党的干部政策有距离。“大胆起用有缺点的能人”,就更失之偏颇了。

三忌起点低。乌恰县发生地震后,报上发表了一条反映部队在救灾中高尚风格的新闻,主标是:

新疆军区救灾部队纪律严明秋毫无犯

在人民生命财产遭受损失的紧急关头,人民子弟兵舍生忘死为群众解除危难的事迹比比皆是,这个标题仅仅突出丝毫不侵犯群众利益,显然起点低了。难道在这种时刻他们还有可能违反纪律吗?这是不可想象的。标题的本意是宣扬解放军的高大形象,但很可能事与愿违。

有的标题起点低,是由于不加分析地引用或迎合了社会上某些不正确的观点。如:

李竹安自学成才双喜临门

被吸收为中国剧协会员,被任命为地区文教处处长

在我们国家里,为“官”为民,没有高低贵贱之分,只是分工不同。干部被提拔,意味着加重了肩上的担子。可是有的人从个人名利出发,把升“官”视为大喜,大事庆贺。这个标题在客观上正好附和了这种世俗观念。

增强标题的思想性,不能靠空洞的说教,也不能穿靴戴帽,任意拔高。正确的做法,或者选取新闻中能渗透某种观点的事实加以突出,或者恰当地对新闻进行画龙点睛式的评点。有少数新闻只是单纯传播某一信息(如哈雷彗星将再次同地球相会),自然就无须强调标题的思想性了。

(原载《当代传播》1986 年第 2 期)

新闻标题琐谈之六
明确，通俗，易读

现在新闻界很强调新闻的可读性。我想这当中应当包括新闻标题的可读性。新闻标题是首先映入读者眼帘接受谈者挑选的，它的可读性更重要。如果标题缺少可读性，即使新闻的可读性强，读者也可能会弃之不读的。

可读性大体上包括通俗易读、生动有趣等方面。恩格斯认为标题"愈简单愈不费解，便愈好"①。这里实际上讲的也是可读性的问题。简单而又不费解，自然就易读。《新闻标题琐谈》之二中谈的简练，是易读的一个方面，但标题要易读，不仅须简练，还要不费解——明确、肯定、通俗。模棱两可和艰涩难懂，乃新闻标题之大忌。

请看下面一则标题：

彭真委员长在全国六届人大三次会议预备会上

谈监督、政策和法律关系、改革、发扬民主问题

彭真委员长到底谈了几个问题？三个，四个，还是五个？不大容易看明白。问了周围的同志，一时也不敢做肯定的回答。这恐怕不能责怪读者阅读能力差。问题出在标题可能发生歧义上，尽管编辑同志想用几个顿号把几部分分开，但由于当中还有一个"和"字，"法律"后面又省了"的"字，读来仍感费解。

从消息全文得知，彭真同志谈了四个问题：监督问题，政策和法律的关系问题，改革问题，发扬民主、开好大会的问题。四个问题都重要，文字上又难以概括和简化，为了方便读者，宁可多花点文字把标题做得清楚一些，比如是不是可以考虑做这样的标题：

① 《马克思恩格斯通信集》第二卷，第597页。

彭 真 在 人 大 预 备 会 议 发 表 讲 话

谈了监督问题、政策和法律的关系问题、
改革问题和开好大会问题

请再看下面一则标题:

令行禁止狠刹新的不正之风

这个标题用词倒没有错,但读者一眼看上去,容易把“禁止”和后面的词连起来而弄成相反的意思。如果在“禁止”之后空一下,改为“令行禁止狠刹新的不正之风”,读者就看得清清楚楚了。

以上是不易读的标题的一种情况——有歧义或者容易发生歧义,有时让读者硬着头皮看上几遍才弄清本意。

还有另外一些情况。

有的标题由于用词含义模糊,使读者不能很快得到一个明确的概念。例如:

我区第一座彩电大楼破土动工

什么是彩电大楼?是发射彩色电视的大楼,还是制造彩色电视机的大楼?读者一下子弄不清楚,看了新闻,才知道原来是年产六万至十万台彩色电视机的工厂车间。

有的标题由于前后矛盾,使读者看不明白:

经自治区党委、人民政府批准试行

我区乡(镇)干部实行聘任合同

肩题上说“试行”,主题上又说“实行”,哪个对?新闻中并无试行的意思,肩题中的“试行”会不会有另外的依据?读者看完全文,仍不得其解。附带说一句,这个标题的主题也不通顺。

有的标题由于词序安排失当,让读者误会:

首届民族书法展览在乌市举行

这条新闻发表在自治区的报纸上，可能是个自治区的首届民族书法展览吧——读者看完标题会这样猜测。读了全文，才弄明白是乌鲁木齐市的。为了使标题明确，可改为：

乌市举办首届民族书法展览

除此以外，不恰当的简化和缩写，艰涩生僻的用词，也会给读者阅读标题设置拦路虎。比如：

实行一包二改三结合

“一包二改三结合”是什么意思？不明确，读者不好懂。

整改中的巩乃斯林场

“整改”二字，初看还以为是整党中的整改，看过全文才知道是“整顿”和“改革”的缩写。

新闻界老前辈赵超构曾改过一副对联，叫作：“生平不写皱眉话，世上应无切齿人。”他写文章很注意可读性，不让读者皱眉头。我想，制作新闻标题更应当这样。

可读性还包括生动有趣，本文就不涉及了。

（原载《当代传播》1986 年第 3 期）

新闻标题琐谈之七
力求生动优美

将进山东济南府　　司机心里直打鼓

济南市城市交通、市容管理部门乱扣乱罚，外地汽车司机叫苦不迭

这是《工人日报》去年12月12日一则批评性新闻的标题,批评的是济南市层层设卡,对外地汽车司机乱扣乱罚的问题。一般批评稿的标题,注重严肃、明确,标题的制作方法,或正面指明问题,或采取反问的形式,等等。这个标题却不拘一格:主题不直标乱扣乱罚,而是从司机感受的角度,反映乱扣乱罚问题的严重,因而新颖、具体、生动。"心里直打鼓"几个字,把司机害怕挨罚的心情描绘得惟妙惟肖。标题采用顺口溜的形式,通俗,上口,颇有吸引力。

新闻标题不仅要准确,还要引人入胜。标题准确,只能说是标对了,但不一定标好了;好标题应该力求生动、优美,有强烈的吸引力,能够深深印进读者的脑海。

怎样才能使标题生动?胡乔木同志曾说:"要生动就要在抽象的论述中加些不抽象的东西。……纯粹抽象的像算术题似的,一道道列下去,怎样也不会生动。"①他讲的是写文章,制作标题道理也一样,抽象是生动不了的,具体形象才能生动。

去年12月,几家报纸刊登了用算账对比方法进行形势教育的新闻,标题做得各有千秋:

---

① 胡乔木:《怎样写好文件》,1958年3月4日在写文件方法座谈会的讲话。

算了十笔帐　职工心里亮

天津暖风机厂用本企业经济发展和职工生
活变化事实进行形势、政策教育效果好

（工人日报）

××厂用算帐对比方法进行形势政策教育

不算不比常有怨气　一算一比满心欢喜

（新疆日报）

一张生活对照表　算得职工咧嘴笑

许多人说：这笔帐把大好形势算济了，
真叫人口服心也服

（人民日报）

应当说，这三个标题都比较好，而《人民日报》的标题最为生动引人。主题中把算账对比活动用“一张生活对照表”来表达，更加具体；用“咧嘴笑”描绘职工的喜悦心情，更加形象；“算得职工咧嘴笑”，一个动词“算”字，使整个标题活了起来。

好标题要求凝练，有文采，甚至富有音乐感，读起来铿锵悦耳，因此常常运用各种修辞手段，如对偶、排比、比拟、借代、重叠等等，最常见的是对偶。再举几个例子：

春风熏得远客醉　直把店家当自家

镇江饮食店热情接待顾客真个名不虚传

（文汇报）

心装一团火　温暖送万家

沈阳市燃料公司对职工进行理想教
育，树立为人民服务思想

（辽宁日报）

“财神爷”深入基层　“专业户”喜笑颜开

吉木萨尔县财政局工作人员为专业户排忧解难

（新疆日报）

这三则题都运用了字数对称的手法。第一则标题是 1982 年全国好新闻评选中获奖的标题。编者将南宋林升的七言诗《题临安邸》中“暖风熏得游人醉,直把杭州作汴州”两句改了几个字,做成了这样一个“串对”的标题,读来琅琅上口。题中用醉人的春风比喻镇江饮食店的热情服务态度,生动贴切,有感染力。

新闻标题要力求生动优美,但并不要求每一个标题都生动优美。新闻内容决定标题。有些新闻,其标题难以或不适于做得生动,不能勉强。对各种修辞手段也要恰当地运用,避免弄巧成拙。

(原载《当代传播》1986 年第 4 期)

新闻标题琐谈之八
服从内容　量体裁衣

《新闻标题琐谈》之二《让读者一目了然》中举了个叠字题的例子。有的同志提出:难道就不能用叠字题了吗? 不。叠字题不是不能用,而是要用得恰当,用得好。我们再看看那个题:

胡耀	邦全	面阐	述我	独立	自主	对外	政策	实质	和党	与党	关系	准则

首先,胡耀邦同志作为我们党的总书记,全面阐述我国对外政策和处理党与党之间关系的准则,这是一条重要的政治新闻,它的标题应该庄重、醒目,用叠字题这种形式不够得当。

其次,叠字题适宜用于标题字数较多而栏数较少,一行放不下的情况。这种题有两个要求:一是字数不宜过多,免得读者视线不断移动;二是一个词不宜折成两行。上面那个题一共二十六个字,其中好几个词都拆行,连胡耀邦同志的名字也折成了两行,看起来当然别扭了。

由此可见,一条新闻选用什么形式的标题,并不是随心所欲的。一要由内容来决定,二要弄清楚每种标题的特点和要求,根据不同情况选用恰当的标题形式,做到量体裁衣。在此前提下,还应考虑形式多样和整个版面的协调、美观。

比如,一般说来,特别重大的政治新闻,多用醒目、庄重的箭头式、宝塔式、斜列式等形式的标题。去年 9 月 24 日,《人民日报》为全国党代表会议闭幕新闻做的标题是:

坚持改革奋发进取为完成"七五"计划和建设现代化社会主义强国而奋斗

中 国 共 产 党 全 国 代 表 会 议 胜 利 闭 幕

通过《中央关于制定国民经济和社会发展第七个五年计划的建议》

(第二、三行副题略)

这是一个箭头式标题。标题横列版面上,主题从中突起,长于肩题和副题,肩题和副题长度大体相同。整个标题庄重、大方、醒目,与内容十分协调。这个标题如果竖排,也可作斜列式。但用其他形式就不理想了。

再如,对角题也有其特点和要求,一是对角的两题内容必须相关,二是标题的制作和版面安排,要尽量便于读者从两题的关联上理解新闻的内容。去年 12 月 18 日《中国青年报》有两条新闻做的是对角题:

青年导游冒名盗窃受公审

公用局长贪污受贿人铁窗

两条新闻都是揭露经济犯罪的,内容相关,用对角题这种形式很恰当,可以加强气氛。两个标题的句式完全相同,对仗也工整,这种格式上的一致,使读者很容易把两条新闻联系起来,从而增强宣传效果。

内容毫不相关的两条新闻,不宜做对角题。比如,有这样的对角题:

三种儿童营养食品通过鉴定

自 治 区 举 行 桥 牌 比 赛

两者内容毫不相干,虽然形式上是对角题,却发挥不了对角题的作用。

办家庭农场成绩显著

耿千里将赴北京观光

一条新闻做对角题,偶尔也有这种处理,但上面这个题把一句话分做两处,而且主语在后面,读者一下子不易看明白,不如不做对角题,改为双行主题效果好。

再如,多行主题(主要是双行主题),香港报纸常常采用,它的好处是主题容量大而醒目,因为每一行只有几个字,可以加大字号。这种做法值得借鉴。但是,双行标题绝不是为累赘标题找出路的办法,不能随意把一个长标题折成两行。万不得已必须折行的题,要做到折行自然,读完第一行之后可以稍微停顿一下。把一个词折成两行,一般是不允许的。下面这个题就不合要求:

乌市改进产品包装减少

损失达二百八十五万元

这个题由于折行不当，读者很容易把“改进产品包装”看成“改进产品包装减少”，把“减少损失达二百八十五万元”看成“损失达二百八十五万元”，那样，意思就完全弄反了。

现在，报纸版面活泼了，标题形式越来越多了。单行式、箭头式、宝塔式、斜列式、中心式、对角式以外，怪字式、方阵式、压文式、夹心式等，也常使用。《新疆日报》有这样一个竖标题：

沙市—喀什
结成
姐妹城市

此稿文字较短，做的是压文式题（题立于文上），但又打破了通常主题、肩题的形式，由于形式新颖，标题与内容协调，字体运用恰当，整个稿件用花线包框，在版面上颇吸引人。题无定格，形式要多变化为了更好地反映新闻内容，吸引和方便读者，希望报纸上出现更多形式新颖的标题。

（原载《当代传播》1986 年第 5 期）

新闻标题琐谈之九
烘托气氛,揭示意义

二米三三　轰动新德里的一跳　振奋民族精神的一跳

朱建华成为今年世界上跳得最高的人

这是1982年12月2日《体育报》的一则标题,在当年全国好新闻评选中获奖。主题通俗明了,准确地概括和评价了新闻事实,肩题也很精彩。“2米33”这个令人振奋的高度摆在最前面,开门见山,引人注目,“轰动新德里的一跳,振奋民族精神的一跳”,不仅交代了背景,烘托了气氛,而且揭示了新闻事件的意义。这两个短语,结构相同,着意运用了重叠的修辞手法,渗透着编者的激情,读来铿锵有力,鼓舞人心。

在新闻标题中,主题固然重要,肩题也不能忽视。我国报纸的标题最初都是单行。21世纪初,资产阶级民主革命派的报纸为增强鲜明的倾向性和宣传鼓动色彩,才开始使用肩题和副题。这是报纸编辑工作的一大进步。肩题(又叫引题),是衬托、说明、加强主题的手段,起交代背景、说明原因、烘托气氛、揭示意义等作用。编者的立场、倾向、感情,常常借助肩题表露出来。肩题位于主题之前,是主题的“先行官”,这也增加了它的重要性。但是,有的同志,或者不懂得肩题的重要,或者制作标题时满足于就事论事,不善于挖掘新闻的内涵,因而在应该做肩题的时候不做肩题,这样,标题就大为逊色。

我边防部队将有力回击越军挑衅

我发言人驳斥越国防部副部长的诬蔑

对美国会撤销格伦提案表示赞赏

主题这句话,是我发言人驳斥越南外交部副部长诬蔑后表明的我国严正立场,但由于没有肩题交代背景,这句话显得突如其来。第二行副题说的是另一码事,与主题无关,放在这里也不好理解。

由于不善于用肩题,常有这样的情况:把许多意思一股脑儿塞到副题里,不仅使副题累赘、眉目不清,而且影响了整个标题的鲜明性。比如:

南疆数百万农牧民喝上了甘甜泉水

新疆军区某给水工程团奋战十三年,
打出泉水井七百眼;最近新疆军区授予这
个团"设防施工先进集体"光荣称号

这本来是一条宣传军民关系的新闻,但标题这样标法却埋没了新闻的深刻意义。可以考虑把副题的一部分移作肩题,改为:

某给水工程团奋战十三年打井七百眼

南疆数百万农牧民喝上了甘甜泉水

新疆军区授予这个团先进集体光荣称号

这样一改,南疆数百万农牧民喝上甘甜泉水的原因交代清楚了,子弟兵为人民谋利益这一思想也鲜明了。

前面几个例子都说明,在需要有肩题的时候,做不做肩题,效果不一样。此外,肩题做得好不好,效果也大有差别。请比较下面两题:

严肃查究　秉公执法　决不姑息

陈小蒙等六名强奸流氓犯被严惩

不管什么人触犯刑律都要严肃查究决不姑息

上海处决强奸流氓犯陈小蒙胡晓阳葛志文

第一则标题的主题不如第二则明确有力,肩题也显得一般化,第二则《人民日报》的肩题抓住了新闻事实的特点,针对性强,有力地宣传了在法律面前人人平等的思想。由此可见,制作标题(包括肩题),需要通晓党的政策,了解实际,掌握全局,又要认真研究新闻事件的特点,挖掘新闻的深刻内涵,这样,才能抓住应当突出的东西。

标题应当简练,一行能解决问题,就不要两行,有时不需要肩题,不要硬做一个凑数。肩题是辅助主题的,以简短为宜,不要喧宾夺主。对上海处决三名强奸流氓犯,一家报纸作的标题是:

严惩猖狂破坏社会安定的严重犯罪分子
不管什么人那家子弟触犯刑律决不姑息
强奸主犯陈小蒙胡晓阳葛志文被枪决

肩题不是绝对不能做两行,但是这个肩题做两行却没有必要。第一行肩题很一般,而且由于前面有这么一行,影响了第二行肩题的突出,而第二行肩题恰恰是应当强调的。如果把第一行去掉,肩题就变得简短有力了。

(原载《当代传播》1986 年第 6 期)

新闻标题琐谈之十
刻意求新　不落俗套

"我区春耕进度快质量好出现好势头"
"吐鲁番春耕生产进度快质量好"
"巴州春播又快又好"

这是五天之内在同一张报纸的版面上出现的三个新闻标题。前面两个题都说"春耕进度快质量好",第三个标题是"又快又好",差别也不大。如果翻翻前几年报上的春耕报道,还会找到一些与此雷同的标题。

"振兴牧区经济　加快畜牧业发展"
"加快牧业发展　振兴牧区经济　向现代化迈进"

这是同一个版面上的两个紧挨着的标题。第一个是通栏刊头,第二个是头条新闻的主题,二者可以说大同小异。

新闻姓"新",作为新闻"浓缩品"的新闻标题,更应该刻意求新。老套、雷同的标题,是会使读者倒胃口的。

新闻是事实新变动的信息的传播。事物处在不断变动之中,因此是千姿百态的。制作标题时,如果能够抓住新闻提供的事实变动的新信息,就有特点,有新意。比如,1986 年 7 月,报纸上揭穿了一个严重的医疗事故:哈尔滨市一重伤工人辗转求诊,跑了七家医院没人收治,最后死在门诊部。7 月 23 日,卫生部副部长陈敏章就此发表谈话,一家报纸做了这样一个一般化的标题:

就哈市一工人辗转求诊死亡在医院门口一事
卫生部副部长陈敏章发表谈话

而《人民日报》标出了陈敏章谈话中提供的新的重要信息:

中央领导同志就哈市工人丧生事件批示

要从制度和公德上医治弊病

卫生部派员协助前往调查

这个标题言之有物,以新鲜、重要的内容引人注目。

请再比较下面两个标题:

人大会议副秘书长……举行中外记者招待会

姚依林　李鹏等答记者问

…………………………….

姚依林李鹏杜润生在中外记者招待会上指出

义务教育逐步实现　　三峡工程还需论证

粮食生产一贯保护　　待业问题并不严重

前一个标题没有标出具体内容,缺少新意。后一个标题信息量大,回答了国内外读者关心的一些比较重大的问题,新鲜引人。

同样一个事实,选择新的角度进行报道,往往给人以新鲜感。写新闻是这样,做标题也是这样。1986 年 7 月 20 日《文汇报》刊登一条新闻,批评上海电梯厂产品质量低劣,标题是这样的:

你敢乘这样的电梯吗?

上海电梯厂生产的安装在仙霞宾馆的三部电梯有时突然上窜,有时进得去出不来,五天内有近百人关在电梯内

许多批评性新闻的标题都是从正面直接提出问题,而《文汇报》的这个题却变换角度,采用对读者提问的方式,把新闻和读者的距离一下子拉近了,使人不能不读内文。

有些标题直陈某种思想、观点,或发出某一号召,更要注意寻找特点,探求新意,防止流于一般化。1985 年 1 月 28 日,许多报纸刊登了中顾委召开的"一二·

九”运动座谈会消息。有两家报纸分别做了这样的标题：

中顾委召开的“一二·九”座谈会结束

当代青年要肩负起四化建设历史使命

创建新的功勋

……………………………

中顾委召开的“一二·九”运动座谈会加深

两代人了解

老前辈语重心长寄托厚望

大学生激情满怀献身四化

第一个题不仅冗长，而且显得一般化。第二个题抓住了这个座谈会两代人深情对话的特点，具体，亲切，有感染力。双行主题两句话语言结构相同，每一句都比较简练，明快易读。

语言是思想的外衣，缺少新事实、新思想，自然难以有新语言，但语言也是不能忽视的。标题最忌语言老套，形式呆板少变。许多好的标题，语言都是新颖的。比如，《光明日报》曾经有这样一个在全国获奖的标题：

同志，请警惕

“关系牌”香烟的污染

读者希望太原卷烟厂领导人及接受送香烟的

单位和个人纠正不正之风

这个标题情文并茂，独具一格。批评性标题，并不板着面孔训人，一个“同志”，一个“请”，亲切诚恳，“‘关系牌’香烟的污染”语意双关，巧妙、恰当地指出了问题的实质，发人深思。

去年 10 月 1 日，各报报道了我国“长征三号”火箭将为美国发射通信卫星的消息，不少报纸的标题都是：

我国火箭将为美国发射卫星

而《人民日报》海外版作了这样一个标题:

长征火箭将载美国通讯卫星飞天

同样一个意思,后一个标题换了个说法,就新颖、生动了。

巧妇难为无米之炊。如果新闻本身一般化,无新意,一般是做不出新鲜标题来的。刻意求新,只能在新闻提供的事实和思想的基础上。但是,在这个范围内,编辑也是可以大显身手的。

(原载《当代传播》1987 年第 1 期)

新闻标题琐谈之十一
立足服务，方便读者

1985 年 12 月 31 日，中央和各省、市、自治区的报纸都刊登了新华社播发的中央农村工作会议的新闻。这条新闻很重要，篇幅也很长，近四千字。各报的标题处理不同，大体有三种类型：

一些报纸按一般稿件处理，只作了一条标题，版面上文字密密麻麻一大片，读起来令人感到吃力。

《人民日报》除了在大标题中准确地标出主要内容外，还加了四个小插题，每千字左右有一个插题，读者很容易抓住新闻中的主要东西，版面也显得活泼。

《解放日报》另辟蹊径，先作了一个大竖题，在题旁文前又加了这样一个花字包框的提要题：

中央农村工作会议重要信息

△我国农村经济开始走上有计划发展商品经济的轨道。

△“决不放松粮食生产，积极发展多种经营”是指导农业生产的根本方针。

△在实际工作中，应当把“无工不富”与“无农不稳”有机地结合起来，既不可以工挤农，也不可以农挤工。

△城乡汇合后各方面的利益关系调节更为复杂，改革中发生的问题只能靠坚持改革、深入改革去解决，决不能倒退到老路上去。

这个提要题与《人民日报》插题内容差不多，但由于放在文前，就更加醒目。有了这个提要，读者对新闻的主要内容一目了然。

显然，《人民日报》和《解放日报》的做法，比有些报纸那种一般化的处理，更便于读者阅读和理解新闻。

新闻标题是引导读者阅读和理解新闻的纲要。千方百计方便读者阅读，应当成为制作标题的一条原则。现在，生活节奏加快，人们没有很多时间看报，阅读新闻的心情又急迫，总希望在很短的时间内从报上得到较多的信息。适应这种情况,千方百计向读者提供方便,帮助他们选择新闻,让他们比较容易地抓住新闻的要领,是制作标题时应当充分考虑的。为此,要尽量使标题明确、通俗、易懂,同时,对一些内容重要、篇幅较长的稿件,恰当地运用提要题和插题,也是不可忽视的一个方面。

提要题,一般放在文前,用来提示新闻的主要事实,介绍新闻提供的主要经验、提出的主要问题等。插题,是穿插在文中的各部分的小标题,用来概括每一部分文字的主要内容。

前面举的例子,是单独使用提要题或者插题,有时也可以插题和提要题同时并用。比如,去年 10 月 21 日《人民日报》刊登北京市关于建设精神文明的规划,标题是:

适应现代化建设和改革需要

北京贯彻中央"决议"提出"七五"奋斗目标

把社会主义精神文明建设提高到新水平

北京市的规划在全国是最早的,对各省、市、自治区做类似的规划很有启发,但篇幅很长,《人民日报》在刊登时,除保留原来文中的几个插题,又在文前以"北京市十条措施"为题,做了提要,十分醒目。

有时还可以把插题和提要结合起来。去年 10 月 6 日,上海《世界经济导报》发表了一篇报道,题目是:

广州现代文化的启示

由于篇幅较长,文中又有四个小插题:

冷静下来的思考　历史的反拨

生生不息的循环　低层次的走向

每个小插题下面又做了提要。如第一个小插题和提要是这样的:

冷静下来的思考——

商品经济使千百万普通百姓的文化生活丰富起来,开放的生活使人们对社会主义有了自信这样,读者看了小插题和提要,对报道的内容就可以有个大概的了解。编辑同志为读者想得很周到。

为了吸引读者和方便读者,有的报纸有时对一些较长的报道,用肩题提示内容,引出主题。这种肩题兼有提要题和肩题两种作用,可以叫提要式肩题。例如去年1月23日《人民日报》二版有一篇报道一位农民企业家的通讯,标题是:

怕风怕雨,患得患失,小富即安,这些意识曾长期禁锢中国农民的进取精神。在温州,一个赚了十多万元的农民,不吃利息却冒险投资办成了一个又一个工厂。他就是——

农 民 企 业 家 叶 文 贵

请再比较下面两个标题:

为什么分数会有这么大的威力?

——一个女中学生的信

一个十四岁的女中学生,只因学习成绩不好,受到家庭的指责和辱骂。她曾想到死,她噙着泪水呼喊——

爸爸、妈妈,我的心已经碎了

第一个是《中国青年报》去年10月7日刊登这位女中学生的信时的标题,由于从题中看不出信的内容和意义,有可能被读者所忽略。《人民日报》第二天转载同一封信时,做了上述第二个题,不仅主题做得好,而且加了一个提要式肩题,提示信的内容,吸引人们把全文读下去。

新闻界近年来提倡寓指导性于服务性之中。采写稿件要注意服务性,制作标题同样应该千方百计方便读者。对于重大新闻和篇幅较长的稿件,加提要题和小标题,便是种好方法。当然,并不是说什么标题动辄都要几路纵队,多数标题应当是简短的。

(原载《当代传播》1987年第2期)

新闻标题琐谈之十二
把握特点　标出新闻

新闻界同行们常常议论如何改革会议报道。看来,这当中也应包括改进会议消息标题制作的问题。

会议消息同其他许多新闻一样,其作用是向读者提供信息,宣传党的路线、方针、政策。改革会议报道,要改变“为会报会”“就会报会”的状况,做到有新闻则报,无新闻则不报,如果需要报道,就一定要写出“新闻”——新的有价值的信息。同样,制作会议消息的标题,也不能简单地“就会标会”,而要潜心研究、准确把握每个会议的特点,真正标出“新闻”,引导读者阅读和理解会议消息。

但是,现在会议消息标题中,还常有简单地“就会标会”的毛病,经常可以看到这样一类标题:

××××会议开幕

××××会议结束

××××举行××××会议

不能说这样的标题统统不好,不能用。但是,如果把它当成一种模式,毫不费力地到处套用,就会淹没一些会议消息的新鲜内容,使读者望而生厌。

有些会议,本身就是重要新闻,标题应当主要突出会议。比如,3 月 25 日,全国六届人大五次会议开幕,我国最高权力机构开会讨论和决定国家大事,这本身就是人们注目的新闻,所以许多报纸标题的主题都是:

六届全国人大五次会议在京开幕

同时,不少报纸仍然注意在肩题中突出这次会议的特点。如《人民日报》的肩题显示开展反对资产阶级自由化斗争、中央人事变动后，我国的基本大政方针不变：

把建设具有中国特色的社会主义伟大事业

推向前进 努力实现祖国和平统一

《新疆日报》的肩题则强调当前的任务：

集中力量办好两件大事 保证国民经济持

续稳定发展 巩固发展安定团结政治局面

从新闻报道的角度着，许多会议主要是信息来源，它提供的信息很重要，而开会本身并没有必要加以突出，不少工作会议都有这样的特点。在这种情况下，制作标题就应该强调会议提供的信息。请比较下面两则标题：

发展广泛爱国统一战线（后略）

全 国 统 战 工 作 会 议 在 京 开 幕

………………………………

全国统战工作会议强调

"一国两制"使统一战线出现新格局

凡是赞成统一战线的人都是团结对象

这是一个工作会议，读者注意的是会议提出的问题，希望从中了解统战工作的新情况、中央关于这方面的新精神等。后一个标题能够满足读者这一要求，而前一个标题就显得一般化，如果前些年开同样的会，似乎也可以这样标。

为了突出会议报道提供的新信息，还可以跳出会议制作标题，题中不出现"会议"字样。2 月 25 日，新华社播发了国家机械工业委员会举行成立大会的消息，《人民日报》的标题完全撇开了开会：

由直接管企业转为管理行业

国 家 机 械 工 业 委 员 会 组 建 完 成

机构和人员都比原两部大为精减

而另一家报纸却作了这样一个标题:

我国政治体制改革的新尝试

国家机械工业委员会在京举行成立大会

真正的新闻是国家机械工业委员会组建完成,并不是开成立大会,把开成立大会做标题显然没有必要(附带说一下,上述第二个标题的肩题也不确切,只能说组建机械工业委员会、由直接管企业转为管理行业,是政治体制改革的新尝试,而不能说举行成立大会是新尝试。

一条会议新闻往往有多方面的内容。为了抓住特点,制作好标题,需要悉心研究形势、政策、读者心理等,反复揣摩,突出重点。

有时可以着重标出需要强调的新思想、新精神。比如,今年政协新年茶话会,一些报纸的标题却是"政协举行新年茶话会",同往年没有什么区别,而《人民日报》海外版的标题是:

乌兰夫在全国政协元旦茶话会上讲话

只有在中国共产党领导下

改革和建设才能获得成功

当时,针对资产阶级自由化泛滥的问题,中央刚刚重新提出进行坚持四项基本原则的教育。乌兰夫在会上代表党中央作重要讲话,强调坚持党的领导,报纸这样标题是很有意义的。

有时则可以寻找新闻事实与读者的接近点,突出群众最关心的信息。下面两个标题,就是这样做的例子:

全国物价工作会议强调价格改革"走小步"

明年零售物价保持基本稳定

只适度调整极少数突出不合理的价格，

市镇居民定量粮油价格不变

（1986年12月30日《人民日报》）

今年化纤生产可达42万吨

全部织成布全国平均每人可得三米

（1980 年 12 月 27 日《人民日报》为化纤工业生产经验交流会作的标题）

有些重要会议，谁出席、谁主持、谁讲话本身就有新闻价值，应当在标题中标出来，但是，动不动就标一大串名单，则是不必要的，这也是制作会议消息标题时"就会标会"的一种表现。去年 11 月 21 日，新华社播出薄一波同志传达中指委第十一次会议精神的消息，《人民日报》刊登时作的标题是：

薄一波传达中指委第十一次会议精神

做好三项工作全面完成整党任务

搞好村级整党　解决遗留问题

进行整党工作总结

另一家报纸却用两行标了一大串名单。其实，只是薄一波在传达时提到了这些领导人的名字，新闻中并未报道他们在会上的讲话或其他活动，这样做并无必要。

请再比较下面两题：

六届全国人大五次会议主席团举行第二次会议

彭真委员长出席　耿飚副委员长主持

决定将中葡澳门问题联合声明草签文本

报告列入大会议程

人大会议主席团举行第二次会议

决定将中葡……(同上题第二行副题)

并决定4月2日举行第三次大会

听取吴学谦关于草签文本的报告

人大会议增加中葡澳门问题联合声明草签文本报告这项重要的新议程,这是一条人们关注的新闻,上述第二个标题,在副题上对此标得醒目而又充分。第一个标题照例标出谁出席、谁主持会,显然没有必要;而由于前面有这样一行,关于增加新议程的内容就不太突出了。

(原载《当代传播》1987年第3期)

新闻标题琐谈之十三
思路清晰　文字通顺

全国总工会和北京市总工会隆重集会

向获全国劳模称号、先进个人和集体授奖

这是不久前报纸上的一个大标题,主题显然不通顺。“向先进个人和集体授奖”,这说得通;怎么能说“向获全国劳模称号”授奖呢?应当是“向获全国劳模称号的职工授奖”,题中漏了“职工”这个中心词。当然,实际上用不着那么啰唆,说“向全国劳模授奖”就可以了。此外,劳模也是先进个人,把两者并列起来,是不合逻辑的。

写新闻,应当讲究语法和逻辑,否则就会辞不达意。制作标题,更应遵循思维和语言规律,做到思路清晰,文字通顺。标题是阅读新闻的向导,又是编者对新闻的一种评论。一般说来,标题不通顺比文内某一句话不通顺,影响要大得多。标题要求简洁,允许某些省略和跳跃,但应以通顺为前提。

但是,遗憾的是,不通顺的标题还时有所见。常见的毛病,一是语言成分搭配不当,一是逻辑错误。试看:

国防科大电子计算机研究所获集体一等功

…………………………

黑龙江草原新镇万宝山重视农村文化建设

竞相学科技　乘兴玩文体

上述两个标题,都犯了动宾搭配不当的毛病。只能说“获奖”“立功”不能说

"获功"。"玩扑克牌"可以,合乎习惯,不能说"玩文娱""玩体育"。

交流调剂技术人才余缺

这个题中有"交流"和"调剂"两个动词,宾语是"余缺"。说"调剂余缺"可以,不能说"交流余缺",只能说"交流人才"。这个题的毛病也是动宾搭配不当。

标题中的逻辑错误,常见的是概念混乱。比如:

自治区交通部门"安全月"活动成绩显著

一些地县未发生任何交通事故或死亡事故

这里说的"死亡事故"包括在"交通事故"之中,既然未发生交通事故,当然不会有"死亡事故"。两者是从属关系,不能并列。

一些新闻的标题,不仅有主题,还有肩题、副题。三者之间既有分工,又有密切联系。不仅每行题都要符合语法和逻辑,主题、肩题、引题也要搭配好,这样才能做到思路清晰,语言贯通。

哈密地区汽车运输公司在车多货少情况下

开辟汽车进关和维修下农村两个市场

企业一盘棋开始走活　去年盈利40多万元

肩题讲的是一种情况:车多货少,运力大于运量。主题中"汽车进关"可以解决这个问题,而"维修下农村"与此没有关系。这个标题的肩题和主题就没有搭配好。看了新闻才明白,原来,这个公司还有一个难题:外修车辆减少,所以才想出了维修下农村的措施。把标题这样改一下,可能就通顺了:

解决运力大于运量和外接修车减少的难题

多余运力打人关内　　维修技术送到农村

哈密地区汽运司去年盈利40万元

有的标题有两行主题、一行肩题,这就要照顾到肩题和两行主题的关系,以及两行主题之间的关系,否则会出现不通顺的问题。比如:

六届全国人大常委会第十九次会议闭幕
通过加强法制教育维护安定团结决定
8月25日召开全国六届人大五次会议

在这个标题中,肩题和第一行主题是连贯的,主题"通过……决定"的主语就是肩题上的"会议";而第二行主题的结构与第一行完全不同,同肩题连不上,所以念起来感到别扭。

再举一个主题和副题搭配不当的例子:

我国农民收入进入稳步增长阶段
七年人均纯收入递增16.9%

看了这个标题,读者会认为我国农民收入进入稳步增长阶段是七年来的事。其实,新闻告诉我们,十一届三中全会以后的六年,我国农民收入高速度增长,只是到了去年才转入稳定增长。这个标题由于没有照顾到主题和副题的联系,未能准确反映新闻内容。

合乎语法和逻辑,是新闻写作的一条起码的要求。新闻标题字数不多,一般都经过编辑部许多关口斟酌,更不应当出现语法和逻辑错误。愿我们的报纸上不再出现逻辑混乱、文字不通的标题。

(原载《当代传播》)1987 年第 4 期)

新闻标题琐谈之十四
题无定式　不断创新

标题是装扮版面的主角，标题的形式是构成版面形式的主要因素。近年来报纸的新闻标题在形式上趋向醒目、传神、美观、多样，使版面大为增光添彩。

首先，不少报纸更加重视运用变化字体，运用标点、线条、空白等手段，增加标题的强势。

开　放　大上海重展魅力海外投资者增添信心

这是上海《世界经济导报》的一则标题，其中"开放"二字用"大美黑"体，与题中其他字大小悬殊，跃然纸上，呼之欲出，使整个标题显得颇有鼓动力量。

在标题中采用大字突出重点词语的这种做法，不仅使整个标题醒目传神，也使标题富有变化，其他报纸有时也采用。如：

海军潜艇学院为何充满活力？

答案：一手抓教学
一手抓科研

（解放军报）

粤港间流行
环球厂花色　女鞋　再次汇集上海
展示新潮特色

（新民晚报）

线条是一种常用的编排手段，以往多用于给稿件包框、加天地线等，用在标题上的不多。近年来许多报纸常用线条装饰标题，增加强势和美观。请看下面这则标题：

计划到村 指标到户 保证供应 张榜公布

奇台供销社 沟 做好 生产资料 供应工作

（新疆日报）

这则题的肩题内容比较重要，编者在每句话之前加了线，整个标题又加了阴阳线，在版面上十分显著。

标点一般很少用于标题，但有些新闻标题打破常规，恰当运用标点，收到了特殊效果。比如：

快快上交利税！

工业企业拖欠情况严重必须从速改变

财政部要求对逾期不交的加收滞金

……………………

徒步考察黄河全程

壮哉！ 杨联康

……………………

彭加木，你在哪里？

全国各地群众对彭加木失踪深表关切

第一则题中的叹号加强了号召力，第二则题的叹号增加了赞叹的感情色彩，第三则题中的问号则表达了人们对彭加木的思念之情。

一些报纸在运用空白增加标题强势和变化方面也有创新。《解放军报》采用标题顶头、字间不加空铅、大胆留白的新题式，造成鲜明的黑白对比，使标题突出。《天津日报》《甘肃日报》等报纸的一些标题空白大而又显得比较匀称。例如《天津日报》这则标题：

为第三次医学技术起飞打好基础

天津医学院注重人才培养

实施三个梯次培训规划

近两年六项成果获奖

近年来报纸新闻标题创新的另一特点，是注意主题、肩题、副题排列的变化及标题与文字串排上的变化，突破了原来的某些格式。前些年常用的题式只有平列、斜列、宝塔、箭头等几种，现在题式大大增加，如方阵式、丁字式、压文式、夹心式等等。比如方阵式题，虽然占的栏数不多，但由于厚度大，仍然醒目，一些方阵式题折行自然，长短有致，富有节奏感。比如：

计算兵

张金龙

靠自学

踏进

电脑科学

大门

这是《解放军报》1986 年 8 月 14 日一版头题新闻的标题，宽度只有一栏，但由于采用方阵式，标题共有 6 行字，其中下面 4 行用一号黑体字，所以仍很显著。

新闻标题一般以栏数（长度）和字号区别大小，头题的标题往往栏数多、字号大。现在，有些头题的标题不靠栏数多取胜，而是采用其他手段显示强势。《解放军报》的上述标题就是一例。再举一个例子：

工程陆续展开本世纪末全面完成

「绿色长城」将环抱首都

投资三十二亿造林种草五千万亩

这是《人民日报》今年 4 月 24 日一版头题的标题。稿件内文只有 120 多个字，采用直题压文题，主题用四行黑体字，整个标题高度相当于四栏，稿件左右两边加线，题文宽度虽只占一栏，但在全版仍然最醒目，犹如“鹤立鸡群”。

一些新闻标题在主题、肩题、副题排列上推陈出新。请看下列两题：

省府缺局长 登报求人才 六百热情书 自荐荐才来

河南公开招考厅局长

推荐自荐人选多为中青年

初选合格二百余人下周进考场

五年大于卅年

广东电信步入黃金时代

许多方面居于全国前列

肩题一般放在主题上方。但这两则题都把肩题排在主题的左边。第一则题肩题竖排加线,第二则题的肩题折成两行并用线与主题隔开,这些做法不仅使标题富有变化,而且使点睛之笔更为引人。

新闻是反映不断变化的客观现实的,内容要新鲜,形式也不能固定不变。新闻是一种经常出新的文体,文无定格,题也无定式(需遵循的规律自然还是有的)。当前,社会生活节奏加快,人们的审美要求提高,电视普及又使报纸新闻面临挑战。这就要求我们大胆探索,不断创新,使标题能一下抓住读者,并把版面装点得多姿多彩。创新和继承并不矛盾,应注意学习继承我国新闻标题的优良传统,发挥汉字的特长。内容决定形式,标题形式要服从内容;不顾内容,滥用新题式,效果会适得其反。此外,标题的装饰也不能过分。浓妆艳抹,会流于粗俗,并不是真正的美观。

(原载《当代传播》1987 年第 5 期)

关于省报地方性的一点看法

（一）

在新闻改革中，各省报都注意加强地方性，报纸的地方特色更加鲜明。十年内乱期间那种“千报一面”的令人厌恶的状况有了根本的改变。但是在这同时，似乎也还存在对地方性的片面理解，具体表现在以下两个方面。

第一，对新华社播发的国内重大新闻，包括关于中央重要决策的报道，缺乏应有的重视。在一些报纸上常有这样的情况：要闻版安排了当地某单位某项具体业务的报道，而把关系全局的国内重大新闻发在三四版。举几个突出的例子：

去年2月22日，邓小平同志会见美国战略和国际问题研究中心代表团，指出中国统一后，台湾可以搞它的资本主义，大陆搞社会主义，可以实行一个中国两种制度。这是第一次公开报道邓小平同志“一国两制”的构想。这一构想成为我们解决香港、台湾问题的指导思想，对解决当今世界上国与国之间的争端也有重要意义。因此，这条领导人接见外宾的消息成为一条引人注目的重头新闻，外国通讯社和报纸纷纷报道，《半月谈》杂志去年年终把它列为1984年国内十大新闻的第四条。可是，有七家省报把它发在三版或四版，其中一家报纸发在四版二条，标题中还没有标出“一国两制”这一最重要的内容。

去年4月6日，新华社播发了中共中央书记处、国务院召开座谈会建议开放十四个沿海港口城市的新闻。这是我国实行对外开放政策的一个新的重要步骤，是中央的一项重大决策。这条新闻也被《半月谈》列入1984年国内十大新闻。对这样一条要闻，也有四家报纸未安排在一版，有的报纸还压了一天才见报。

去年12月，中国作协举行第四次会员代表大会，胡启立同志代表中央书记处致辞，提出要克服“左”的偏向，实行创作自由。党中央的这一重要指示不仅在文艺界，而且在全国广大读者中引起强烈反响，外国舆论对此也很重视。可是，这个重要会议开幕时，有的省报用的是很简短的消息（消息中几乎未引胡启立同志祝词的重要内容），以两栏的标题发在三版，对新华社单发的胡启立同志的祝词全文也作了删节。

第二,把国际新闻看成是可有可无的。这有以下几种表现:

一是数量少。不少报纸国际新闻占的篇幅常常不到整个报纸版面的三十分之一,有时一天的报纸上找不到一条国际新闻。

二是有些重要国际事件在报面上得不到反映。例如去年11月15日,朝鲜南北双方举行近四十年来的首次经济会谈,这是缓和朝鲜半岛紧张局势的重大进展,《人民日报》把它列为1984年世界十大新闻之一,可是许多省报都没有用这条新闻。再如去年12月2日,设在印度博帕市的美国联合碳化物公司农药厂毒气泄漏,使十几万人中毒,两千多人丧生,这一惨剧引起世界舆论的震惊,也被《人民日报》列入1984年世界十大新闻。新华社在近半个月的时间里作了连续报道,可是不少省报只是在中间发过一篇简讯,读者从中看不出来龙去脉,甚至看不出这家农药厂是属于美国公司的。

三是对国际新闻缺乏研究,选稿时欠斟酌,往往照例用上几条简讯就算完事,编排上也很少下功夫,常常不分主次轻重,读者难以从中了解当今世界大势。

(二)

一些省报忽视国内外大事的宣传报道,是由于在有些同志看来、似乎本地新闻占的比例越大越好,国内外新闻占的比例越小越好。他们认为这样做是贯彻了毛泽东同志关于办好地方报纸的意见。到底是不是这样呢?

毛泽东同志1944年12月20日在给晋绥边区《抗战日报》(《晋绥日报》前身)的指示中说:“本地消息,至少占两版多至三版。排新闻的时候,应以本地为主,国内次之,国际又次之。对于外地与国际消息,应加以改造。对新华社的文章不能全登,有些应摘要,有些应印成小册子。不是给新华社办报,而是给晋绥边区人民办报,应根据当地人民的需要(联系群众,为群众服务),否则便是脱离群众,失掉地方的指导意义。”①

毛泽东同志的这段话当前仍然是我们办好地方报纸、包括省报的指导思想。各省的报纸同中央报纸的读者对象不同、任务不同,选稿标准也不应该完全一样。从本省实际出发,从本省的读者需要出发,把报纸办得有地方性,是省报生命力之所在:而要使省报有地方性,就必须以刊登本地新闻为主。毛泽东同志当时正是针对边区报纸“给新华社办报”,轻视本地新闻,脱离群众的问题,做出上述指示的。

但是,从毛泽东同志的这段话中能否得出可以忽视国内外新闻的结论来呢?

① 毛泽东:《怎样办地方报纸》,1944年12月20日,《毛泽东新闻工作文选》第120页。

不能。毛泽东同志强调不要为新华社办报,并不是主张不要新华社稿件;要求按照“地方为主,国内次之,国际又次之”的顺序安排新闻,并不是反对把国内外重大新闻安排在重要地位。我们可以看看按照毛泽东同志的意见改版后的《晋绥日报》的情况:一版是要闻版,用相当的篇幅刊登本地要闻,包括战争和土改的新闻,晋绥分局、边区行署和军区的重要指示等;二版是边区新闻版;三版是时事版,刊登新华社发的国内外新闻:四版主要是副刊。总起来说,地方稿件占主要地位,但对新华社发的国内要闻仍然很重视。以 1947 年元月份的《晋绥日报》为例,在二十九天中有十天一版头题刊登的是新华社的重要稿件,包括中央领导同志的重要讲话、《解放日报》的重要社论、重要战报、蒋管区人民斗争的要闻等。如元旦这天头条是《解放日报》的《新年献词》,元月 3 日头题是毛泽东同志的新年献词,二题是朱德总司令的元旦广播词。这张四开四版的小报对国际新闻也比较重视,经常在三版和四版上半部发一些国际新闻,还定期在“国际一周”的刊头下发表国际时事综述。《晋绥日报》处理国内外新闻的做法,对于我们全面理解毛泽东同志关于办好地方报纸的指示,不是颇有启发吗?

毛泽东同志关于办好地方报纸的指示,其核心思想是从实际出发,为当地人民群众办报。我们贯彻执行这一指示,也必须遵循从实际出发的原则。省报、地县报、专(企)业报情况不同,具体做法应当有区别。一个省(自治区)人口有几百万到几千万,大多数都相当于一个不小的国家(比抗日战争、解放战争时期边区的范围大得多),报纸发行量一般有几十万份,读者面很广。省报在传递信息,引导舆论、宣传政策、指导工作方面的作用是十分重要的,它应该以信息灵通、准确,评论有权威性,成为一个省(自治区)的舆论中心。省报是综合性大报,逐日出版,版面较多(对开一大张),它应当也有可能及时向读者提供新闻价值高的各类新闻。读者一般订了省报就不一定再订中央报纸了。他们把省报作为重要的信息来源。总之,省报的地位和作用,决定了它应当比地区小报、专(企)业报更加重视国内外新闻的报道。当然,即使是地区小报,也要根据自己的情况给国内外要闻以适当的位置。新疆有的边远地区,《人民日报》《新疆日报》几天以后才到,人们了解国内外大事除了听广播就是靠地区小报,所以那里的地区小报很重视刊登国内外新闻。他们这种做法是符合从实际出发、为当地人民群众办报的精神的。

当今已进入“信息社会”,信息成为人类赖以生存和发展的关键性资源。随着我国四化建设的发展和科学技术的进步,信息的作用也越来越重要。闭目塞听,坐井观天,是断然搞不好四化的。传播信息,是报纸的重要职能,不仅要传播本地信息,也要传播外地信息,不仅要传播国内信息,也要传播国际上的信息。党中央制定了对外开放、对内搞活经济的方针,近年来我国与世界各国的交往、国内各地区之间的联系越来越多,人们迫切需要了解全局,了解外面的情况,对外地的信息的需求激增。这种状况同战争年代处于敌人包围之中的闭塞的边区有很大不同。适应这种开放的新情况,我们的省报应该更加重视国内外新闻的报道,而不是相反。现在,有的省报在要闻版上开辟了提供外地信息的专栏(如《陕西日报》),有的省报打算派出驻外省和驻外国的记者(如《辽宁日报》)。他们把为读者提供更多的外地信息作为自己的职责．主动开拓信息来源,而有些省报为什么连新华社发的一些要闻都不能给予重视呢?

以地方新闻为主,当然是省报具有地方性的重要前提条件,但是,是不是地方稿件越多,地方色彩就越浓呢?不见得。今年元月份全国的大事较多,上海《解放日报》一版共刊登新华社稿件六十篇;除此之外,还有该报驻外省市记者发的专电、自己编发的《人民日报》评论和专登外地消息的《信息窗》专栏,外地稿件占的比重不算小(当然地方稿件仍占主要地位)。但由于地方稿件能从当地实际出发提出新鲜问题,提供最新的有价值的信息,编排上又有自己的风格,地方特色仍然浓郁;而思想敏锐,对新华社的稿件选得准、用得活,安排得主次轻重分明,也是这家报纸一个突出的特色。与此相反,有的省报今年元月在一版刊登新华社稿件二十几篇,地方稿件数量很大,但由于一些稿件缺乏新意,思想不鲜明,给读者的印象并不深,很难说它的地方特色怎么浓。应当看到,现在省报的状况同前几年已有很大不同,十年内乱期间那种“小报抄大报,大报抄梁效”的情况已有了根本的改变,当前增强省报的地方特色已经不是要减少新华社的稿件,而是应该研究如何根据当地情况恰当地选用新华社稿件,特别是要努力提高地方稿件的质量,重视宣传效益。事实难道不是这样吗?

(三)

忽视国内外新闻,还由于有下面一些观点在起作用,需要讨论清楚:

一曰“为了增强指导性”。在有的同志眼里,似乎只有地方新闻才最有指导性,因此,减少国内外新闻,增加地方新闻,就增强了指导性。

许多地方新闻是有指导性的。一些从当地实际出发、针对性强的地方新闻,的确有比较强的指导性;省报为了指导全省工作,需要增加这样的地方新闻。但是,是不是本地新闻一定比外地新闻、全国性新闻指导性强呢?这就不能一概而论了。其实,那些关系全局的国内重大新闻,特别是关于中央决策的报道,是最有指导性的。这种新闻不是仅仅对某些地区有指导性,而是对全国各地有普遍的指导作用。比如前面讲到的关于我国进一步开放十四个沿海港口城市的报道,它对沿海地区有指导作用,对内地和边疆也有指导作用。它能够帮助全国人民了解党中央关于对外开放的方针，懂得“对外开放不是要收，而是要放”（邓小平语）这一指导思想，这不就是指导作用吗？边疆和内地各省区不是也要根据自己的情况，执行对外开放（包括对兄弟省区开放）的方针吗？把这样的重大新闻甩在三四版，而一版头条登本省一项具体工作的报道，这是增强了报纸的指导性还是削弱了指导性呢？还有，把中央发出今年一号文件的新闻放在次要位置，而硬找一个地方稿来做一版头题，这能够增强报纸的指导性吗？

所谓指导性，指的是新闻中体现的思想倾向、认识等对读者的影响，既有对工作的指导，也有对思想、生活的指导，既有直接的指导，也有潜移默化的作用。许多国内外新闻能够使人开阔视野，增长见识，陶冶情趣，受到鼓舞和启迪，这种作用也是不能忽视的。那种以为只有对本地某项具体工作有直接指导作用的新闻才有指导性的看法，是不是太狭隘了？

二曰“按新闻规律办事”。有的同志认为少发国内外新闻、多发地方新闻，是适应读者需要，这样做是按新闻规律办事。

这也不能一概而论。地方报纸要有地方性，要以登地方新闻为主，这的确是新闻规律的要求，因为接近性是新闻价值要素之一：一般说来，新闻事件发生的地点距离新闻传播的地点越近，读者越关注，新闻价值越大。但是，不能把接近性这个价值要素孤立起来，无限制地夸大它的作用，不能笼统地认为本地新闻一定比外地新闻价值高，更受读者欢迎。所谓接近性，并不仅仅指地域上的接近，还有职业、年龄、性别等方面的接近；有的新闻事实尽管发生的地点较远，但由于其他方面接近，仍然引起某些读者的兴趣。何况新闻价值要素也不止一个接近性，还有时新性、重要性等。有些新闻事实，当它的时新性、重要性远远超过其接近性因素时，它便超越地域、行业等界限，为广大读者所欢迎，从而具有较大的新闻价值。因此，许多国内外新闻，事情虽然发生在距离很远的地方，仍然引起读者极大的兴趣。1982 年北京新闻学会的调查充分说明了这一点。他们对不同职业和不同年龄的两组读者进行调查的结果，人们对党和国家领导人的活动和国际新闻最感兴趣；对《人民日报》读者调查的结果是，对国内政治报道和国际报道的兴趣远远超过其他方面。农村读者也有类似的情况。1982 年湖北《襄阳报》曾经对农村读者进行了典型调查，在最喜欢看的新闻中居第二位的是该报的《天南海北》综合时事专栏。这些都充分说明，多数读者看报，并不是想从中学到具体的工作方法，而是要了解党的政策，了解天下大事，得到有益的知识，他们并不满足于本地小范围的报道。可否这样说，重视国内外新闻，根据当地实际给以恰当的处理，正是满足广大读者的需要，真正按新闻规律办事；相反，不重视国内外新闻，把国内外要闻安排在不重要的位置，才是不按新闻价值选稿用稿，忽视读者需要，违背新闻规律。

* * *

增强省报的地方特色,要从许多方面努力,特别需要用心研究本地的实际,研究读者的需要,提高编采人员的思想水平、政治敏感和业务素质。本文只是就怎样正确理解省报的地方性这个问题提出一点看法,与新闻界同行商榷。愿我们的省报在加强指导性和可读性、增强地方特色方面,有新的进步。

(原载《当代传播》1985 年第 1 期)

后　记

我这一生和新闻有缘，从学新闻、干新闻，到教新闻、研究新闻。如今已经成为“80后”老翁，仍然没有脱离和新闻的关系，还在评论媒体，为新闻专业期刊写文章。

在新疆日报工作期间，出于对新闻学的兴趣，已经开始注意研究一些新闻问题。那时全国出版的新闻类书籍只有100多种。我在藏书比较丰富、订阅专业报刊比较多的报社阅览室找了能找到的所有书刊，几乎看了个遍。为了写我生平第一篇新闻理论业务文章《对省报地方性的一点看法》，不仅浏览了全国各地的报纸，还翻阅了报社山西籍老同志从老区带来的著名的《晋绥日报》。后来这篇文章代表新疆新闻学会到郑州参加中国第一次新闻学联合会年会，在会上交流，并被中国新闻学会联合会编入我国第一部《新闻学论文集》，由人民日报出版社出版。虽然现在看来该文水平不高，但却是我研究新闻学的第一个成果。

调入山东师范大学新闻专业后，由于学校图书馆藏书很多，系里又有专门的新闻阅览室，而我国出版的新闻类书刊也明显增多。在学校图书馆和新闻系阅览室能看到更多新出版的新闻学著作，使我进一步开阔了视野，打下了比较深厚的新闻理论基础。同时，我仍然关心着新闻实践，订阅了几份水平较高的新闻理论和业务刊物，从中汲取营养；经常阅读人民日报等重要报纸，了解新闻界的动向；认真参加指导学生到新闻单位实习；兼任两家报纸的顾问；为一些专业期刊写文章；应邀担任省委选拔副厅级干部的专业考官和一些新闻单位招聘人员的考官，等等。我出版的第一本书《实用新闻学新编》，就是理论联系实际的一个尝试。这本《媒体评说》，也是试图运用新闻理论，提出和解决新闻实践和理论中存在的一些问题。

新闻学是一门年轻的学问，“新闻无学”的说法，一直不绝于耳。这和我们新闻学本身的体系还不够稳固，有些基本概念还有不同看法、学术规范不理想有关；也和其他学科的朋友不了解新闻学的特点有关。新闻学的重要特点，是理论联系实际，以及与政治关系密切。但，这并不影响新闻学成为一门独立的学科。改革开放以来，我国新闻学有了迅猛的发展。在胡乔木的提议下，经邓小平等中央同志批准，早在1978年就成立了中国社科院新闻研究所。以后，引进外国的传播学，丰富了新闻学的内涵。国家把新闻传播学定为一级学科，下设新闻学和传播学两个学科。新闻传播学研究发展加速。这类论著成百倍增加。新闻传播学教育和研究机构也飞速增长。新闻传播学的研究对象——新闻传播事业也有序发展，特别的新媒体迅速普及，形成媒体融合的新局面。处在这样一个好时代，为我们学习、研究新闻传播学，提供了好的环境。

《媒体评说》反映了本人多年对新闻理论和业务问题的思考，是对这些思考的盘点和总结。初衷是希望能够对新闻改革的推进尽一点绵薄之力。

《媒体评说》是对我们老两口蓝钻石婚（结婚55周年）的纪念，也是送给相濡以沫五十多年的老伴的礼物。时下大学生都有“卧谈”一说，而我们老两口则经常在吃午饭时“餐谈”，内容多半是国内外大事和新闻界动向。我的文章和她的博文，往往也都是在“餐谈”时交换意见。两个人写的东西，一般也都经过对方“审定”。

老牛自知夕阳晚，不用扬鞭自奋蹄。科技飞速发展，我们经历了信息时代，又迎来智能时代。科技的发展会改变媒体的样式，但不会招致媒体的死亡。已经年过八旬的我，将尽力追赶潮流，免得被时代远远抛在后面。

书中收集的二十世纪八九十年代的作品会有历史的痕迹，但仍然保持了原貌，只对个别词句做了处理。

这本书能够顺利出版，应当感谢人民日报出版社和该社第四编辑室主任周海燕女士，感谢山东师范大学文学院，感谢山东师范大学新闻学教授王倩女士，感谢金典图文的尹燕鑫先生，感谢我的家人。真诚地谢谢你们！